ZWIRN UND ZAUBER

DER STRICKCLUB DER VAMPIRE, BAND 4

NANCY WARREN

ISBN: Ebook 978-1-990210-40-2

ISBN: Gedruckt 978-1-990210-41-9

Cover-Gestaltung von Lou Harper von Cover Affair.

Übersetzung: Mischa Bach – Language + Literary Translations, LLC.

Ambleside Publishing

VORWORT

Band 4 – Zwirn und Zauber: Ein paranormaler Cosy-Krimi

Dieser Weihnachtsmarkt bietet alles: Kunsthandwerk,
Spielzeug, heiße Schokolade und einen Killer!

Und obendrein den Strickclub der Vampire, denn dort hat
man beschlossen, an Oxfords Weihnachtsmarkt teilzu-
nehmen und exquisite, selbstgestrickte Schals, Pullover und
Geschenkartikel zu verkaufen. Vor allem die handgemachten, extralangen Weihnachtsstrümpfe in leuchtenden
Farben, die extra viel Platz für noch mehr kleine Geschenke
bieten, werden rasch zum begehrten Verkaufsschlager.

Als jedoch in einer benachbarten Bude eine Verkäuferin mit
einem dieser Strümpfe gewürgt wird, schalten sich Lucy
Swift und ihre untoten Detektive in den Fall ein, fest

entschlossen herauszufinden, wer so eine schreckliche Tat begehen würde. Und warum.

Parallel arbeitet Lucy eifrig an ihren Zaubersprüchen, um eine bessere Hexe zu werden. Dabei unterstützen sie ihre Vertraute, eine schwarze Katze, und ihre neue Assistentin, Meritanum. Letztere ist eine dreitausend Jahre alte ägyptische Hexe, die noch Probleme hat, sich an gewisse Aspekte des modernen Lebens zu gewöhnen, wie etwa den Verkehr, Smartphones und alles andere, was mit elektrischem Strom betrieben wird.

Das Leben im Cardinal Woolsey's, Lucys Wollgeschäft im englischen Oxford, ist so abwechslungsreich und schillernd wie ein knallbunter Weihnachtspulli.

Seien auch Sie mit dabei. In diesem Cosy-Krimi gibt es weder Sex noch Gewalt, dafür jede Menge Humor und Lesespaß. Besorgen Sie sich noch heute Ihr Exemplar!

Erhalten Sie Rafes Geschichte kostenlos, indem Sie sich zu Nancys Newsletter ohne Spam auf NancyWarrenAuthor.com anmelden.

Treten Sie Nancys privater Gruppe auf Facebook bei, in der über Bücher, Stricken, Haustiere und das Leben geredet wird. facebook.com/groups/NancyWarrenKnitwits

ZWIRN UND ZAUBER

KAPITEL 1

*D*er Dezembermorgen begann strahlend oder zumindest so strahlend, wie ein Tag in Oxford, England, im Dezember nur beginnen kann – also nicht allzu sehr. Die Winter in unserem Teil Oxfordshires sind wolkenverhangen und kalt, was zweifelsohne ein Grund war, warum sich so viele Vampire entschieden, hier zu leben. Dank des Netzwerks aus Tunneln, das unter unserer Stadt verlief, und der Anzahl der bewölkten Tage, mussten sie sich nur selten wegen der Sonne sorgen.

Im Winter war mein Strickclub der Vampire am glücklichsten.

Ich war nahezu von Kopf bis Fuß in Kleidungsstücke gehüllt, die meine untoten Freunde gestrickt hatten. Auf meinem Kopf saß ein stylischer roter Glockenhut, der meine Ohren warmhielt, um meinen Hals wand sich ein rotblauer Schal, den ein kompliziertes, geometrisches Muster zierte, und meine Hände steckten in dazu passenden Fäustlingen. Meinen marinenblauen Mantel hatte ich gekauft, aber darunter trug ich ein hinreißendes

Strickkleid. Selbst meine schwarzen Strümpfe waren handgefertigt, obwohl ich denke, das hatte Sylvia vor allem getan um anzugeben.

Meine hochhackigen Stiefel klapperten über das Kopfsteinpflaster vorm Cardinal College in der Harrington Street. Auf dem steifgefrorenen Rasen waren praktisch keine Studenten zu sehen, sie waren wohl alle drinnen und lauschten vermutlich Vorlesungen oder lernten an einem warmen Ort.

Ich wich einigen schlendernden Shoppern aus, als ich zum Cardinal Woolsey's eilte, dem Wollgeschäft, das ich geerbt hatte, als meine Großmutter gestorben war. Oder vielmehr, als sie so etwas ähnliches getan hatte, denn nun war sie ein begeistertes Mitglied des Strickclubs der Vampire.

Ich hatte meiner neuen Verkäuferin die Aufsicht über den Laden übergeben, um über die Straße zu Frogg's Books zu eilen und eine Bestellung aufzugeben. Nachdem ich mir den Kopf über Weihnachtsgeschenke für Vampire zerbrochen hatte, die bereits alles besaßen, was sie je hätten haben wollen, hatte ich mich für Neuerscheinungen entschieden.

Ich wollte meine Verkäuferin nicht zu lange allein im Laden lassen. Ihr Name war Meritamun und sie war eine ägyptische Hexe, die 3000 Jahre lang in einem verfluchten Spiegel gefangen gewesen war. Infolgedessen hatte sie eine Menge Veränderungen im Lauf der Welt verpasst. So war sie etwa der Überzeugung, dass alles, was auf elektrischer Basis funktionierte, in Wahrheit einen Geist gefangen hielt. Erst letzte Woche hatte ich sie dabei erwischt, wie sie versuchte, einen Geist aus der Mikrowelle zu befreien. Ich hatte Popcorn darin zubereitet, und die kleinen Explosionen hatten sie glauben gemacht, darin sei eine Hexe gefangen, die gegen die Tür schlug, damit man sie freiließ, woraufhin Meri die Tür aufgezaubert hatte.

Noch immer fand ich verirrte Popcornkörner, die sich im Geschirrkorb, der Messerschublade und unter dem Kühlschrank versteckten. Immerhin hatte Nyx, meine schwarze Katze, das Ganze genossen. Sie war seitdem überzeugt, dass Popcorn aus der Mikrowelle in Wirklichkeit verstecktes Katzenspielzeug war.

Meri hegte tiefes Misstrauen gegenüber der Registrierkasse im Cardinal Woolsey's und dem elektrischen Licht, aber abgesehen davon war es ein ziemlich altmodischer Laden. Stricken konnte sie nicht, aber, nun ja, ich konnte das auch nicht. Wir nahmen beide Unterricht bei den Vampiren. Ich hatte Meri als meine Verkäuferin eingestellt, weil sie sonst nirgends hinkonnte. Aber nun, da wir ein paar Wochen miteinander gearbeitet hatten, war sie mir sehr ans Herz gewachsen.

Sie war stets geduldig. Ich vermute, 3000 Jahre in einem Spiegel gefangen zu sein, lehrte einen Geduld. Sie liebte die Farbe und die Beschaffenheit von Wolle. Ich glaube wirklich, dass sie am glücklichsten war, wenn sie still dasaß und strickte. Wo die moderne Welt so laut und verwirrend war, fand ich das sehr verständlich.

Unglücklicherweise herrschte im Dezember im Cardinal Woolsey's stets Hochbetrieb, denn die Stricker strömten nur so herbei, um all das Material zu erstehen, das sie für ihre Geschenklisten benötigten. Ich war überrascht, wie viele Prokrastinierer es unter den Strickwütigen gab. Ich hatten den starken Verdacht, in der Nacht vor dem Weihnachtsmorgen würden zahlreiche Stricknadeln betriebsam klappern.

Als ich mich meinem kleinen Laden näherte, erfasste mich ein Gefühl von Zufriedenheit wie eine warme Welle. Eine wahre Flut farbenfroher Pullover-Stricksets beherrschte das Schaufenster – sie mochten sowohl als passendes Geschenk für einen Stricker als auch als eiliges Weihnachtsgeschenk zum Selbermachen dienen. Drumherum war eine Auswahl kuscheliger Pullover für all diejenigen drapiert, denen es an der Zeit oder auch an der Neigung zum Selbststricken mangelte. Meine Lieblingsstücke im Schaufenster waren jedoch die vier handgestrickten Weihnachtsstrümpfe, die vor einem gemalten Kamin hingen, in dem orange die Flammen loderten. Dieses Kunstwerk verdankte ich Theodore, einem der strickenden Vampire, der früher nicht nur Polizist gewesen war, sondern darüber hinaus Bühnenbilder für Amateurtheaterproduktionen gemalt hatte. Als ob sie die Wärme tatsächlich fühlte, lag vor dem Feuer zusammengerollt meine schwarze Katze und Vertraute Nyx.

Ich hatte überall im Fenster und auch rund um den gemalten Kamin blinkende Lichter verteilt, sodass mein Laden festlich und einladend aussah.

Als ich eintrat, herrschte drinnen Hochbetrieb. Ein junger, erregter Mann hatte Meri regelrecht in die Ecke gedrängt. Als die Tür hinter mir zufiel, sah sie mich hilfesuchend an, und ich marschierte gleich zu ihr, ohne die drei anderen Kunden, die sich im Laden umsahen, weiter zu beachten. Bevor ich fragen konnte, wie ich helfen könnte, wandte sich der Kerl an mich: „Ich suche nach einem gestrickten Cover für ein iPad und sie sagt, dass sie keine Ahnung hat, wovon ich rede. Ein iPad-Cover. Wie kann sowas ein Problem sein?"

Natürlich hatte ich mit Meri über Computer gesprochen,

aber nur ganz allgemein, wir hatten uns nicht über jede denkbare Erscheinungsform vom Smartphone bis zum Tablet unterhalten. Ich lächelte beschwichtigend. „Es tut mir leid, wir haben keine gestrickten iPad-Cover und auch keine entsprechenden Strickmuster. Allerdings klingt es nach einer guten Idee."

Nun sah er noch genervter aus. „Warum hat sie mir das nicht einfach gesagt?"

„Sie kommt aus Ägypten", sagte ich, als würde das alles erklären.

Er schüttelte seinen Kopf. „Ich denke, es gibt iPads in Ägypten."

Nicht im Mittleren Reich.

Nachdem dieser sehr unzufriedene Kunde hinaus gestapft war, wandte ich mich Meri zu, die verwirrt und ängstlich blickte. „Mach dir keine Sorgen. Du lernst wirklich sehr schnell."

Sie nickte dankbar und eilte zur Kasse, wo eine Kundin mit einem Strickset für einen Pullover und einem Strickmusterbuch stand, die sie kaufen wollte. Das wäre eine nette, glatte und einfache Sache, genau das, was Meri jetzt brauchte, um ihr Selbstbewusstsein wieder aufzubauen.

Sie mochte kein Strickgenie sein oder über jeden Computertyp des Planeten Bescheid wissen, aber Meri war überraschend gut im Umgang mit den Kunden. Sie war Dienerin einer Nebenfrau eines Pharaos gewesen, also war sie geübt zu bedienen und gut darin. Als sie mit der Kundin fertig war, kam sie mit dem Notizbuch zu mir, das sie stets bei sich trug. Dort hinein notierte sie Fragen für mich oder Erinnerungsstützen zu Dingen, die sie gelernt hatte. Sie hatte ein ausgezeichnetes Gedächtnis und hörte genau zu, also war mir klar, dass sie früher oder später alles aufgeholt haben würde. Allerdings hatte sie eine Menge aufzuholen.

Es war nicht immer leicht, zumal Meri in meinem Gästezimmer im Obergeschoss lebte und wir beide zusammenarbeiteten. Aber sie war eine weit erfahrenere Hexe als ich – während ich ihr also zeigte, wie man sich in der modernen Welt zurechtfand, half sie mir dabei, mich daran zu gewöhnen, eine Hexe zu sein.

Den Rest des Tages hatten wir alle Hände voll zu tun, und danach gingen wir hinauf in die Wohnung über dem Laden. Zum Abendessen hatte ich Kebab besorgt und ein Gericht mit gewürztem Reis gekocht, das ich im Internet entdeckt hatte. Ich versuchte, Dinge zu kochen, die Meri kannte oder die sie wenigstens nicht in Angst und Schrecken versetzten, wie es die erste Blutwurst getan hatte, die ihr unter die Augen gekommen war. Nach dem Abendessen las sie die Lokalzeitung, denn sie wollte wissen, was um sie herum geschah, und mich zu allem befragen, was sie daran verwirrte. Und das traf auf ziemlich vieles zu.

Da sich an diesem Abend der Strickclub der Vampire traf, beschloss ich zu bleiben und mich im Stricken zu üben. Obwohl sich meine frühere Verkäuferin Eileen in einen seelenfressenden Dämon verwandelt hatte, hatte sie mir doch sehr dabei geholfen, meine Strickfertigkeiten zu verbessern. Sie hatte mich dazu gebracht, mit simplen Rechtecken anzufangen. Inzwischen war ich bei meinem dritten Rechteck angekommen und eines schönen Tages würde es mir gelingen, ein Rechteck hervorzubringen, das nicht aussah, als habe es ein Schwarm Motten attackiert. Oder eine Meute hungriger Löwen es angefressen. Oder das jede nur erdenkliche, geometrische Form annahm, aber *niemals* die eines Rechtecks. Ich weiß nicht, wie es kam, dass ich dauernd Maschen fallen ließ und sie nie finden konnte, um sie wieder aufzunehmen. Ich denke, selbst die schier endlose Geduld der Vampire begann allmählich, rissig zu werden.

Gegen acht Uhr an diesem Abend verkündete der Türsummer, dass jemand Einlass verlangte. Draußen standen meine Großmutter und ihre beste Freundin und Schöpferin Sylvia. Schon beim Eintreten bemerkte ich die neuen, eleganten Kleider, die sie trugen. Sylvia war zu ihren Lebzeiten in den 1920ern ein Bühnen- und Filmstar gewesen, und sie sah stets umwerfend aus. Aber meine Großmutter sah stets genauso aus, wie man sich eine Großmutter vorstellt. Und das tat sie noch immer. Sie trug ihr weißes Haar ordentlich zu einem festen Dutt gerollt, ihr faltenreiches Gesicht strahlte so freundlich wie immer, aber ich war ziemlich sicher, ein Blick in ihren Mantel würde einen Designernamen auf dem Etikett enthüllen.

„Wie war eure Reise?", fragte ich, breitete die Arme aus und umarmte erst meine Großmutter, dann Sylvia. „Ich habe euch gar nicht so bald zurückerwartet."

Zu ihren Lebzeiten hatte Oma kaum Gelegenheit gehabt zu reisen. Sie war früh verwitwet und hatte das Cardinal Woolsey's über fünfzig Jahre lang geführt. Nun, da sie untot war, hatte sie endlich Zeit dafür und einige sehr reiche Freunde, die ebenfalls gern reisten. Sie und Sylvia waren in Paris und Rom gewesen.

Sie hatten viel zu erzählen. „Wir hatten so eine schöne Zeit. Die Einkaufsmöglichkeiten sind einfach umwerfend. Und die Vampire dort haben keinen einladenden Wollladen so wie wir. Wir denken wirklich, Du solltest expandieren. Wie wäre es mit Franchising?"

Ich schüttelte den Kopf. „Ich weiß es zu schätzen, dass ihr überall, wo ihr hinreist, gerne Strickclubs für Vampire besuchen möchtet. Aber ich kann gerade mal so einen Laden managen. Ich glaube nicht, dass ich schon für den nächsten Schritt bereit bin."

Sie sahen einander an, als sei meine Antwort genau das, was sie erwartet hatten. Granny tätschelte meine Hand. „Denk einfach mal drüber nach."

Ich hatte das Gefühl, da sei noch mehr, aber für den Moment beließen sie es dabei.

Ich nahm ihnen die Mäntel ab und ein kurzer Blick bestätigte, dass Granny inzwischen tatsächlich Designermode kaufte. Dann machten wir alle es uns im Wohnzimmer auf den Chintzsesseln und der gemütlichen Couch bequem. Sylvia wandte sich an Meri, die bereits über die einfarbigen Rechtecke hinausgewachsen war, und an einem Schal strickte. Ihre Maschen waren flüssiger und ebenmäßiger als meine. Ich versuchte, nicht neidisch zu sein. Nach allem, das sie durchgemacht hatte, sollte ich mich darüber freuen, dass sie Gefallen am Stricken gefunden hatte. „Und wie kommst du voran, Liebes?"

Meri neigte wahrlich nicht dazu, sich selbst zu loben. Sie blickte zu Boden und sagte: „Lucy hat viel Geduld mit mir. Ich mache so viel falsch. Und es gibt so vieles, das ich nicht verstehe."

„Sie macht ihre Sache großartig", sagte ich. „Und sobald sie sich besser in diesem Jahrtausend eingelebt hat, wird sie eine unglaubliche Verkäuferin sein."

Es war mir durchaus aufgefallen, dass sich die Verkäuferinnen, die ich eingestellt hatte, als katastrophal ungeeignet erwiesen hatten, während sich die, die ich aus einem verfluchten Spiegel befreit hatte, als die perfekte Wahl herausstellte.

„Und wie war Samhain?", wollte Granny wissen.

Ich hatte es endlich geschafft, zu einer der Veranstaltung des Hexenzirkels zu gehen, die bei einem alten Steinkreis unweit von Moreton-Under-Wychwood stattgefunden hatte. „Nett", sagte ich leichthin. Granny würde früh genug herausfinden, was für ein Desaster mein erster Versuch mit einem gesellschaftlichen Ereignis unter Hexen gewesen war. Ich konnte mich aber nicht dazu durchringen, es ihr jetzt schon zu erzählen. Stattdessen lenkte ich die Unterhaltung zurück zu all den Dingen, die sie auf ihrer Reise gesehen hatten. Das war ein viel sichereres Thema. Ich wünschte, ich wäre eine so mächtige Hexe, dass ich den Abend aus dem Gedächtnis aller, die in der Nacht dabei gewesen waren, löschen könnte.

Um zehn Uhr gingen wir vier hinunter und gesellten uns zum Strickclub der Vampire, der sich im Hinterzimmer meines Ladens traf. Rund fünfzehn Vampire hatten sich eingefunden, waren entweder von ihrem unterirdischen Wohnkomplex durch den Tunnel gekommen, der unter meinem Laden verlief und mit diesem durch eine Falltür verbunden war, oder sie waren durch die Eingangstür hereinspaziert. Sie freuten sich, Sylvia und Granny zu sehen, und nachdem es sich alle bequem gemacht hatten und die Stricknadeln mit Warpgeschwindigkeit flogen, die Häkelnadeln so rasant rasten, dass sie wie winzige Feuerwerke aussahen, nahm ich mir meine eigene Strickarbeit vor. Diese Stricker, die seit Hunderten von Jahren ihr Kunstfertigkeiten verfeinerten, stellten jeden modernen Handarbeitsprofi in den Schatten. Dennoch ermunterten sie mich überaus freundlich, und ich blieb dran mit meinen Versuchen.

Wir plauderten und tratschten wie immer bei der Arbeit, doch ich konnte eine seltsame, unterdrückte Energie im Raum spüren. Ich hatte das Gefühl, sie alle gemeinsam hatten etwas im Sinn, aber ich entschied, nicht zu fragen. Was immer es auch sein mochte, vermutlich würde ich es nicht wissen wollen.

Wir strickten weiter.

Schließlich sagte Alfred: „Lucy? Es gibt da etwas, worüber wir mit dir reden wollen."

Okay, da war es nun. Ich hatte die Blicke gesehen, die sie einander zugeworfen hatten, und zweifelsohne hatten sie so Alfred dazu bestimmt, aufs Tapet zu bringen, was auch immer sie mit mir besprechen wollten. „Worum geht es?", fragte ich.

„Wir haben uns überlegt, dass wir dieses Jahr gerne einen Stand auf dem Weihnachtsmarkt in Oxford hätten."

Ich war so überrascht, dass ich mein Strickzeug fallen ließ. Ich vermute, ein oder zwei Maschen rutschten dabei von der Nadel, aber darum konnte ich mich jetzt nicht kümmern. Ich hob mein Rechteck auf. Aus irgendeinem Grund sah es wie ein verbogenes Dreieck aus, das in etwa die Form eines Tacos hatte. Ich sah mich um und blickte in lauter begierige Gesichter, die wiederum mich ansahen. „Ihr wollt was machen?"

Alfred kicherte. „Ich dachte mir schon, dass du überrascht sein würdest." Er hob seine Hand, als sei er ein Magier, der sogleich das Kaninchen aus seinem Hut zieht. „Denk darüber danach. Bei uns stapeln sich derart viele gestrickte und gehäkelte Kleidungsstücke, dass wir unbedingt welche davon loswerden müssen. Und schau dir an, wie begehrt unsere gestrickten Weihnachtsstrümpfe gewesen sind. Wir haben genügend Ware, um eine der netten kleinen Buden in der Stadtmitte auszustatten."

„Aber wer wird all das verkaufen?", fragte ich.

Er sah mich an, als sei ich nicht bei Verstand. „Wir natürlich, wer denn sonst?"

Ich weiß nicht, warum ich dachte, das sei eine schreckliche Idee, aber genau das dachte ich: dass es eine schreckliche Idee sei. Die Vampire blieben unsichtbar, huschten stets still und heimlich durch die dunklen Ecken der Stadt. Der Weihnachtsmarkt in Oxford dagegen zog Einkaufslustige von nah und fern an – und sie würden dabei mitten in der Stadt sein.

Ich blickte in die Runde. „Seid ihr je auf einem dieser Märkte gewesen? Wisst ihr überhaupt, wie voll es da wird?" Ich wollte sie gar nicht erst daran erinnern, dass sie all das warme, pulsierende Blut, das sie dort wahrnehmen würden, womöglich zu sehr in Versuchung führen würde. Sie lebten von einer privaten Blutbank, aber ich nahm doch an, dass es frisch besser schmeckte. Und außerdem, hatten sie nicht auch so etwas wie einen Killerinstinkt?

Alfred schaute ein wenig verletzt, als habe er meine Gedanken gelesen. „Wir wollen helfen."

„Wobei helfen?"

„*Wem*, Liebes", sagte Granny, ohne aufzuschauen.

„Wir wollen die Leute dazu animieren, selbst mit Handarbeiten zu beginnen. In all der langen Zeit, die wir schon auf der Erde verbracht haben, ist das Leben der Menschen schneller und schneller geworden, und sie arbeiten immer länger. Nun, dank der modernen Technik sind sie alle ‚verbunden'." Er schüttelte seinen Kopf. „Ich mache mir um die Menschen von heute Sorgen. Sie haben so viel Stress und so wenig Freizeit. Stricken entspannt, und wir spenden die Einnahmen einem wohltätigen Zweck."

Mir war bewusst, dass so ziemlich jede Generation glaubte, die nächste sei dem Untergang geweiht. Mir war jedoch nicht klar gewesen, dass selbiges auch für die Welt der Vampire galt. Es war lieb, dass sie sich über den Stress heutiger Menschen Gedanken machten und ihnen diesen nehmen wollte. Erschreckend, aber lieb.

Sie hätten es einfach tun und sich ohne mich einen Marktstand besorgen können, aber ich hatte den Verdacht, dass sie meine Hilfe brauchten. Also erinnerte ich sie daran, dass ich genug damit zu tun hatte, meinen eigenen Laden am Laufen zu halten.

Alfred wischte den Einwand beiseite. „Du musst gar nichts tun, Lucy, nur den Stand auf deinen Namen mieten und unsere Kontaktperson sein."

Dr. Christopher Weaver, der die private Blutbank betrieb, fügte hinzu: „Und vielleicht könntest du uns bei der Werbung helfen. Du könntest zum Beispiel unser Plakat in dein Schaufenster hängen."

Sie hatten ein Plakat? „Ist es euch wirklich ernst damit?" Ich sah mich um. „Weiß Rafe, was ihr vorhabt?"

Rafe Crosyer war ihr inoffizieller Anführer. Ich betrachtete ihn als Freund, aber er konnte recht selbstherrlich sein, und so eine Unternehmung würden sie niemals ohne seine Zustimmung starten. Sie nickten alle gleichzeitig. „Oh ja", bestätigte Alfred. „Rafe ist definitiv mit an Bord."

Ich sah zu Sylvia und Granny, die unterwegs gewesen und deshalb wohl nicht bei den Gesprächen dabei gewesen waren. „Was denkt ihr?"

Granny lächelte ihr sanftestes Lächeln. „Ich denke, dass

es wunderbar wäre, wieder einen Strickladen zu führen, selbst, wenn es nur einer auf Zeit wäre. Obwohl ich davon ausgehe, dass es mir wohl nicht erlaubt wäre, am Stand zu sein und Sachen zu verkaufen."

Allein bei dem Gedanken brach mir der kalte Schweiß aus. Vor ihrem Tod war Oma in der Stadt weithin bekannt gewesen, und ich hatte schon genug Probleme damit, sie mitten am Tag aus dem Laden herauszuhalten, wenn sie mal wieder schlafwandelnd ihre Schritte dorthin lenkte. Wir konnten nicht zulassen, dass sie Schals auf dem Weihnachtsmarkt verkaufte. Das würde den Menschen aus ihrem früheren Leben nicht verborgen bleiben.

Sylvia warf mir einen raschen Blick zu, beugte sich dann rüber und tätschelte Grannys Schulter. „Du musst dich für uns um die Inventur kümmern, und, auch wenn es viel verlangt ist, vielleicht könntest du darüber hinaus unsere Buchhaltung übernehmen."

Granny, die ganz niedergeschlagen ausgesehen hatte, als ihr klar geworden war, dass sie nicht direkt beim Verkauf würde helfen können, strahlte schon wieder, als sie hörte, dass sie sich auf diese Weise nützlich machen könnte. „Ja, das ist eine exzellente Idee, Sylvia. Es wäre mir eine Freude, im Hintergrund unseres Unternehmens zu arbeiten."

Mir fielen keine weiteren Einwände ein. Die, die ich noch hatte, waren vage und nicht greifbar. Ich wünschte, Rafe wäre hier, und wunderte mich zugleich, wo er abblieb. Selbst Meri war von der Idee begeistert. „Ich habe schon so viel von diesem Feiertag namens Weihnachten gehört. Ich freue mich darauf, das selbst mitzuerleben."

Ich nickte. „Ich werde mich ums Anmieten des Standes kümmern. Obwohl wir möglicherweise damit schon zu spät dran sind." Je länger ich darüber nachdachte, um so wahrscheinlicher schien es mir, dass man Monate im Voraus buchen musste.

Erneut sahen sie einander an und wirkten dabei irgendwie seltsam. Alfred sagte: „Eigentlich hast du das bereits getan."

Überrascht runzelte ich die Stirn. „Was habe ich getan?"

„Möglicherweise hast du dich bereits um einen Stand beworben und die Formulare ausgefüllt. Ich glaube, du hast sogar bereits die Kaution ans Komitee des Weihnachtsmarktes überwiesen."

Warum sollte ich mich darüber aufregen? Sie hatten eindeutig beschlossen, mich als Fassade dieser Unternehmung zu benutzen, und ebenso eindeutig hatte ich mich entschieden, ihnen das zu gestatten. Ich rollte mit den Augen. „Okay. Dann sagt mir, was ich zu tun habe."

„Du musst morgen zum Treffen der Standmieter gehen."

„Hattet Ihr vor, mir das mitzuteilen?" Ich fragte mich, ob sie mich überhaupt eingeweiht hätten, wenn es nicht obligatorisch gewesen wäre, dass ich mich auf diesem Treffen zeigte. Sie redeten alle auf einmal los, um mir zu versichern, dass sie niemals etwas tun würden, das ich nicht wollte, aber ich war mir da nicht ganz so sicher.

Dann stieß Rafe zu uns. Er spazierte durch die Vordertür, obwohl ich diese abgeschlossen hatte. Als er ins Hinterzimmer trat, suchte sein Blick sofort den meinen. Seine kühlen Augen leuchteten warm auf. „Guten Abend, Lucy."

Ich nickte. „Hi, Rafe."

Die anderen Vampire begrüßten ihn, und dann sagte Alfred:: „Wir haben Lucy gerade ins Bild gesetzt, was unseren Stand auf dem Weihnachtsmarkt angeht."

Er nickte. „Ihr habt es ihr also endlich gesagt."

„Das hatten wir von Anfang an vor. Es kam nur bislang nie der richtige Moment."

Rafe ließ sich auf einem freien Stuhl neben Clara nieder, einer liebenswürdigen, älteren Vampirdame, die in den 1930ern verwandelt worden war. „Habt ihr euch schon für einen Namen entschieden?"

Er zog sein Strickzeug hervor, das aussah, als sei es ein schwarzer Kaschmirpullover in der Entstehung. Er sah so weich aus, dass ich mit meinen Fingern darüber streichen wollte. Stattdessen legte ich wieder Hand an meine blaue, dicke Wolle.

„Es fällt uns schwer, uns für einen Namen zu entscheiden. Ich dachte eventuell an Yule Knits. Clara hat Yuletide Treasures vorgeschlagen und Mabel Christmas for Ewe."

„Was denkst du, Lucy?"

Solange sie sich nicht Vampire Knitters nannten, konnte ich mit jedem Namen leben.

Silence Buggins, die nie lange still blieb, sagte: „Ich finde, Victorian Handcrafts wäre ein hübscher Name. Keine andere Ära kann der meinen das Wasser reichen." Sie lächelte affektiert. „Oder wir könnten ihn Silent Knits nennen."

Sylvia rollte mit den Augen. „Das klingt wie klingt wie Quiet Blitz."

Ich konnte den Streit, der sich da anbahnte, kommen sehen. Fehlte nur noch, dass jeder von ihnen die behauptete, aus diesem oder jenem Grund sei die Ära, aus der er oder sie stammte, die allerbeste gewesen. Bevor irgendein anderer etwas sagen konnte, warf ich ein: „Ihr alle seid der Zeit enthoben. Was spricht also gegen Timeless Treasures?"

Das war zwar vermutlich ein Klischee und es musste eine

Million Geschäfte mit einem solchen Namen geben, aber dieser buntgemischte Haufen untoter Handarbeitskünstler war tatsächlich zeitlos und sie waren ganz sicher Schätze.

„Mir gefällt das", sagte Alfred.

Clara nickte. „Es klingt hübsch."

Silence schmollte einen Augenblick, dann seufzte sie so tief, wie ihr Korsett es zuließ. „Na gut."

„Dann ist ja alles klar", sagte ich. „Ich werde morgen zu dem Einführungstreffen gehen. Ist da noch etwas, was ich bedenken muss?"

„Du könntest versuchen, einen Verkaufsstand zu ergattern, der kein direktes Sonnenlicht abbekommt", sagte Rafe.

„Gut. Ich gebe mein Bestes."

KAPITEL 2

$\mathcal{E}$s war nicht zu übersehen, dass das Gemeinschaftsprojekt die Strickrunde in Begeisterung versetzte. Sie waren schon immer Schnellstricker gewesen, aber jetzt erzeugten sie Strickwaren in atemberaubendem Tempo. Ich ermunterte alle, lange Strümpfe zu stricken, denn ich hatte so eine Ahnung, dass sie ein beliebtes Geschenk werden würden. Einige dieser Strümpfe waren schlicht mehrfarbig geringelt, andere zierten Knöpfe und wieder andere zeigten Santa samt Rentier, Schneemänner mit schwarzen Knopfaugen und roten Puscheln als Nase, Bäume und Sterne, Krippenszenen. Ich musste riesige Mengen Wolle bestellen, allein um sie versorgen zu können.

Sylvia und Theodore dekorierten die Weihnachtsmarktbude und entschieden, wo und wie die meisten Produkte präsentiert werden sollten. Natürlich half ich ihnen dabei, und ich denke, wir alle waren mit dem Ergebnis zufrieden. Theodore hatte das Schild mit Timeless Treasures handgemalt und Granny und ich legten die Preise fest. Sie sollten günstig genug sein, damit man sich die Sachen leisten konnte, aber auch nicht so billig, dass Zweifel bezüglich der Motive der Verkäufer aufkämen.

Am Abend vor der Eröffnung des Weihnachtsmarktes blieb ich extra lange auf, damit ich mit Oma hingehen und unser Werk mitten in der Nacht anschauen konnte. Ich öffnete den Stand und schaltete alle Lichter ein. Als wir zurücktraten, um es uns anzusehen, glitzerte alles wie eine Schneekugel, die in der Nacht leuchtet. Granny klatschte in die Hände. „Oh, das ist so schön."

Vom ersten Tag des Weihnachtsmarktes an zeigte sich, wie recht ich mit meiner Ahnung gehabt hatte. Die Pullover, Schals, Fäustlinge und Mützen waren durchaus beliebt, aber die übergroßen Weihnachtsstrümpfe übertrumpften alles, so oft wurden sie verkauft.

Da sich Granny in der Stadt, in der sie ihr Leben bis zum Tod verbracht hatte, nicht blicken lassen konnte und ich nicht wollte, dass sie sich außen vor fühlte, ermutigte ich Silence, als ihre Delegierte zu agieren und sie darin zu unterstützen, die Produktion und Organisation des Strickwarenflusses am Laufen zu halten. Angesichts der Tatsache, dass die meisten Vampire vor Ort bei dem Projekt mitmachten, aber am Stand stets nur zwei von ihnen gleichzeitig gebraucht wurden, bestand durchweg die Gefahr, dass eine ganze Reihe Vampire außen vor blieben. Die Wohnung im Obergeschoss wurde zu einer improvisierten Strickfabrik, in der gleich, vom Aufstehen am Abend an, die ganze Nacht hindurch emsig gearbeitet wurde.

Als der Weihnachtsmarkt am ersten Freitag im Dezember eröffnete, konnte ich es kaum abwarten, meinen Laden zu schließen und zur Broad Street rüberzugehen. Die historische Straße hell erleuchtet und so belebt, so voller Menschen zu sehen, war einfach wunderbar. Meri begleitete mich begierig auf eine weitere, neue Erfahrung. Als wir zu Timeless Treasures kamen, stand Rafe vor dessen Auslage, als wollte er etwas kaufen. Da er sich weithin einen Namen als Experte für antiquarische Bücher gemacht hatte und er überdies gelegentlich Vorlesungen an einem der Colleges gab, fand er, es würde seltsam aussehen, wenn er auf dem Markt Strickwaren verkaufen würde.

Es gab weitere Kunden, die nicht nur vorgaben, etwas kaufen zu wollen. Zwei ältere Frauen schauten sich die extralangen Weihnachtsstrümpfe an. Nach dem, was offenkundig bereits am ersten Tag alles verkauft worden war, konnte der Strickwarenstand in meinen Augen nur ein Erfolg werden.

Rafe und Alfred begrüßten uns, dann beugte sich Alfred über den Tisch und sagte: „Diese langen Strümpfen verkaufen sich sehr gut. Lucy. Die AB-Positive da drüben hat gleich drei davon genommen." Er deutet auf eine kräftig gebaute Frau, die gerade eine Tüte gerösteter Esskastanien verdrückte.

„0-Negativ, der sich da drüben beim Holzspielzeug umschaut, zögerte und sagte, er wolle es sich überlegen. Und als er wiederkam, waren die beiden, die ihm gefallen hatten, schon weg."

Alfreds Verdauung war sehr sensibel. Er war allergisch auf Knoblauch und sehr eigen, was Blutgruppen anging, aber dennoch. Ich sah ihn zweifelnd an. „Du nimmst mich auf den Arm. In der Menschenmenge kannst du doch nicht die Blutgruppen Einzelner herausriechen."

„Oh, kann ich das nicht, Miss A-positiv?"

Okay, vielleicht konnte er das doch. „Nun, dann solltest du sicherstellen, dass du stets gut genährt bist", sagte ich leise. „Aus den Beständen der Blutbank."

Rafe unterhielt sich mit Clara, aber ich sah, wie sein Blick immer wieder zu dem Holzhäuschen gegenüber dem unseren wanderte, wo eine junge Frau handgemachte Seifen, Öle und Lotionen verkaufte. „Bubbles" stand auf dem Schild über ihrem Marktstand. Zuerst war ich mir nicht sicher, was er betrachtete. Schließlich trat ich näher heran. „Habe ich mich bei der Ausrichtung unseres Standes geirrt?" Machte er sich wegen des Sonnenstands Gedanken?

Er schüttelte den Kopf. Schaute wieder mit diesem fragenden Ausdruck hinüber. „Diese Frau kommt mir bekannt vor, aber ich weiß nicht, woher ich sie kenne."

Ich sah sie mir genauer an. Sie war vermutlich um die Dreißig, hatte langes, glattes Haar, das sie in einem Ton zwischen Kupfer und Gold gefärbt hatte. Sie war hübsch mit ihren großen, braunen Augen und einem etwas traurigen Gesichtsausdruck. Sie schien keine Hilfe am Stand zu haben, sodass der stete Strom von Kunden sie auf Trab hielt. Ich kannte sie sicher nicht. „Gehörst du zu den Leuten, die nie auch nur ein Gesicht vergessen?"

Der Schalk blitzte in seinen Augen auf. „Im Lauf von fünfhundert Jahren? Vertrau mir, ich habe mehr als ein paar Gesichter vergessen."

Ich fragte mich, ob er eines Tages mein Gesicht vergessen würde. Traurigkeit erfasste mich bei dem Gedanken.

„Vielleicht war sie eine deiner Studentinnen oder ihre Familie hat dich engagiert, um den Wert eines Buches zu schätzen."

Er schüttelte seinen Kopf. „Ich erinnere mich an alle

meinen Studenten. Ich bin sicher, dass ich ihr eigentlich noch nie begegnet bin. Womöglich erinnert sie mich einfach nur an jemanden."

Meri schien vom Markt fasziniert zu sein. Ich begann ihr zu erklären, wie er funktionierte, aber sie stoppte mich mit einem Lachen. „Mich erinnert das an die Souks in meiner Heimat: viele Menschen, die Waren verkaufen, an einem Ort versammelt."

„Ganz genau." Es war bestimmt schön für sie, mal etwas so Vertrautes ohne viel Technik zu sehen.

Ich wollte gerade vorschlagen, einen Rundgang zu machen, als ich geradeaus blickte und mir das Herz in die Hose rutschte.

„Doppelt plagt euch mengt und mischt", murmelte ich flüsternd, während ich die drei Hexen beobachtete, die auf mich zu kamen. Hätten sie mich nicht längst erspäht, hätte ich mich unter den Tisch geworfen, um mich dort zu verstecken.

„Zitate aus Macbeth vor dem Abendessen?", fragte Rafe. „Das könnte dir den Appetit verderben."

„Das kriegen diese drei schon ganz alleine hin." Die drei Hexen waren meine Großcousine Violet Weeks, ihre Groß-mutter Lavinia und eine mächtige Hexe namens Margaret Twig. Sie kamen zum Stand und Margaret sagte in ihrem flachen kanadischen Englisch: „Der Weihnachtsmarkt boomt, wie ich sehe. Wie läuft das Geschäft am Strickstand?" Dann kicherte sie, während sie von mir zu Rafe und wieder zurück zu mir blickte. „Oh je, das reimt sich auf F...stand, nicht wahr?"

„Was willst du, Margaret?", fragte ich. Ms Twig machte keine Höflichkeitsbesuche. Jedenfalls ganz sicher nicht bei mir.

Sie sah sich um, beugte sich näher zu mir heran und flüsterte: „Ich will nur sicher gehen, dass du die Feier zur Wintersonnenwende nicht vergisst. Das Julfest ist ein sehr bedeutendes Datum in unserem Kalender."

Ich konnte nicht glauben, dass sie vorschlug, ich solle an einer weiteren Hexenveranstaltung teilnehmen. Ich blickte zu Violet und Lavinia um zu sehen, ob ich gerade reingelegt werden sollte, doch die beiden nickten, als ob sie mich tatsächlich dabeihaben wollten.

„Habt ihr vergessen, was Samhain passiert ist?"

„Jedem geht mal was daneben, Liebes", sagte meine Großtante Lavinia beschwichtigend.

Rafe hatte natürlich jedes Wort mitbekommen. „Was ist denn Samhain passiert?", fragte er. „Du hast nur gesagt es sei langweilig gewesen."

Die drei Hexen brachen in Lachen aus. „Langweilig?", brachte Margaret Twig endlich hervor. „Ich habe mich nie weniger gelangweilt."

„Gerade jetzt langweile ich mich", sagte ich scharf. „Lasst uns über etwas anderes sprechen."

Aber Rafe hatte den Braten oder vielmehr die Story, die sich hier verbarg, längst gerochen und er würde sicher nicht locker lassen. „Bitte. Ich bin fünfhundert Jahre alt. Ich erlebe so selten etwas Überraschendes."

Margaret ging nur zu gern auf diese Aufforderung ein. „Samhain luden wir Lucy als jüngstes Mitglied unseres Hexenzirkels ein, uns ihre Zauberkünste ein wenig vorzuführen." Ihre strahlend blauen Augen glitzerten von all den Tränen, die sie gelacht hatte. „Und das hat sie dann auch prompt getan."

Erneut brachen die drei Hexen in geradezu hysterisches Lachen aus. Ernsthaft, wenn man diesen drei einen Kessel hinhängte, könnten sie allein mit ihrem bösen Gelächter tödliches Gift darin brauen.

Rafe wartete einfach ab, er wusste, sie würde es ihm erzählen, wenn sie sich wieder im Griff hatte. „Wir waren beim Steinkreis, weißt du. Und, so viel muss man Lucy zugute halten, das ist in der Tat ein sehr mächtiger Ort und es war eine sehr mächtige Nacht. Sie gönnte uns eine kleine Vorstellung." Sie wandte sich zu mir. „Was hattest du eigentlich beabsichtigt zu tun?"

Es war ein Zauberspruch, den ich wieder und wieder geübt hatte. Ich verstand bis heute nicht, wie das hatte so schief gehen können.

„Ich habe versucht, den Hut von deinem Kopf zu heben und nach Hause zu schicken, zurück in den Schrank oder auf die Ablage oder wo auch immer du ihn aufbewahrst." Mir hatte der Zauberspruch wirklich gut gefallen. Während ich ihn einübte, hatte ich damit mein Haus aufgeräumt und auf magischem Wege eingekauft. Es schien eine gute Art, Zeit zu sparen. Außerdem hasste ich es zu putzen.

„Was ging schief?", fragte Rafe. Ich sah, wie sich angesichts der Vorfreude auf was auch immer nun folgte, ein leichtes Grinsen auf seinem Gesicht auszubreiten begann.

Meine Großcousine Violet konnte nicht warten, bis Margaret so weit war. „Sie hat einen der Steine aus dem Kreis regelrecht entwurzelt und ließ ihn durch die Luft fliegen", platzte es aus ihr heraus.

Rafes Augenbraue hob sich. „War das das UFO, von dessen Sichtung mehrere Menschen in Oxfordshire berichteten?"

„Ja, das war es", sagte Margaret, starrte Violet zornig an und riss die Geschichte wieder an sich.

Ich musste das erklären. „Margaret, du hast genau vor diesem Stein gestanden. Mein Zauber muss sich da irgendwie verirrt haben." Ich war mir immer noch nicht sicher, wie es passiert war, aber ich hatte Margarets Hut im Blick gehabt – übrigens kein spitzer Hexenhut sondern ein violetter Fedora aus Filz – , und ihm befohlen, dorthin zurückzukehren, von wo er gekommen war, als die Erde bebte und ein massiver Stein, der seit Jahrtausenden fest an diesem Ort gestanden hatte, wie eine Rakete nach oben schoss und durch die Luft flog. „Und das war nicht lustig. Der Stein war sicher tonnenschwer. Er hätte jemanden töten können."

„Tatsächlich war er fast vierzig Tonnen schwer", sagte Margaret. „Ich weiß das, weil ich geholfen habe, ihn zurück- zubringen."

„Ihr habt diesen Stein gefunden?", fragte Rafe.

Sie bedachte ihn mit einem herablassenden Blick. „Ich bin ebenfalls eine mächtige Hexe. Aber ich weiß meine Kräfte zu kontrollieren."

„Wo war er?"

„Der Stein? Etwa acht Meilen entfernt. In einem Abwas- serkanal."

„Aber diese Information könnte geologisch von Interesse sein. Ist euch nicht in den Sinn gekommen, dass der Stein vielleicht nach Hause zurückgekehrt ist? Dort könnte mithin der Steinbruch gewesen sein, aus dem er ursprünglich kam." Er sah bei Weitem zu begeistert aus. Von einem Haufen eifriger Archäologen heimgesucht zu werden, hatte mir gerade noch gefehlt.

„Können wir bitte aufhören, aus der demütigendsten Nacht meines Lebens eine Lehrstunde zu machen?"

„Das ist nicht richtig, Lucy", sagte Meritanum mit ihrer klaren, deutlichen Stimme. „Du hast gesagt, der demütigendste Abend deines ganzen Lebens sei der gewesen, an dem du deinen Verlobten erwischt hast, wie er eine andere Frau in Wollust umarmte." Sie sah tatsächlich verwundert aus. „Es ist unmöglich, dass zwei Zeitpunkte derjenige der größten Demütigung sind. Einer muss den anderen übertreffen."

Ich rang darum, es nicht an Meri auszulassen. Sie versuchte bloß, Verhalten und Vokabeln der aktuellen Ära zu erlernen. „Erinnere mich daran, dir den Girlfriend Code zu erklären", sagte ich zu ihr. „Und die Glocke des Schweigens."

Gehorsam nahm sie ihr Notizbuch heraus und notierte sich meine Worte für unsere nächste Lehrstunde.

„Wie dem auch sei, Liebes", sagte Großtante Lavinia zu mir, „komm zur Wintersonnenwende. Wir segnen den zurückgekehrten Stein." Sie warf den beiden anderen Hexen einen Blick zu. „Natürlich wird niemand von dir verlangen, irgendetwas zu tun."

„Nicht einmal, etwas für das anschließende Abendessen mitzubringen?" Sie hatten mir gesagt, das sei so üblich.

Sie sahen einander an. „Der Hexenzirkel würde es vorziehen, wenn du darauf verzichtest." Sie blickte zu Meri und sagte ausgesprochen freundlich: „Und bring Meritamun mit. Sie ist überaus willkommen."

Ich erwartete, dass sie sich verabschiedeten, nachdem sie nun die Nachricht überbracht hatten, aber sie hingen noch eine Weile herum, um sich begeistert von den Strümpfen zu zeigen und die Ware zu betatschen. Ich konnte sehen, wie

Lavinia und Margaret einander gegenseitig anstießen. Schließlich richtete sich Margaret auf. „Lucy, Lavinia möchte dir einen Vorschlag machen."

„Es war deine Idee!"

Margaret verdrehte ihre blauen Katzenaugen. „Gut. Wir finden, du brauchst eine weitere Verkäuferin in deinem Laden."

Ich konnte nicht glauben, was ich da hörte. Eben noch hatte sie sich über meine Versuche in Sachen Zauberei lustig gemacht und jetzt wollte sie mir gute Ratschläge fürs Geschäft erteilen? Ich war so überrascht, dass ich einen Augenblick um Worte rang. Ich suchte nach etwas Höflichem, verwarf also alles, das Worte wie Das Geht Dich Nichts An enthielt. Am Ende wurde es „Meri ist eine hervorragende Verkäuferin."

„Natürlich ist sie das", sagte Lavinia und warf Margaret einen schrägen Seitenblick zu. „Wir sind nur ein wenig besorgt, dass deine unvorhersehbare Zauberei und die Tatsache, dass es Meri an Bezug zu moderner Hexerei fehlt, negative Auswirkungen auf den Hexenzirkel haben könnten."

Sie sagte tatsächlich ‚negative Auswirkungen', als ob meine mickrigen Bemühungen in derselben Liga wie die Klimakatastrophe und globale Wahlmanipulationen spielten. Da ich sprachlos war, kam aus unerwarteter Richtung Unterstützung. In ihrer klaren, deutlichen Art sagte Meri „Lucy handelt mit Wolle, nicht mit Zaubersprüchen. Sie ist eine sehr gute Herrin, freundlich und fair."

Ich versuchte, ihren Hang, mich Herrin zu nennen, zu zügeln, aber immerhin stand sie nicht mehr jedes Mal auf und verbeugte sich, wenn ich den Raum betrat. Manchmal braucht der Fortschritt viele, kleine Schritte.

„Natürlich ist sie das, Liebes. Aber unser Vorschlag wäre, dass Violet dazu kommt und auch mit dir arbeitet, nur um den Überblick zu behalten."

Mir fielen beinahe die Augen aus dem Kopf. Meine Großcousine Violet, die mich mehr oder weniger zu einem Hexenduell um das Grimoire, das Zaubertagebuch unserer Familie herausgefordert hatte, war nicht gerade jemand, dem ich vollkommen vertraute. Dass sie für mich arbeiten sollte, klang in meinen Ohren verdächtig.

„Violet ist überaus qualifiziert. Sie ist eine gute Strickerin und hat eine Menge Erfahrung im Einzelhandel."

Violet selbst hatte noch gar nichts gesagt, also wandte ich mich an sie. „Willst du bei mir anfangen?"

Sie zuckte mit den Achseln und sah aus, als sei es ihr so oder so egal. „Ich könnte das zusätzliche Geld gebrauchen. Außerdem sieht es nun, wo du diesen Marktstand hast, so aus, als müsstest du Meri häufiger im Laden allein lassen. Ich weiß bereits, dass sie eine Hexe ist und ich kann ihr das eine oder andere beibringen." Sie sah mich direkt an. „Ich werde mein Bestes geben. Ich verspreche es."

Ich konnte tatsächlich zusätzliche Hilfe gebrauchen. Und es wäre schön, wenn ich mir nicht jedes Mal, wenn ich aus der Tür ging, Sorgen wegen Meri machen müsste. Allerdings wollte ich nicht, dass sie dachten, ich wäre leicht umzustimmen. Ich gab mein Bestes, stahlhart dreinzublicken. „Nun gut. Aber nur für die besonders hektische Vorweihnachtszeit. Danach sehen wir weiter."

„Eine weise Entscheidung", sagte Margaret Twig. Mir gefiel der leicht drohende Ton ihrer Stimme nicht. Ich musste daran denken, dass diese Frau versucht hatte, meine geliebte Vertraute zu stehlen. Was hätte sie wohl getan, wenn ich mich geweigert hätte, Violet einzustellen? Ich hätte ihr zugetraut, dass sie meinen Laden unsichtbar gemacht hätte. Ich musste wirklich härter daran arbeiten, meine magischen Kräfte zu beherrschen, damit ich ihrem Zauber etwas entgegensetzen könnte.

„Ich werde morgen um neun Uhr da sein", sagte Violet.

„Komm um acht Uhr dreißig, dann kann ich dir alles zeigen." Ich brauchte sie nicht wirklich so früh, aber ich wollte allen hier klarmachen, wer die Chefin war.

Dann drehten sich die drei um und gingen zu einem Stand, der Steine und Kristalle verkaufte.

Rafe sah von mir zu Meri. Ich hob meine Hand. „Kein einziges Wort."

Er sagte: „Aber ich bin sprachlos." Und dann: „Seid ihr schon zu einem Rundgang über den Markt gekommen?"

„Nein, noch nicht."

„Mir würde das sehr gefallen", sagte Meri.

Ich nickte. Es war schwer, sich all dem zu entziehen – all den Lichtern, den vielen Menschen, die hier herumliefen, dem Geruch deutscher Bratwurst in der Luft. Solange es mir gelang, einen Bogen um die verdrehten Schwestern zu machen, würde es Spaß machen. Er hielt jeder von uns einen Arm hin und sagte: „Ich kaufe euch beiden einen Glühwein."

Ich lachte. „Wie gut, dass wir schon Feierabend haben." Aber es war frostig, und heißer, gewürzter Wein klang sehr gut. Er besorgte jeder von uns ein Glas. Nachdem sie vorsichtig daran gerochen hatte, probierte Meri und befand, das sei sehr gut. Wir liefen zwischen den Marktständen herum, betrachteten Töpferwaren, handgeschnitztes Spielzeug, Kerzen, Patchworkkissen, winzige Filztiere. Und erst das Essen! Handgemachte Käse, Honigsorten und Marmeladen, dazu der warme Hefeduft des Brotes und Schokolade.

Als wir am Ende unseres Rundgangs wieder bei unseren Timeless Treasures ankamen, ging ich meinem Instinkt folgend rüber zum Seifenstand Bubbles. Da gerade keine Kunden da waren, nutzte der Rotschopf die Zeit, um die Regale aufzuräumen. Ich sagte: „Hi, bist du nicht Gemma? Wir haben uns bei der Einführung gesehen."

Sie warf mir einen Blick zu und schien erfreut, dass ich mich an sie erinnerte. „Stimmt. Ich kann mich allerdings leider nicht an deinen Namen erinnern."

„Ich bin Lucy. Und das hier sind Rafe und Meri. Ich helfe bei den Timeless Treasures."

„Bei euch ist eine Menge los. Die Leute sind ganz wild auf diese langen Strümpfe."

„Bei dir lief es aber auch gut. Wer liebt keine handgemachten Seifen?"

Sie lachte. „Ja, ich bin zufrieden. Wenn bei mir so viel los wäre, wie bei euch, würde ich durchdrehen. Ich bin ja ganz allein, weißt du. Eine Freundin wollte mir helfen, aber sie wurde in letzter Minute krank und konnte nicht kommen." Sie zuckte mit den Achseln. „Also gibt's nur mich."

Das war blöd. „Also, wenn ich hier bin und du mal eine Pause brauchst, um zur Toilette zu eilen oder so, sag einfach Bescheid. Ich helfe gern für ein paar Minuten aus."

Sie schaute ehrlich dankbar. „Danke. Das weiß ich zu schätzen."

Rafe fragte „Bist du aus Oxford?"

„Nein. Eigentlich aus Crawley in Sussex. Aber ich habe gehört, dass dies ein wirklich guter Markt ist. Wollte schon immer mal dabei sein."

Er nickte. „Nun, viel Glück."

Tief in Gedanken versunken begleitete er uns nach Hause. „Was beschäftigt dich?", fragte ich schließlich.

Er sah zu mir rüber. „Nichts Wichtiges. Ich habe nur darüber nachgedacht, dass um Crawley herum eine Menge guter Märkte zu finden sind, näher als dieser hier."

„Ich bin sicher, Gemma wird ihre Gründe gehabt haben, warum sie sich für Oxford entschieden hat."

„Ja, ich bin sicher, die hatte sie."

KAPITEL 3

*I*ch ging die Broad Street hinunter zum Weihnachtsmarkt. Es war Sonntag und mein Laden geschlossen, sodass ich Zeit hatte, bei Timeless Treasures zu helfen. Es war schon fast Mittag und ich kam an der Weston Library vorbei, einem neueren Komplex, der zur altehrwürdigen Bodleian Bibliothek auf der gegenüberliegenden Straßenseite gehört. Neben den üblichen Studentengrüppchen mit ihren schweren Büchern, den Shoppern und Touristen bemerkte ich eine Reihe Menschen, die vor den Glastüren warteten. Ich hielt inne, um zu schauen, was sie alle angelockt haben mochte, und sah, dass gerade eine brandneue Ausstellung eröffnet worden war. Auf einem großen Schild stand zu lesen: ‚Die Chroniken von Pangnirtung: Antiker Mythos und moderne Legende. Eine Dominic Sanderson Retrospektive.‘

Ich wollte die Warteschlange umrunden und einem Studenten ausweichen, der sein Fahrrad über den Gehsteig schob, um meinen Weg fortzusetzen, als jemand meinen Namen rief. „Lucy?"

Ich drehte mich um und sah Detective Inspector Ian Chisholm, der ziemlich am Ende der Schlange stand. Er hatte seinen marineblauen Mantel bis oben gegen die Kälte zugeknöpft und trug einen handgestrickten Schal um den Hals. Nun, da ich den Strickwarenladen besaß, fielen mir solche Dinge auf. Ich erkannte die Wolle und hätte eine wohlbegründete Vermutung hinsichtlich der Farbpartie abgeben können. Ich nahm an, seine Tante hatte den Schal für ihn gestrickt.

Er trug eine Einkaufstasche der Bodleian Library, auf der das Buchcover des ersten Bandes der Pangnirtung-Serie prangte. Ein Gemälde mit schneebedeckten Bergen, in dessen Vordergrund eine Gruppe Katookuk stand, mythische Kreaturen, die beinahe so berühmt wie Hobbits waren.

„Ich hatte dich gar nicht für einen Fantasy-Leser gehalten", platzte es aus mir heraus, als ich zu ihm trat. „Oh, Entschuldigung, ich wollte Sie nicht einfach duzen." Wie unachtsam. Bei all dem Unausgesprochen zwischen uns.

„Kein Problem, ich wollte das Du längst vorschlagen." Er lächelte sein überaus charmantes Lächeln und zog die Augenwinkel seiner grünen Augen hoch. „Was die Fantasy angeht – genau diese Bücher haben aus mir einen Leser gemacht. Ich habe sie geliebt. Ich wünschte bloß, Professor Sanderson hätte mehr geschrieben. Vor genau vierzig Jahren sind sie zum ersten Mal erschienen, also haben sie eine Jubiläumsausgabe mit einer neuen Einleitung des Autors herausgegeben, das ist immerhin etwas. Ich habe mich angestellt, um sie signieren zu lassen."

Obwohl ich selbst keine Fantasy-Leserin war, hatte ich von den Büchern gehört. Sie waren ein gigantischer Weltbestseller, mitsamt Verfilmungen und Merchandising. „Professor Sanderson lehrt nach wie vor in Oxford, nicht wahr?"

„Ja. Am Cardinal College, also nur ein paar Häuser entfernt von deinem Laden."

„Ich muss gestehen, dass ich keines der Bücher je gelesen habe. Ich habe allerdings den ersten Film gesehen."

Er machte ein missbilligendes Geräusch. „Du weißt schon, dass die Filme nicht annähernd so gut wie die Bücher sind?"

Ich zuckte mit den Achseln. „Mit einem guten Liebesroman oder einem Krimi kann du mir jederzeit kommen. Aber mit Fantasy habe ich stets Schwierigkeiten."

„Du glaubst also nicht, dass vor langer, langer Zeit in einem weit entfernten Land mythische Wesen existiert haben könnten?" Sein Ton war spöttisch, aber er wusste ja nicht, dass ich tagtäglich mit mythischen Wesen lebte. Jetzt, nicht vor langer, langer Zeit oder weit, weit fort. Sie lebten unter meinem Laden und strickten Pullover. Ich nahm an, als Hexe war ich selbst wohl auch so etwas ähnliches wie ein mythisches Wesen. „Ich ziehe Romane vor, die in der realen Welt spielen."

Die Temperatur musste nahe dem Gefrierpunkt liegen, denn unser Atem hinterließ weiße Wolken beim Sprechen. „Ich nehme an, bei meiner Arbeit begegnet mir genug von der dunklen Seite der Realität. Ich lese Romane, um mich davon abzulenken." Die Schlange rückte vorwärts und ich ging mit, um weiter mit Ian zu sprechen. „Was machst du eigentlich hier? Offenkundig bist du nicht auf dem Weg zu der Sanderson-Ausstellung."

Ich lachte. „Nein. Ich habe am Rande etwas mit einem Weihnachtsmarktstand zu tun, der Strickwaren verkauft. Er heißt Timeless Treasures."

„Da muss ich mal vorbeischauen. Nicht, dass ich noch mehr Strickwaren benötige. Seit Tantchen deinen Laden entdeckt hat, sorgt sie dafür, dass mir der Vorrat nicht ausgeht."

Und da es seinem Tantchen schwerfiel, aus dem Dorf, in dem sie lebte, nach Oxford zu kommen, war es für gewöhnlich Ian, der in den Laden kam, um ihre Bestellungen abzuholen. Ich hatte mich schon ein wenig in ihn verguckt, und wenn er mich ansah, hatte er einen gewissen Ausdruck in seinen Augen, der mich glauben ließ, er könnte ebenfalls Gefühle für mich hegen. Allerdings handelten wir nie nach diesen Gefühlen. Ich weiß nicht, welche Gründe er dafür hatte, aber ich wollte nicht, dass ein scharfäugiger Polizist meinen Geheimnissen zu nahe kam.

Dennoch mochte ich seine Gesellschaft und obendrein hatte er sich als guter Freund erwiesen. Wenn er da war, fühlte ich mich stets sicherer.

Ein leises Summen wie eine Art Energiewelle durchfuhr die Warteschlange und wir drehten uns beide um. Aus der Tür trat ein Mann, der so voll von seiner eigenen Bedeutung war, dass er etwas mit der Ausstellung zu tun haben musste. Er war nicht besonders groß, dafür stämmig gebaut und hatte ein rundes Gesicht mit vollen Lippen. Er sah aus wie jemand, der das Essen und alles, was das Leben zu bieten hatte, genoss. Er trug einen grauen Wollmantel, dessen oberste Knöpfe offenstanden, sodass ich eine verspielte Fliege in Blau und Gelb sehen konnte. Mit lauter, weittragender Stimme sagte er: „Ich danke Ihnen allen, dass Sie heute hierhergekommen sind. Freiwillige Helfer werden entlang der Warteschlange Ihre Namen aufnehmen. Professor Sanderson bedauert, dass er nicht die Zeit haben wird, Ihre Bücher mit persönlichen Nachrichten zu signieren. Nur mit dem Namen, den Sie aufschreiben, und seiner Unterschrift. Und bitte keine Fragen. Dominic hat nur begrenzt Zeit."

Ian schüttelte enttäuscht den Kopf. „Ich hatte mir etwas mehr erhofft. Etwa eine Gelegenheit, ihm zu sagen, wie viel seine Bücher mir bedeutet haben. Klingt irgendwie nach Fließbandarbeit, oder?"

Ich musste zugeben, das tat es. Er trat aus der Warteschlange heraus. „Dann begleite ich dich stattdessen zum Markt."

„Es wird dieses Jahr ein guter Markt", sagte ich. Nachdem Planungstreffen wusste ich, dass sie eine Rekordzahl bei den Händlern und Kunsthandwerkern erwarteten.

Er nickte. „Ich hoffe nur, alle wissen sich zu benehmen."

„Und kaufen eine Menge wunderbarer, handgemachter Geschenke."

Er schmunzelte. „Du wirst noch eine richtige Unternehmerin."

Darüber hatte ich gar nicht nachgedacht, aber ich nahm an, das tat ich. Es war mir wichtig, dass mein Laden gut lief, und meine Lieferanten, die Leute, die die kunstvollen Garne herstellten, lagen mir genauso am Herzen wie meine Kunden, die ihre Zeit und Energie darauf verwendeten, schöne Kleidungsstücke herzustellen. Das Geschäft warf genug für meinen Lebensunterhalt und das Gehalt einer Verkäuferin ab, doch die Gewinnmargen waren schmal und ich hatte Spaß daran, mir immer wieder etwas einfallen zu lassen, das den Reingewinn steigerte. Zwei Jahre Wirtschaftscollege hatten mich glücklich gelehrt, Bilanzen zu lesen und mir die Grundlagen vermittelt, die es brauchte, um ein Geschäft zu führen.

Wir wichen beide nach links aus, um einer Frau Platz zu machen, die mit einem Kinderwagen auf uns zukam, und dann legte Ian seinen Arm um mich und zog mich zu sich heran, als ein Fahrradfahrer einem Lieferwagen auswich und dabei beinahe in mich hineingefahren wäre. Er ließ seinen Arm sofort sinken, aber mir gefiel es, dass seine Polizistenaugen stets Ausschau nach Gefahren jeglicher Art hielten.

Als wir auf dem Markt ankamen, wurde die Menge immer dichter. Ich konnte einen Schulchor hören, der beliebte Weihnachtslieder sang, und die funkelnden Lichter in den glänzend dekorierten Marktbuden sehen, um die sich fröhliche Besucher auf der Jagd nach dem einzigartigen Geschenk für den Weihnachtsstrumpf drängten.

Und wo wir gerade bei Strümpfen waren: Als wir uns Timeless Treasures näherten, sah ich eine Frau, die sich anstellte, um die vier handgestrickten Strümpfe zu bezahlen, die sie über den Arm gehängt trug. Die Frau hinter ihr, vermutlich eine Freundin, denn sie unterhielten sich angeregt, trug zwei Strümpfe. Ich würde alle strickenden Vampire davon überzeugen müssen, Strümpfe anzufertigen, damit wir die Nachfrage auch weiterhin würden befriedigen können.

Bei Bubbles auf der gegenüberliegenden Seite war es nicht ganz so voll, also lenkte ich Ian dorthin. Womöglich hegte ich insgeheim die Absicht, ihn so weit wie möglich von den Vampiren fernzuhalten. Gemma benutzte ein großes Messer, um einen massiven Block ihrer handgemachten Seife in kleinere Stücke zu teilen. Die Seife war blassviolett und ich roch das Lavendelöl, das sie bei deren Herstellung benutzt hatte. Kleine lila Lavendelblüten durchzogen die Seife wie Sommersprossen. Ich stellte die beiden einander vor, wobei ich unerwähnt ließ, dass Ian Polizist war, denn schließlich war er außer Dienst hier. Ich erklärte, dass es Gemmas erstes Jahr auf dem Markt war.

„Gefällt's Ihnen bisher?", fragte Ian. Das war nun wirklich eine unverfängliche Frage.

Zu meiner Überraschung verfinsterte sich ihr Gesichtsausdruck. „Was ist in der Tasche?", fragte sie.

Ian ließ sich nicht aus der Fassung bringen. Er hatte tagtäglich mit weit unhöflicheren Menschen zu tun. Er hielt die Tasche hoch. „Sie haben eine neue, illustrierte Ausgabe anlässlich des vierzigsten Jubiläums herausgebracht. Ich habe sie mir selbst als verfrühtes Weihnachtsgeschenk gekauft."

Gemma wendete sich wieder dem Zerteilen der Seife zu, wobei sie mit so viel Kraft zu Werke ging, dass die Seife auf ihrem Brett sprang. Ian und ich wechselten einen Blick, und er sagte: „Kein Fantasy-Fan?"

Sie sah hoch und dann wieder zu ihrer Seife. „Kein Fan des Autors."

Ian trat einen Schritt zurück, als wollte er seine kostbaren Bücher vor dem Hackmesser schützen. „Nun, ich lasse Sie dann mal weitermachen. Ich hoffe, Sie haben Erfolg auf dem Markt."

Sie nickte und murmelte etwas, das ein Dankeschön hätte sein können, und wir gingen fort. Als wir außer Hörweite waren, sagte ich „Was war denn das gerade?"

Er zuckte mit den Achseln. „Der Autor Dominic Sanderson ist als Professor für seine Strenge berüchtigt. Vielleicht hat er ihr eine schlechte Note gegeben."

Ich blickte zurück zu Gemma. Sie hatte die Lippen fest zu einer schmalen Linie zusammengepresst. Sie begann, handgeschöpfte Papierstreifen um ihre frisch geschnittenen

Seifenstücke zu wickeln. Ich konnte einen Blick auf das Silber erhaschen, mit dem sie die Seifennamen auf die Papierlabels geschrieben hatte. „Vielleicht."

„Wenn du ihr gesagt hättest, dass ich Polizist bin, hätte ich vielleicht gedacht, dass sie Grund hat, jemanden wie mich nicht zu mögen."

„Du meinst, sie könnte schon mal mit dem Gesetz in Konflikt geraten sein?"

Er zuckte mit den Achseln. „So etwas soll vorkommen."

Wir hatten die Ecke Broad Street und St. Giles erreicht und zögerten beide. Er sagte: „Ich nehme nicht an, dass du–"

„Lucy! Gute Güte, ich hatte gehofft, dass du es bist." Das war Clara, die zusammen mit Alfred die erste Schicht am Stand übernommen hatte. „Entschuldige bitte die Unterbrechung, aber uns gehen die Strümpfe aus. Die Leute haben ihren Freunden davon erzählt und nun kommen sie extra, um welche zu kaufen. Und kannst du außerdem noch etwas von dem Bargeld zur Bank bringen? Ich mag es nicht, wenn wir so viel davon hier am Stand haben."

„Natürlich." Ich wandte mich Ian zu. „Es tut mir leid, aber was hast du gerade gesagt?"

Er schüttelte den Kopf und blickte kläglich drein. „Nicht so wichtig. Du hast offensichtlich zu tun. Ich hoffe, du hast einen erfolgreichen Tag."

Ich sah ihm nach, wie er wegging, wobei die Büchertasche in seiner Hand hin und her schwang. Mich hätte es brennend interessiert zu erfahren, wie der Satz wohl geendet hätte.

KAPITEL 4

ch nahm die beachtliche Summe Bargeld so diskret wie möglich an mich und machte mich damit auf den Weg zum Cardinal Woolsey's. Auf der Liste der Sachen, die ich auf dem Rückweg mitbringen wollte, standen hauptsächlich Strümpfe.

Ich war noch nicht weit gegangen, als mir ein kalter Schauer den Nacken herunterlief. Obwohl es Dezember war und kalt dazu, bedeutete diese ganz spezielle Kälte, dass Rafe in der Nähe war. Und prompt materialisierte er sich an meiner Seite, so hochgewachsen und tief in Gedanken versunken wie immer.

„Ist das ein Freundschaftsbesuch?", fragte ich ihn, während er stumm neben mir einherschritt.

„Mit all dem Geld behalte ich dich besser im Auge. Ich möchte nicht, dass du ausgeraubt wirst."

Ich blickte durch meine Wimpern hindurch zu ihm hinauf. „Angst um meine Sicherheit?"

Er blickte zu mir herunter. „Ich schütze den Umsatz unseres ersten Weihnachtsmarktstandes."

Ich brach in Gelächter aus. Ich konnte nicht anders. Sein Sinn für Humor war so trocken, dass ich manchmal versucht war, ihn abzustauben. „Timeless Treasures macht sich bemerkenswert gut."

Er nickte. „Wenn das anhält, werden wir einen hübschen Gewinn einstreichen." Rafe war nie auf einem Wirtschaftscollege gewesen, aber in den sechs Jahrhunderten, die er bereits auf Erden verbracht hatte, hatte er offenkundig das eine oder andere Geschäft geführt und verschiedene Vermögen angehäuft. Dennoch war er genau wie ich erfreut zu sehen, dass unser kleiner Weihnachtsmarktstand Gewinn machte.

„Habt ihr euch entscheiden, welche wohltätige Organisation ihr unterstützen wollt?"

Er schüttelte den Kopf. „Noch nicht. Ich nehme an, wir werden darüber abstimmen, wenn der Markt vorbei ist. Diejenigen von uns, die nachts auf den Straßen unterwegs sind, haben die Obdachlosen im Blick. Vielleicht können wir etwas für sie tun. Naturgemäß bin ich stets dafür, die Arbeit der Bodleian Library zu unterstützen." Rafe war ein Antiquar und überdies Experte für seltene Bücher, so dass er des Öfteren für die Bodleian Bibliothek tätig wurde. „Das Geld wird nicht verschwendet werden."

Er ging mit mir zur Bank, wo ich das Geld im Nachttresor deponierte, und begleitete mich danach zur Harrington Street. Meine Wohnung über dem geschlossenen Laden war voller Vampire, die in erstaunlichem Tempo strickten. Ich suchte zwei Dutzend brandneue Weihnachtsstrümpfe sowie noch ein paar Kinderpullover, -mützen und -fäustlinge zusammen. Ich sagte zu Granny: „Clara meint, ihr sollt euch ganz auf die Strümpfe konzentrieren. Sie verkaufen sich vier Mal so gut wie alles andere zusammen."

Oma war entzückt und klatschte in die Hände, obwohl ich angenommen hatte, dass mich jeder im Raum gehört hatte. Sie sagte: „Alle hergehört! Beendet, woran auch immer ihr gerade arbeitet, und dann machen wir uns alle an die Weihnachtsstrümpfe."

Hester, ganz ewiger Teenager, verdrehte ihre schwarzumrandeten Augen himmelwärts, stöhnte und lümmelte sich wieder auf die Couch. „Ich habe keine Lust mehr, Strümpfe zu stricken. Warum kann ich nicht irgendetwas anderes machen?"

Sylvia blaffte sie an: „Dies ist die Zeit für Geschenke und Wohltätigkeit. Niemand will deine deprimierenden, schwarzen Leichentücher." Hester runzelte die Stirn, aber Sylvia lag schon ziemlich richtig. Tatsächlich strickte der Teenager seit Neuestem wie besessen endlos lange, schwarze Schals, die alles andere als fröhlich waren.

„Na schön", sagte sie finster. „Ich werde etwas so Fröhliches stricken, dass einem ganz anders wird – etwas mit kleinen gelben Entchen und hübschen Häschen Übersätes."

Granny sah sie mitleidig an. „Das wäre etwas für Ostern, Liebes. In dieser Zeit des Jahres wollen wir Rentiere und Schneemänner, Christbaumkugeln und schneebedeckte Bäume."

„Mir wird schlecht." Hester erhob sich von der Couch und schleppte sich zum Tisch, wo Wolle, Kurzwaren und Muster lagen. Sie nahm sich rote und grüne Wolle und war bald mittendrin, einen der so beliebten Weihnachtsstrümpfe zu produzieren.

Granny betrachtete Hester mit der Mischung aus Verärgerung und Zuneigung, die der Teenager den meisten von uns die meiste Zeit abnötigte. Sie sagte: „Hesters klugem Köpfchen verdanken wir die extralangen Strümpfe doch. Und schaut euch nun an, wie beliebt sie geworden sind."

Hester funkelte sie an. „Mir war langweilig und ich vergaß bloß, abzuketten, das war alles. Sie sollten nie derart lang werden." Aber ich konnte sehen, dass sie die Anerkennung ihres Designs freute, wie auch immer es entstanden sein mochte.

„Was hältst du von diesem hier, Lucy?", fragte Dr. Christopher Weaver. Er war in allem, was er tat, äußerst genau. Als ich den Strumpf anschaute, den er in Arbeit hatte, kam mir der Verdacht, er hätte mich nur darauf aufmerksam gemacht, um Komplimente einzuheimsen. Denn es war in der Tat ein wirklich wunderschönes Exemplar. Er hatte einen altmodischen Weihnachtsbaum mit Kerzen statt elektrischen Glühbirnen kreiert, und all die Kugeln und Kerzen waren aus goldenen, silbernen und juwelenfarbigen Fäden gearbeitet. Ich sagte: „Für diesen werden wir einen höheren Preis nehmen müssen. Er ist exquisit."

Hester warf umgehend ihre Nadeln zu Boden und machte ein unhöfliches Geräusch. „Was ist denn dann meiner, etwas für den Mülleimer?"

Ich konnte nicht glauben, dass ich so taktlos gewesen war. Ich öffnete meinen Mund um zu sagen, wie wertvoll jeglicher Beitrag war, als Granny mich ansah und sachte den Kopf schüttelte. Sie sagte: „Hester, Liebes, ich denke, dass wir die Preise unserer Strümpfe am jeweiligen Arbeitsaufwand festmachen müssen. Das heißt nicht, dass deiner langweilig oder stumpf wäre, nur ein bisschen einfacher."

„Einfacher?", kreischte Hester. „Ich zeig euch was Einfaches." Und dann marschierte sie rüber zum Tisch, wo das ganze Material lag, und wählte einige der winzigen, funkelnden Kristalle und etwas vom edelsteinfarbenen Garn aus.

Ich blickte zu Granny, die wissend nickte und mir zuzwinkerte. Oh, sie war wirklich gut.

Hester setzte sich nun hin und nahm ihren Strumpf ernsthaft in Angriff, fest entschlossen, dass er schöner werden würde als alles, was Christopher Weaver zustande bringen könnte. Tatsächlich breitete sich eine Art gesunder Wettkampfgeist im Raum aus und die Arbeit, die vielleicht schon angefangen hatte, ermüdend zu sein, wurde durch kreative Ideen und den Wunsch, die anderen auszustechen, neu belebt.

Nachdem ich alles beisammenhatte – nicht nur die vierundzwanzig Strümpfe, die allesamt wunderbar und kunterbunt waren, sondern obendrein die fünf Luxusstrümpfe, die Christopher Weaver hervorgebracht hatte, sowie die anderen Dinge, die Clara benannt hatte – , machte ich mich auf den Weg zurück zum Markt. Der Tag war kalt und wolkenverhangen, doch das schien niemanden zu stören. Am Sonntagnachmittag strömten die meisten Menschen hierher. Ich hatte vorgehabt, bei Timeless Treasures auszuhelfen, aber Clara und Alfred brauchten mich eindeutig nicht. In der Enge wäre ich nur im Weg. Ich dachte, ich könnte ein wenig herumspazieren und mir vielleicht etwas zu essen besorgen, als mir auffiel, dass sich um Gemmas Seifenstand eine Menschenmenge scharte. Es sah ganz so aus, als hätte sie Mühe, sie alle zu bedienen.

Vorhin hatte sie sich unhöflich und seltsam benommen, aber es war ihr erstes Mal auf diesem Markt und ich konnte nicht zusehen, wenn jemand überfordert war. Ich wusste nur zu gut, wie es sich anfühlte, wenn man sich als Händlerin zu viel mit einem neuen Laden aufbürdete. Ich spürte ihre Not sofort, also schlüpfte ich zu Gemma hinter den Ladentisch und fragte: „Wer ist der Nächste bitte?"

Ich hatte nicht um Erlaubnis gebeten und sie warf mir einen Blick zu. Aber Gemma sah nicht aus, als sei sie über meine Einmischung verärgert, sondern blickte geradezu verzweifelt dankbar. Ich war kein Experte in Sachen Seife, aber ich konnte Geld entgegennehmen, Wechselgeld rausgeben, Päckchen einpacken und den Leuten fröhliche Feiertage wünschen. Alle Fragen zu Inhaltsstoffen, Haltbarkeit oder ob eine bestimmte Seife gut für trockene Haut wäre, reichte ich an Gemma weiter. Wir arbeiteten überraschend gut zusammen, manövrierten in der Enge bequem umeinander herum. Es dauerte nicht lange, bis ich die Basics begriffen hatte. Diese dort waren aus Ziegenmilch, die Spanische Seife war aus reinem Olivenöl und dazu unparfümiert, hervorragend geeignet für sensible Haut, jene dort enthielt Hafermehl und war wunderbar als Peeling zu gebrauchen. Eine fröhliche ältere Frau sagte: „Ich nehme am besten eine Auswahl aus einem halben Dutzend Seifen und vier Flaschen von dem entzückenden Badeöl. Nachdem ich gegenüber gerade diese extralangen Strümpfe gekauft habe, brauche ich noch mehr Geschenke, um sie zu füllen."

Ich gab ihr das Wechselgeld und sagte: „Ihre Familie wird das aber freuen."

„Das denke ich auch. Ich kann mir vorstellen, dass diese Strümpfe viele Jahre lang im Besitz meiner Familie sein werden."

Als sich der Ansturm endlich legte, atmete Gemma tief

aus. „Puh." Sie schüttelte den Kopf. „Ich weiß nicht, was ich ohne dich getan hätte."

„Du hättest es geschafft."

„Oder wäre durchgedreht."

„Hast du denn gar keine Unterstützung?" Ich konnte mir nicht vorstellen, wie sie den ganzen Markt bis zum Ende allein hinbekommen sollte.

Sie räumte auf und füllte die Waren in ihrer Auslage wieder auf. „Ich habe es dir doch gesagt. Ich hatte eine Freundin, die mir helfen wollte, aber dann wurde ihr Freund krank und sie konnte nicht mitkommen."

„Oh, das ist aber wirklich Pech." Tatsächlich hatte sie mir erzählt, dass ihre Freundin diejenige gewesen wäre, die krank geworden sei. Vielleicht gab es die Freundin gar nicht und ihr war es peinlich, dass sie sich keinen Helfer leisten konnte.

„Ich werde das schon alleine schaffen. Muss ich ja."

„Nun, wann immer ich da bin, helfe ich gerne aus."

„Schau, du hast mich wirklich gerettet. Lass mich dir einen ausgeben, wenn wir hier fertig sind."

Eigentlich hatte ich geplant, früh zu Bett zu gehen – nachdem ich noch eine Stunde oder so damit verbracht hätte, mit meinem Grimoire zu lernen – aber ich spürte, dass Gemma einsam war. Wenn ihre Freundin sie im Stich gelassen hatte, brauchte sie vielleicht jemanden zum Reden. Außerdem besaß ich kaum Freunde in meinem eigenen Alter, also sollte ich mir etwas Mühe geben, neue zu finden. „Gern."

Nachdem der Markt schloss und wir unsere Hütten für die Nacht verrammelt und verriegelt hatten, führte ich Gemma ein Stück weit die Cornmarket Street hinunter zur Crown, einem Pub, dessen Ruhm hauptsächlich darauf beruhte, dass Shakespeare hier Quartier genommen hatte, wenn er zwischen Stratford und London unterwegs gewesen war. Außerdem war die Atmosphäre toll, es gab eine Menge lauschiger Sitzecken und das Essen war gut.

Wir seufzten beide, als wir uns setzten und unsere Füße endlich entlasteten. Stundenlang auf hartem Pflaster zu stehen war für den Körper wahrlich keine leichte Übung. Ich streckte meine schmerzenden Füße vor mir aus.

„Was soll ich dir holen?", sagte Gemma aufstehend. „Ich nehme etwas von ihrem heißen, gewürzten Wein."

Am Ende eines frostigen Tages klang das nach einer hervorragenden Idee, also sagte ich, genau das wolle ich auch.

Bald kehrte sie mit den heißen Getränken zurück und wir stießen an, bevor wir kosteten. Es schmeckte herrlich nach Wein und Gewürzen, und das Getränk wärmte mich bis in die Spitzen meiner schmerzenden Füße.

Wir sahen einander an und ich konnte sehen, wie wir beide nach der ersten Kennenlernfrage suchten. Endlich sagte sie: „Also, wo bist du zuhause? Du klingst amerikanisch."

Ich lächelte. Vor wenigen Monaten noch hätte ich darum gerungen, diese Frage zu beantworten. Aber seitdem ich hier war, hatte ich mich ganz auf das Leben in Oxford, das Cardinal Woolsey's und das Nest der Vampire, die unter mir lebten, eingelassen und begann die Magie zu akzeptieren, die ein Teil von mir war. Ich sagte: „Hier in Oxford bin ich zuhause. Allerdings wurde ich in Boston geboren. Dort bin ich hauptsächlich aufgewachsen, doch ich war beinahe jeden Sommer hier, um mit meiner Großmutter im Cardinal Woolsey's Wollgeschäft zu arbeiten. Sie ging vor wenigen Monaten von uns und hat mir den Laden hinterlassen. Und nun lebe ich hier und führe einen Wollladen."

„Das mit deiner Großmutter tut mir leid. Standet ihr euch nahe?"

Ich nickte. „Das taten wir." Und daran hatte sich nichts geändert. In diesem Moment leitete Granny zwei Dutzend strickender Vampire und spornte sie zu Höchstleistungen an. Sie mochte untot sein, aber ich liebte sie heiß und innig.

„Was ist mit dir?", fragte ich. „Wo kommst du her?"

„London. Okay, vom Stadtrand Londons. Crawley. Mom war Lehrerin. Dort fand sie Arbeit, also zogen wir dorthin, als ich klein war." Sie seufzte. „Ich habe sie letztes Jahr verloren, an den Krebs."

„Das tut mir sehr leid für dich."

„Danke. Es war hart, weil wir beste Freundinnen waren." Sie erwähnte keinen Vater, also bohrte ich nicht nach.

„Ich war noch nie in Crawley. Was aber kein Wunder ist, es gibt eine Menge in England, das ich noch nie gesehen habe. Es ist schwierig, einen Laden zu führen und Zeit zum Reisen zu finden."

Sie nickte. „Außerdem ist Oxford so hübsch, hier zu leben muss sein, als wäre man die ganze Zeit im Urlaub."

Wir plauderten, bis unsere Gläser leer waren und wir vor der Frage standen, ob wir uns nun verabschieden, noch etwas trinken oder zum Abendessen bleiben würden. Mir war inzwischen warm, ich fühlte mich wohl, und der Gedanke, nach Hause zu gehen und mitten in der Strickfabrik zu versuchen, mir Abendessen zu machen, war nicht gerade verlockend. Ich war mir sicher, man würde mir statt Strickarbeiten niedere Tätigkeiten zuweisen, wie etwa Wolle aufzuwickeln oder dergleichen. Ich hatte bereits meinen Teil getan, also dachte ich, hier zu bleiben sei weitaus interessanter. Außerdem mochte ich Gemma und wollte sie kennenlernen. Als sie auf mein leeres Glas deutete und „noch eins?" fragte, antwortete ich: „Vorschlag: Du darfst mir noch einen Drink bezahlen und ich zahle unser Abendessen."

Sie meinte, dass sie mich damit übervorteilen würde, aber ich erklärte, dass ich keine Lust hatte zu kochen und sie mir somit einen Gefallen täte, und schließlich willigte sie ein. Ich war dem Shepherd's Pie besonders zugetan, eine Neigung, die sie, wie sich zeigte, teilte. Wir nahmen beide Shepherd's Pie und anstelle noch mehr Glühweins jede ein Glas Rotwein.

Als wir uns ans Abendessen machten, wurde unser Umgang miteinander immer entspannter. Die Tatsache, dass wir bereits ein paar Stunden lang zusammengearbeitet hatten, hatte das Eis gebrochen. Ich fragte: „Ist das Herstellen von Seifen und individuellen Pflegeprodukten deine Hauptbeschäftigung?"

„Oh nein, das ist ein Hobby. Ich bin in der Lehrerausbildung. Das hier mache ich, um etwas dazuzuverdienen, solange ich auf der Schule bin."

„Hast du eine Unterkunft gefunden?" Mir war bewusst, dass Unterkünfte in Oxford für ihre hohen Preise berüchtigt waren. Wenn Meri nicht bereits in meinem Gästezimmer gewohnt hätte, hätte ich Gemma womöglich eingeladen, für die Dauer des Weihnachtsmarktes bei mir zu übernachten. Sie sagte: „Ich habe ein günstiges Hotelzimmer in Botley ergattert. Es ist in Ordnung und das Bett ist bequem."

„Gut". Mir fiel ihre eigenartige Reaktion auf Dominic Sandersons Fantasy-Trilogie samt Ians Theorie wieder ein, der für seine Strenge berüchtigte Professor habe ihr eine schlechte Note verpasst. „Warst du auf einem der Colleges hier?"

Sie lachte und schüttelte den Kopf. „Selbst wenn ich dafür die Noten gehabt hätte, hätte ich es mir nie leisten können, hier zu studieren. Nein, ich musste in der Nähe bleiben, damit ich zu Hause wohnen konnte. Mom unterstützte mich, solange sie konnte. Mein Dad hat sein Bestes gegeben, aber er hat kein Geld."

Ich war unheilbar neugierig und konnte das Thema anscheinend nicht ruhen lassen. „Du schienst ziemlich sauer auf Dominic Sanderson."

Sie schubste etwas Kartoffelpüree mit ihrem Messer herum und ich dachte, sie würde nicht antworten. Schließlich sagte sie: „Mein Vater und Dominic Sanders waren hier in Oxford enge Freunde. Aber Sanderson war ein schlechter Freund. Er ruinierte das Leben meines Vaters."

Ich war mir nicht ganz sicher, dass ich sie richtig verstanden hatte. Ein Freund von der Uni hatte das ganze Leben ihres Vaters ruiniert? Sie musste dreißig sein, also musste das lebensruinierende Ereignis vor langer Zeit stattgefunden haben. „Muss ja ganz schön was passiert sein, dass es sein ganzes Leben ruiniert hat."

„Das ist eine lange Geschichte." Sie kicherte bitter. „Tatsächlich sind es drei lange Geschichten."

Ich mochte nicht viel von Literatur verstehen, aber es lag nahe, dass sie über Sandersons Fantasy-Trilogie sprach. Ganz besonders, wo sie derart feindselig reagiert hatte, als sie die Tasche in Ians Hand gesehen hatte. Nichts, was ich seitdem oder davor von ihr gesehen hatte, deutete darauf, dass sie eine wütende Person war, aber wenn es um Sanderson und das Buch ging, war sie eindeutig wütend.

Sie schüttelte den Kopf. „Ich hätte nichts sagen sollen. Es ist so eigenartig, hier zu sein. Ich frage mich, ob es ein Fehler war, nach Oxford zu kommen." Sie schien mit sich selbst zu reden, also saß ich nur da und hörte zu. Sie blickte zu mir auf und dann zurück zu ihrem halbleeren Glas Wein. „Die Wahrheit ist, ich musste weg von einem Kerl."

„Oh nein." Wenn es etwas gab, mit dem ich mich auskannte, waren es Fluchten vor fiesen Trennungen. Ich war rund viertausend Meilen weit gegangen, um Todd den Flop zu vergessen. Ich wartete, wollte sie nicht drängen, falls sie noch mehr sagen wollte, aber wir waren zwei heterosexuelle Singlefrauen, die im Pub waren, um sich kennenzulernen. Natürlich würden wir über Kerle reden.

Mit einer ungeduldigen Handbewegung schob sie ihr kupferfarbenes Haar über die Schulter zurück. An ihrem Finger glitzerte ein silberner Ring. „Sein Name ist Darren. Ich lernte ihn im Pub kennen, als ich mit ein paar Freunden ausging. Schien ganz nett. Sah nicht schlecht aus. Er baggerte mich an und ich gab ihm meine Nummer. Er rief an und wir gingen ein paar Mal aus."

Ein Pärchen ging streitend an unserem Tisch vorbei. Sie erklärte ihm, dass sie zu spät kommen würden, wenn sie nicht aufbrächen, und er insistierte, sie hätten noch Zeit für ein weiteres Pint. Er war ein kräftiger Kerl und stieß gegen unseren Tisch, als sie vorbeigingen. Der Tisch ruckelte so heftig, dass unsere beiden Weingläser zu schwanken begannen. Schneller, als ich nach dem Glas hätte greifen können, murmelte ich einen geflüsterten Zauberspruch, und die Gläser richteten sich wieder auf. Tisch und Wein standen augenblicklich still. Wenn ich nachgedacht hätte, hätte ich das nicht getan, aber die Magie wurde allmählich zu meiner zweiten Natur.

Der mürrische Kerl stritt noch immer um sein Pint und hatte die Fast-Katastrophe nicht einmal bemerkt, aber ich hatte Angst, Gemma würde mich voller Furcht ansehen und sogleich zu einem Hexenprozess zerren. Sie starrte einen Moment, dann kicherte sie. „Das war seltsam."

Ich zwang mich mitzulachen. „Yeah. Ich war mir absolut sicher, es würde alles verschüttet."

„Shakespeare muss ein Auge auf uns haben."

Unbedingt, schieb es Shakespeare in die Schuhe!

„Also", forderte ich sie auf: „Darren?"

„Ja." Sie seufzte. „Darren. Keine meiner besseren Entscheidungen. Wir hatten ein paar Dates und er fing an, besitzergreifend zu werden und auf beunruhigende Weise über die Zukunft zu reden, etwa davon, wie viele Kinder wir bekommen würden. Er arbeitete an seiner Zulassung als Gasmonteur und rechnete sich aus, wo ich einen Job als Lehrerin bekommen und er von einer guten Firma eingestellt werden könnte. Er hatte bereits alles geplant. Wann wir ein Haus kaufen und unser erstes Kind bekommen würden."

„Im Ernst? Nach gerade mal ein paar Dates? Mit meinem letzten Freund war ich zwei Jahre zusammen, und als ich anfing darüber zu reden, den nächsten Schritt in unserer Beziehung zu gehen, ging er schnurstracks mit einer anderen ins Bett." *Wir hatten alle unsere Probleme.*

„Ich wünschte, Darren täte so etwas. Ich sagte ihm, er solle einen Gang runter schalten, ich sei noch nicht bereit, und da fing er erst recht an, sich seltsam zu benehmen. Tauchte plötzlich vor meinem Haus auf. Wenn die Schule aus war, stand er da, mit seinem Motorrad und wartete auf mich."

Das hörte sich schrecklich an. Schon allein von diesem Typen zu hören, machte mir bereits Angst. „Was hast du getan?"

Sie beugte sich vor und das Licht ließ ihr Haar in Kupfer, Messing und Gold aufschimmern. „Ich habe mich natürlich von ihm getrennt." Sie atmete tief aus. „Und dann hat er gedroht, sich das Leben zu nehmen."

„Oh nein."

„Ja. Ich bin so dumm, ich habe ihm geglaubt. Ich habe versucht, ihm Hilfe zu besorgen. Aber er wollte bloß meine Aufmerksamkeit."

„Das tut mir so leid."

Sie nickte. „Das ist einer der Gründe, warum ich herkam. Ich hoffe, wenn ich nicht in der Stadt bin, wird er jemand anderes finden oder mich vergessen."

„Im Ernst? Deshalb bist du nach Oxford gekommen?"

„Nun, außerdem wollte ich herkommen und es selbst sehen. Dad war als Student hier und – ich denke, hier war er am glücklichsten." Plötzlich sah sie unbehaglich aus. „Du bist eine gute Zuhörerin. Ich rede zu viel."

„Nein. Das machen Frauen so. Wir unterstützen einander." Ich zögerte, ihr einen Rat zu geben, aber sie war so ehrlich gewesen, mir ihre Probleme zu offenbaren, da konnte ich nicht einfach nur rumsitzen und nicht ebenso ehrlich darauf reagieren. „Warst du bei der Polizei?"

Sie blickte hinunter auf die Tischplatte. „Nein. Was sollte ich denn sagen? Darren hat nichts getan. Er hat nie mich bedroht, nur sich selbst." Sie sah auf ihr Smartphone. „Es ist spät geworden. Ich sollte zurückgehen."

„Ja, das sollte ich auch."

Wir standen beide auf und dann wandte sie sich zu mir.

„Nochmals vielen Dank dafür, dass du mir heute geholfen hast."

„Hey, am Anfang, als ich darum rang, mit dem Cardinal Woolsey's klarzukommen, hatte ich auch Unterstützung. Ich wüsste nicht, was ich ohne diese getan hätte. Ich gebe das lediglich weiter."

Sie nickte. „Und eines Tages werde ich das ebenfalls machen."

„Abgemacht."

Wir machten aus dem Abschied keine große Sache, da wir uns ja morgen wiedersehen würden. Sie brach auf, um einen Bus zu ihrem Hotel zu nehmen, und ich ging nach Hause. Der kürzeste Weg dorthin war geradewegs den Cornmarket hinunter, aber nicht immer war die naheliegendste Route das, wonach mir der Sinn stand. Ich war noch immer damit beschäftigt, diese faszinierende Stadt zu erkunden, und so wählte ich den etwas längeren Weg erst die Queen Street und dann die New Inn Hall Street hinunter, die am oberen Ende der Harrington Street endet.

Die Pause hatte meinen Füßen gutgetan, aber ich war froh, dass ich keinen langen Weg zu gehen hatte. Mich begleitete das Klappern meiner Stiefel auf dem Pflaster und meine Gedanken, die sich um meine neue Bekannte Gemma drehten.

Ich fühlte, dass sie mehr belastete als das, wovon sie mir erzählt hatte, und ich fragte mich, ob sie mir jemals genug vertrauen würde, um mir mitzuteilen, warum sie wirklich hierhergekommen war.

Vor nicht allzu langer Zeit hätte ich vielleicht darauf gedrängt, im Glauben, dass es gut ist, wenn man seine Probleme miteinander teilt. Aber nun, da ich in Oxford lebte, hatte ich gelernt, dass es Geheimnisse gibt, die man nicht miteinander teilen kann. Also hatte ich nicht nachgebohrt.

Ich hielt inne. Ich drehte mich nicht um oder suchte die Dunkelheit mit den Augen ab, ich hörte einfach auf zu gehen und sagte laut: „Ich weiß, dass du da bist."

KAPITEL 5

*E*in leises Kichern war die Antwort und Rafe erschien an meiner Seite. „Du beschuldigst mich stets, dass ich wie ein Rauchwölkchen erscheine. Ich kann nicht glauben, dass du mich trotz des Höllenlärms gehört hast, den du mit deinen Stiefeln machst."

Ich verbarg mein Lächeln. Es ärgerte ihn, dass ich seine Gegenwart wahrgenommen hatte. „Ich habe dich nicht gehört. Ich habe dich gespürt. Da ist so ein kühles Kribbeln in meinem Nacken."

Er betrachtete mich angestrengt. Ich begriff, dass er allein dieses Kribbeln auslöste, keiner der anderen Vampire. Und hätte er gefragt, müsste ich ihm das verraten. Und dann würde er sich fragen, warum er mich auf diese Art berührte. Es sei denn, er wusste das bereits. „Das muss mein Hexensinn sein", sagte ich.

Er sah mich immer noch auf diese seine angestrengte, grüblerische Art an. „Zweifelsohne."

„Und, unternimmst du einfach einen Spaziergang? Oder folgst du mir?" Tatsächlich hatte ich ihn nicht wahrgenommen, als ich im Pub gewesen war, sondern erst, nachdem ich diesen verlassen hatte.

Er lief einige weitere Schritte neben mir her, dann sagte er: „Ich muss dir nicht folgen. Auch ich kann dich spüren."

„Wirklich? Es kribbelt in deinem Nacken?"

Erneut dauerte die Stille einen Herzschlag zu lang. Endlich sagte er: „Ich kann dich riechen."

Oh, wie sehr ich wünschte, ich hätte diese Unterhaltung nie begonnen. Ich wusste, dass er mir nichts Böses wollte, aber wenn ein Vampir sagte: „Ich kann dich riechen", erfüllte mich das nicht mit warmen, wohligen Gefühlen. Die Worte „kaltblütig" und „Killer" flatterten schneller in mein Bewusstsein, als ich sie abschütteln konnte.

Er sagte: „Wir beide haben Sinne, die wir nicht kontrollieren können. Aber wir können unsere Impulse in Schach halten."

Ich sah ihn nicht an. Ich nickte bloß. Ich suchte nach etwas, das ich sagen könnte, um von diesem heiklen Thema wegzukommen, aber er wurde als erster fündig. „Wie war dein Abend?"

„Er war schön. Gemma scheint wirklich nett zu sein. Aber sie hat so eine Traurigkeit an sich." Wir gingen weiter. „Du bist schon seit langer Zeit in Oxford, nicht wahr?"

„Vermutlich zu lange. Ich werde wohl weiterziehen müssen, demnächst."

„Oh nein." Die Worte waren mir entschlüpft, bevor ich sie aufhalten konnte. Ich wollte nicht, dass er Oxford verließ. Ich konnte mir ein Leben ohne Rafe nicht vorstellen.

„Zum Fluch eines Geschöpfes der Nacht, das unter Sterblichen wandelt, gehört es, nicht zu altern. Ich beginne Witze darüber zu hören, dass ich Dorian Gray sein müsse. Bei

Oscar Wilde ist er der, der seine Seele dem Teufel verkauft, um sein jugendliches Aussehen zu behalten."

„Ich weiß, wer Dorian Gray ist", sagte ich verächtlich. Sicher, er wusste eine Menge mehr als ich, aber ich war nicht vollkommen unbeleckt in literarischen Dingen. Dann dachte ich über die Vorstellung nach, dass man seine Seele für ewige Jugend verkaufte. „Ich denke, in gewisser Weise hast du das getan."

„Du irrst", sagte er voll Bitterkeit. „Ich habe mir dieses Dasein nicht ausgesucht, es wurde mir aufgezwungen."

„Natürlich wurde es das", sagte ich leise. „Es tut mir leid."

Er zuckte mit den Achseln. „Man gewöhnt sich daran."

Er konnte sein Schicksal nicht ändern, aber er konnte sich aussuchen, wo er lebte. „Du wirst aber nicht so bald weggehen, oder?"

Sein Blick hielt dem meinen stand. Er schüttelte den Kopf. „Nein. Ich werde nicht bald weggehen."

Nun, da ich wusste, dass er bleiben würde, konnte ich etwas leichter atmen. Eines Tages würde ich mich von Rafe verabschieden müssen, aber ich war sehr froh, dass das noch nicht heute der Fall sein würde. „Gemma scheint sehr wütend auf Dominic Sanderson zu sein."

„Den Autor?"

„Ja. Sie sagte, er hat das Leben ihres Vaters ruiniert. Sie haben zusammen studiert, hier in Oxford. Ich weiß, das war vor langer Zeit und zahllose Studenten kommen und gehen hier, aber ich habe mich gefragt, ob du rein zufällig irgendwelche Gerüchte gehört hast?"

„Natürlich. Deshalb erschien sie mir so vertraut." Er hörte sich recht erfreut an. „Es hat mich verrückt gemacht. Ich wusste, dass ich ihr nie persönlich begegnet bin, zumindest dachte ich das, aber sie hat etwas Vertrautes an sich." Er ging eine ganze Minute lang in Schweigen versunken, und ich überließ ihn seinen Träumereien in dem Wissen, dass er mir seine Gedanken mitteilen würde, wenn er so weit war. Endlich sagte er: „Ja, es kommt mir alles wieder in Erinnerung. Wie war ihr Nachname?"

Ich hatte ihren Namen auf der Liste der Budenbesitzer gesehen, aber ich hatte mir nicht all die Namen gemerkt. „Ich glaube, es ist Gemma Hitching? Hodkins? Etwas in der Art."

Er schnipste mit den Fingern. Das unerwartete Geräusch ließ mich zusammenfahren. „Nicht Hodgkins, Hodgins. Ja. Martin Hodgins muss ihr Vater sein. Sie sieht ihm ähnlich." Wir gingen weiter. „Damals gab es einen unschönen Skandal. Vor vierzig oder mehr Jahren, denke ich, waren Dominic Sanderson und Martin Hodgins beide Studenten und Freunde. Unzertrennlich, sogar. Soweit ich mich erinnere, studierten sie beide am Cardinal College englische Literatur. Vor beiden lag eine vielversprechende Zukunft. Sie waren extrem klug, fleißig und hielten sich von Ärger fern. Beiden wurde Großes vorhergesagt."

„Nun, Dominic Sanderson kam tatsächlich in den Genuss einer illustren Karriere."

„Oh ja. Glänzend. Er ist nicht nur ein angesehener Professor, sondern auch noch diese Bücher – aber das muss ich dir ja nicht erzählen. Die wenigsten Fantasy-Autoren ehrt man mit einer Retrospektive ihres Werkes in der Bodleian." Ich unterdrückte ein Lächeln. Ich hatte das Gefühl, er ging nicht ganz d'accord mit der Idee, lebende Schriftstellern aus dem Bereich der Fantasy mit Retrospektiven an der Bodleian Library auszuzeichnen.

„Aber was passierte mit dem anderen Studenten? Seinem Freund und Gemmas mutmaßlichem Vater?"

Er schüttelte seinen Kopf. „Es war sehr traurig. Oder dumm. Oder beides. Martin Hodgins war in seinem letzten Studienjahr. Er hatte es beinahe abgeschlossen, als er eine Arbeit einreichte, die lange Passagen enthielt, die nicht von ihm stammten. Natürlich gab es damals keine Computerprogramme, die jedes Essay jedes Studenten scannten, um Ähnlichkeiten mit veröffentlichten Werken herauszufiltern. Vielleicht wäre er mit dem Plagiat durchgekommen, wenn der Professor bei der Korrektur nicht das ursprüngliche Material wiedererkannt hätte. Aber so wurde er erwischt. Und wurde rausgeworfen. Seinen Abschluss erhielt er nie. Es war wirklich eine Schande."

Ich hatte das Gefühl, das sei noch nicht die ganze Geschichte, also wartete ich ab. Und wie erwartet fuhr Rafe fort: „Aber das war noch nicht das Ende. Ein Jahr später verkaufte Dominic Sanderson seine Fantasy-Trilogie. Er war zum richtigen Zeitpunkt am richtigen Ort und hatte den richtigen Agenten. Dennoch war es ein extrem lukrativer Deal für einen Debütautoren, insbesondere für einen, der so jung war, und es brachte ihm eine Menge öffentliche Aufmerksamkeit, wie du dir sicher vorstellen kannst."

„Er hat drei vollständig fertige Romane verkauft – ein Jahr, nachdem er seinen Abschluss gemacht hat?" Ich hatte gerade mal zwei Jahre Wirtschaftscollege zustande gebracht, aber ich konnte mir nicht vorstellen, mich danach einfach umzudrehen, hinzusetzen und drei umfangreiche Fantasy Romane zu schreiben. Oder das gar neben meinem Studium zu tun.

„Oh ja, er war Anfang zwanzig. Ich denke, das hat zu seiner Berühmtheit beigetragen."

Ich dachte immer noch über das Timing nach. „Aber er muss sie geschrieben haben, während er in Oxford war. Er kann die Chroniken von Pangnirtung unmöglich in wenigen Monaten geschrieben haben."

„Du hast recht. Er hat das meiste davon als Student geschrieben. Nun, das Nächste, was passierte, war, dass Martin Hodgins behauptete, die Fantasy Trilogie sei von Anfang an seine Idee gewesen. Es war furchtbar peinlich. Ich glaube, Hodgins hat sogar einen Anwalt angeheuert und eine Klage angestrebt. Aber natürlich hatte Dominic Sanderson die Originalmanuskripte, und sein Agent wie auch sein Verleger standen hinter ihm und nutzen all ihre nicht unbeträchtlichen Ressourcen, um gegen diese Behauptung anzukämpfen. Martin Hodgins indessen war bereits als Plagiator diskreditiert." Er schüttelte seinen Kopf. „Niemand sieht es gerne, wenn ein vielversprechender junger Mann so endet."

„Was geschah mit ihm? Martin Hodgins?" Er interessierte mich, weil er Gemmas Vater war.

„Ich weiß es nicht. Er verschwand."

„Das muss es gewesen sein, was Gemma meinte, als sie sagte, Dominic Sanderson habe das Leben ihres Vaters ruiniert."

„Ich denke eher, dass ihr Vater sein eigenes Leben ruiniert hat."

„Sie wuchs bei ihrer Mutter auf, und ich habe den Eindruck, diese war mehr oder weniger alleinerziehend. Sie sagte, ihr Vater hätte sein Bestes gegeben, aber kein Geld besessen. Ich nehme an, er hat sich von dem Skandal nicht mehr erholt." Arme Gemma. Ich war mit zwei Professoren als

Eltern aufgewachsen, und auch, wenn das Leben mit zwei Genies alles andere als perfekt war, war ich doch stets stolz auf sie und ihre Leistungen gewesen. Wie musste es sein, mit jemanden aufzuwachsen, der so vielversprechend begann und so böse endete?

JE WEITER DIE NÄCHSTE WOCHE VORANSCHRITT, umso mehr schien es mir, dass in diesem Jahr jeden Kaminsims in ganz Oxfordshire extralange handgestrickte Weihnachtsstrümpfe zieren würden. Hätten wir nicht mehr als zwanzig Vampire, die die ganze Nacht mit außerordentlichem Tempo und ebensolchen Fähigkeiten strickten, hätten wir die Nachfrage niemals befriedigen können. So, wie es lief, ging ich an den meisten Tagen zwei Mal zur Bank und Meri oder ich lieferten jedes Mal aufs Neues eine unglaubliche Auswahl an Strümpfen aus.

Ich gewöhnte mir an, beim Abschließen zu helfen und die letzte Einzahlung des Tages in ihrem speziellen Beutel zur Bank zu bringen und im Nachttresor zu deponieren. Außerdem schaute ich tagsüber immer wieder mal vorbei, um den Bestand zu kontrollieren oder beim Verkauf zu helfen. Ich hasste es, es zugeben zu müssen, aber Violet anzustellen, entpuppte sich als großartige Idee. Sie hatte eine Menge Erfahrung im Verkauf und sie konnte stricken. Und außerdem war meine Großmutter ja im oberen Geschoss, falls sie irgendwelche Fragen hatte. Meri war vielleicht nicht die hippste Frau der Welt, aber sie konnte unglaublich hart arbeiten und zog mit ihrer natürlichen Freundlichkeit Menschen an. Manchmal hatte ich den Verdacht, dass die

Kunden mehr kauften, als sie vorgehabt hatten, nur um sie glücklich zu machen. Natürlich ahnte sie selbst nichts von ihrer Wirkung auf die Menschen, was Teil ihrer Verkaufssuperkraft war.

Außerdem kamen Violet und Meri gut miteinander aus. Ich denke, weil Meri in mir ihre neue Herrin und damit die Nachfolgerin der anspruchsvollen Frau des Pharaos in ihrem früheren Leben sah, war sie in meiner Gegenwart nie so entspannt. Aber Violet war einfach eine weitere Hexe, die im Laden arbeitete, also konnte sie bei ihr ihre Zurückhaltung aufgeben und ihr die Fragen stellen, die mir zu stellen sie zögerte.

Es machte Spaß, draußen auf dem Weihnachtsmarkt zu arbeiten. Sicher, es war für Füße und Beine anstrengender, den ganzen Tag auf dem Pflaster zu stehen und ich musste mich warm einpacken, um gegen die kalte Luft gewappnet zu sein. Aber da ich nun wirklich keinen Mangel an handgestrickten Pullovern, Mänteln, Handschuhen und Mützen litt, fiel es mir leicht, mich mollig warm zu halten.

Es war Mittwochnachmittag und der Regen, der sich düster ankündigte, lastete schwer auf dem Tag. Ich war mit fünfundzwanzig Strümpfen, die so frisch gestrickt waren, dass ich geschworen hätte, sie waren noch ganz warm, auf dem Weg zu Timeless Treasures. Ich blickte auf zu den dichten, dunklen Wolken und fragte mich, wann wohl die ersten Tropfen fallen würden. In meiner Tasche hatte ich jedenfalls sicherheitshalber meine Regenjacke.

Trotz des drohenden Regens herrschte reger Betrieb auf dem Markt. Ich roch Lebkuchen und Schokolade und als ich näher kam, nahm ich die feineren Gerüche wahr, die

Gemmas Seifenstand Bubbles verströmte und die, wie sie mir versichert hatte, alle natürlichen Ursprungs waren.

Eine beachtliche Menschenmenge umlagerte Timeless Treasures und ich trat sofort hinzu, um zu helfen. Eine Frau, in der ich eine Kundin des Cardinal Woolsey's erkannte, kam auf mich zu. Sie trug einen selbstgestrickten Pullover, dessen Wolle und Muster ich ihr verkauft hatte. „Hallo Lucy. Na, ist das nicht die helle Freude?" Sie reichte mir fünf der langen Strümpfe. „Ich könnte solche ja selbst stricken, aber ich komme so schon nicht mit meinen eigenen Strickprojekten hinterher."

Ich lachte und sagte ihr, ich könne nachvollziehen, dass es seinen eigenen Reiz hatte, bereits fertige Dinge zu kaufen. Nachdem ich ihr Geld angenommen und das Wechselgeld zurückgegeben hatte, sammelte sie ihre Strümpfe ein. „Ich stopfe sie einfach hier dazu." Ihre Tasche war von der Sanderson Retrospektive. Die Hälfte der Leute, die auf dem Markt herumliefen, schienen aus der Ausstellung zu kommen.

Verstohlen reichte Clara mir einen dicken Umschlag mit Bargeld, damit ich ihn zur Bank brachte. Ihre Augen leuchteten. „Es läuft so gut bei uns", sagte sie. „Ich hatte ja keine Ahnung, wie unterhaltsam es sein würde, einen Stand auf dem Weihnachtsmarkt zu führen. Man sieht hier einen so interessanten Querschnitt der Bevölkerung."

Ich liebte ihren Enthusiasmus. Die ersten Tage hatte ich die Vampire mit Argusaugen im Blick behalten, für den Fall, dass sie Hunger bekämen, doch jemand, zweifelsohne Dr. Weaver, sorgte dafür, dass sie stets gut genährt waren und die bunte Mischung von Menschen, die vor ihnen auf und ab lief, keine Versuchung für sie darstellte.

Bei Bubbles lief eine beträchtliche Menge Kaufwilliger herum. Ich sah rüber zu Gemma, um ihr einen Gruß zuzuwinken, und hielt mit halb erhobener Hand inne. Gemma sah aus, als wäre sie kurz davor, in Tränen auszubrechen. Ihre Augen waren rotgerändert und glänzten verräterisch, und ihr Lächeln sah gezwungen aus.

Ich wusste nicht, was ich tun sollte. Sie hatte gut zu tun, war aber nicht in Gefahr, mit dem Ansturm der Kunden überfordert zu sein. War jemand grob zu ihr gewesen? Ich hielt mich im Hintergrund, und sie blickte auf, als hätte sie meine Anwesenheit gespürt. Sie winkte mich mit einer Hand näher heran und bediente dann ihren aktuellen Kunden weiter.

Ich trat in ihre Bude und stellte mich neben sie. Sie beugte sich zu mir. „Kannst du für ein paar Minuten übernehmen? Ich muss mal hier raus."

Ich hatte recht gehabt, sie war den Tränen nahe. Ich konnte das Zittern in ihrer Stimme hören. Also sagte ich ihr, sie solle sich so viel Zeit nehmen, wie sie brauche. Ich hätte keine Eile. Sie nickte dankbar, beendete ihre Arbeit mit ihrem Kunden, und dann verließ sie mit einer Entschuldigung den Stand.

Ich setzte ein professionelles Lächeln auf. „Wie kann ich Ihnen helfen?", fragte ich die nächste Person in der Reihe. Es war eine junge Mutter, die ein schlafendes Baby in einem Kinderwagen schob, und sie fragte, was die mildeste Seife war. Glücklicherweise hatte ich bereits genug Zeit an diesem Stand verbracht, sodass ich die meisten ihrer Fragen beantworten konnte. Gemma hatte spezielle Seifen und Shampoos für Babys, die die Frau glücklich, zusammen mit einigen

Seifen, die als Geschenke für ihre Kolleginnen gedacht waren, kaufte.

Ich hatte das Gefühl, sie selbst könnte ebenfalls etwas zum Verwöhnen gebrauchen, also sagte ich: „Sie müssen einmal an diesem Badesalz schnuppern. Es enthält Lavendel sowie spezielle Salze und Minerale. Nach einem langen Arbeitstag, wenn Ihr Baby endlich schläft, sollten Sie sich ein wohliges Bad damit gönnen." Ich zog den Stopfen aus der Probeflasche und hielt sie ihr hin. Nach einem anerkennenden Schnuppern stimmte sie zu und kaufte einige Packungen für sich selbst.

Während ich ihre Einkäufe einpackte, beobachtete ich Gemma. Sie war nicht weit weggegangen und benahm sich eigenartig. Es sah so aus, als suche sie jemanden. Sie ging auf und ab und suchte die ganze Zeit die Menschenmenge mit ihren Augen ab. Sie sah nicht aus, als erwarte sie hoffnungsfroh einen alten Freund. Ich fühlte ihre Not so drängend, dass mir die Brust eng wurde. Meine Hexenkräfte hatten ihren Preis.

Ein älterer Mann näherte sich. Er trug eine der Taschen der Sanderson-Retrospektive, die so ausgebeult war, dass ich vermutete, er war tatsächlich im Geschenkladen in der Stadt gewesen. Ich war froh, dass Gemma nicht da war, um das zu sehen. Er fragte, ob ich ihm etwas für seine Frau empfehlen konnte, die Rosen liebte. Ich löste meinen Blick von Gemma und lächelte ihn an. „Ich habe das perfekte Geschenk." Ich hielt ihm ein anderes Probierfläschchen zum Riechen hin. „Dieses Badesalz enthält echte Rosenblütenblätter sowie Rosenessenz, Orangenblütenöl und eine komplexe Mischung aus weiteren ätherischen Ölen. Ich finde, es riecht wie ein Rosengarten an einem sonnigen Nachmittag." Wäre Gemma

dagewesen, hätte sie ihm jedes Öl und jede Duftnote aufge-
zählt, aber ich konnte sie mir nicht alle merken. Ich hatte
einfach bloß schnell etwas Passendes finden müssen.

Ihm schien meine Antwort sehr zu gefallen und er kaufte
glücklich das Badesalz für seine Frau. Ich schlug ihm dazu
noch die passende Seife vor, die eine hübsche, blassrosa
Farbe hatte. Ich konnte ihm sogar sagen, dass diese Farbe
nicht etwa künstlichen Farbstoffen zu verdanken war,
sondern mithilfe von rosafarbenem französischen Ton erzielt
wurde, der überdies noch sehr gut für den Teint war. Er
nahm obendrein noch die Körpercreme und etwas für
trockene Männerhaut mit.

Er sah sich um, als wisse er nicht, was er noch
mitnehmen sollte. Ich beugte mich vor. „Wenn Sie noch
etwas benötigen, um all das zu verpacken, dürfte ich Ihnen
die extralangen Strümpfe empfehlen, die es gegenüber bei
Timeless Treasures gibt? Sie sind in diesem Jahr sehr beliebt.
Die Leute scheinen ganz verrückt danach." Ich sah keinen
Grund, warum Gemma und ich nicht Werbung für die
Produkte der anderen machen sollten.

Er hob die Augenbrauen und sah rüber zum Stand mit
den Strickwaren. „Was für eine gute Idee. Ich hatte keinen
Weihnachtsstrumpf mehr, seit ich ein kleiner Junge war."

„Sie und Ihre Frau sollten eine neue Tradition begrün-
den. Kaufen Sie einfach zwei Strümpfe und dann können Sie
sie gegenseitig mit witzigen kleinen Geschenken befüllen."

Er sah so entzückt aus, wie er womöglich gewirkt hatte,
wenn er als kleiner Junge seinen Weihnachtsstrumpf
geöffnet hatte. „Das ist eine wunderbare Idee. Vielen Dank,
meine Liebe."

Es dauerte fast eine Stunde, bis Gemma zurückkehrte.

Ich hatte sie ein paar Mal aus dem Augenwinkel gesehen, wie sie über den Markt wanderte und offenkundig nach jemandem suchte. Ich hatte keine Ahnung, was da los war, und überdies hatte ich reichlich zu tun, Seifen einzupacken und neugierige Betrachter näher heranzulocken, um sie zu Kunden zu machen.

Ich liebte die Herausforderung, das richtige Geschenk für einen Käufer zu finden. Außerdem dachte ich, dass Gemma jedes bisschen Gewinn brauchen konnte, das sie hier auf dem Markt machen konnte.

Endlich kam sie zurück, wobei sie beinahe noch aufgelöster wirkte als vor ihrem Aufbruch. Sobald es ruhiger wurde, fragte ich: „Ist alles in Ordnung?" Das war natürlich eine Suggestivfrage, denn es war ja mehr als offensichtlich, dass bei meiner neuen Freundin nichts in Ordnung war.

Sie schüttelte harsch den Kopf. Blickte mit zusammengekniffenen Augen auf und wieder nach unten und sagte: „Darren, mein Ex-Freund, ist hier."

Kein Wunder, dass sie aufgebracht war. „Bist du sicher?"

„Er hat mir eine Textnachricht geschickt, in der stand, er müsse mich sehen. Ich antwortete, er solle nicht kommen. Ich will ihn nicht sehen. Ich habe mit ihm Schluss gemacht. Wir sind miteinander fertig." Sie zitterte förmlich vor negativer Energie. „Ich weiß nicht einmal, wie er rausgefunden hat, dass ich in Oxford bin." Ihre Stimme wurde lauter.

„Er hat vermutlich im Internet gesucht. Wenn er deinen Namen und den deines Standes eingegeben hat, dürftest du nicht besonders schwer zu finden sein." Manchmal war unsere ach-so-vernetzte Welt alles andere als ein Segen.

Sie rieb sich die Arme, als würde sie frieren. „Er benimmt

sich wie ein Stalker. Es ist schrecklich. Ich fühle mich bedrängt."

„Da mache ich dir keinen Vorwurf." Ich wusste nicht, was ich tun würde, wenn Todd der Flop plötzlich auf die Idee käme, nach England zu fliegen, um mich zurückzuerobern. Nicht, dass Gefahr in dieser Richtung bestand, wo er mich doch nach unserer Trennung nur ein einziges Mal kontaktiert hatte, um zu fragen, ob ich einen seiner alten Hoodies hätte. Das war zwar für mein Ego nicht gerade schmeichelhaft, aber allemal besser, als gestalkt zu werden.

„Was kann ich tun?", fragte ich.

Sie schüttelte mit hilflosem Gesichtsausdruck den Kopf. „Ich weiß es nicht. Ich habe überall nach ihm gesucht, aber nun kann ich nicht finden. Er kam nicht einmal direkt zum Stand. Er lungerte irgendwo im Hintergrund herum, bis er sicher war, dass ich wusste, dass er da war, und dann ist er verschwunden."

„Vielleicht ist er gegangen?" Das sagte ich hauptsächlich, um zu trösten, und nicht, weil ich tatsächlich glaubte, ihr Stalker hätte so leicht aufgegeben.

„Ich wünschte es. Ich kann nicht ertragen zu wissen, dass er hier ist, hier herumschleicht, mich beobachtet. Wäre er hergekommen und hätte mit mir gesprochen, hätte ich ihm sagen können, dass er verschwinden soll. Aber zu wissen, er drückt sich hier herum, macht mich ganz verrückt."

Ich wusste nicht, ob ihr Ex gefährlich war, aber ich wollte kein Risiko eingehen. Hier auf dem Markt mit all den Menschen sollte sie sicher sein, aber mir gefiel der Gedanke nicht, sie allein in ihr Hotel gehen zu lassen. Ich sagte: „Warum kommst du nicht mit mir nach Hause und bleibst über Nacht?" Kaum waren die Worte aus meinem Mund gekommen, wusste ich, dass das eine furchtbare Idee war. Die arme Gemma hatte bereits genug Probleme, sie musste nicht obendrein mitten in ein Nest strickender Vampire stolpern. Während ich noch darüber nachdachte, wie ich meine spontane Einladung zurücknehmen könnte, schüttelte sie bereits ihren Kopf.

„Ich kann nicht. Ich weiß das wirklich zu schätzen, aber ich habe eine Menge Waren, die ich zuschneiden und verpacken muss. Ich werde den ganzen Abend zu tun haben. Dennoch danke."

Wir hatten zuvor schon unsere Mobilnummern ausgetauscht, also sagte ich: „Vergiss nicht mich anzurufen, wenn du im Hotel ankommst. Wenn dieser widerliche Mensch dich belästigt, komme ich zu dir. Du bist nicht allein."

Sie hatte wieder diesen Gesichtsausdruck, als würde sie gleich weinen. „Ich kann dir gar nicht sagen, wie viel mir das bedeutet. Ich kenne dich erst so kurz und doch bist du schon eine gute Freundin."

Der Regen kam spät an diesem Nachmittag und ich hoffte, er würde Darren durchweichen und ihn nass und elend dahin zurücktreiben, von wo er gekommen war.

DONNERSTAGS BLIEB DER MARKT BIS 20 UHR GEÖFFNET, also war es ein langer Tag für die Vampirverkäufer. Die ganze Nacht hatte es wie aus Eimern geregnet und die Straßen waren noch immer feucht, aber es war klar und kalt.

Nachdem ich eine weitere Ladung Strümpfe und noch ein paar Pullover und Schals abgeliefert hatte, ging ich rüber zum Bubbles. Gemma wirkte wieder ruhiger, und sobald sie mit ihrem letzten Kunden fertig war, fragte ich: „Hast du noch etwas von ihm gehört?"

Sie rollte die Augen und zog ihr Handy heraus. „Ich hätte nicht texten sollen, ich war bloß so wütend." Sie zeigte mir ihre Textnachricht: *Lass mich in Ruhe.*

Er hatte beinahe sofort geantwortet: *Lass mich zu dir kommen, damit ich es erklären kann. Ich liebe dich. Wir sind füreinander bestimmt.*

Sie rieb mit der Handkante über ihre Schläfe, als wolle sie Kopfschmerzen vertreiben. „Darauf habe ich nicht geantwortet. Ich war dumm genug, ihn anzutexten, das musst du mir gar nicht sagen."

„Hey, du hast all mein Mitgefühl. Glaubst du, er ist fort?"

„Ich habe ihn nicht gesehen, also vielleicht?" Sie sah nicht überzeugt aus.

Ich ging wieder rüber zu Timeless Treasures und dabei entdeckte ich einen Mann, der herausstach, weil er genau das tat: Er stand da und blickte stechend. Er kaufte nichts, er schlenderte nicht von Stand zu Stand, er plauderte nicht und besuchte niemanden. Er stand einfach stocksteif da und beobachtete Gemma. Ich blickte zu ihr, aber sie war mit einem Kunden beschäftigt und sah ihn nicht.

Mein Rücksendezauberspruch war einigermaßen katastrophal danebengegangen, als ich versucht hatte, Margarets Hut heimzuschicken, aber die Umstände waren auch besondere gewesen. Es war Samhain gewesen und ich musste irgendwie die vereinten Kräfte des versammelten Hexenzirkels mit der Magie der alten Steine gebündelt haben. Ich war sicher, wenn ich den Zauber erneut anwenden würde und mich diesmal ausschließlich auf Darren konzentrierte, könnte ich ihn unter den Stein zurückschicken, unter dem er hervorgekrochen war.

Ich zögerte, hatte ich doch diesen Zauberspruch noch nie auf ein lebendes Wesen angewendet. Nein, ich beschloss, dass ich es hinbekommen würde. Ich drehte mich um, bereit, Darren wie ein abgelehntes Paket zurückzuschicken, nur um festzustellen, dass er bereits verschwunden war. Da ich nichts mit seinem Verschwinden zu tun hatte, vermutete ich, er hatte sich davongestohlen.

Ich hätte nie gedacht, dass Vampire müde werden könnten, aber am Ende dieses Abends klagten Clara und Mabel beide über schmerzende Beine. Sie sahen erschöpft aus. Natürlich, den ganzen Tag zu arbeiten, war für sie dasselbe wie für mich die Nacht durchzuschuften. Ich war mir nicht sicher, ob sie ihren Rhythmus ändern und nachts schlafen konnten. „Genug für heute", sagte ich. „Ich übernehme das Abschließen."

Sie wandten nichts dagegen ein, sondern nickten dankbar und machten sich auf den Heimweg. Wenn der Markt schloss, war es, als würde der Zirkus seine Zelte abbrechen. Wir packten alle Auslagen und Waren ein und verschlossen sie fest für die Nacht in der gemütlichen, kleinen Bude. Jedes Holzhäuschen hatte ein schweres Vorhängeschloss, aber dennoch hätte ich nichts wirklich Wertvolles hierlassen wollen. Als ich mit meinem Stand fertig war, ging ich rüber und half Gemma beim Zumachen. Ihr Gesicht war vor Aufregung ganz rot.

„Stell dir nur vor, ich habe heute fünfhundert Pfund eingenommen. Auf diesen Markt zu kommen, war eine wirklich gute Idee. Es wird mir helfen, einen ganzen Batzen von meinem Studienkredit abzuzahlen."

„Das ist großartig", sagte ich. Ich freute mich wirklich für sie. Sie schien jemand zu sein, der sehr hart arbeitete, aber damit nicht immer ans Ziel kam. Sie packte ihr Bargeld in eine dieser Vinyltaschen mit Reißverschluss, die man mit den Bonuspröbchen im Kosmetikladen bekommt. Ich bot ihr an, mit ihr gemeinsam zur Bank zu gehen, aber sie wollte erst noch fertig aufräumen, also ging ich allein.

Ich kam bei der Bank an und griff in meine Handtasche, um den Umschlag mit dem Geld von Timeless Treasures herauszunehmen. Er war nicht da. Der furchtbare Augenblick des Erschreckens ließ mein Herz kurz aussetzen. War ich auf der Straße jemandem begegnet, der oder die ihre Hand in meine Tasche gesteckt und das Geld unbemerkt entwendet hatte? Ich konnte mich nicht erinnern, jemanden gestreift zu haben. Und wozu war es gut, eine Hexe zu sein, wenn ich nicht mal einen Taschendieb bemerkte?

Hatte ich das Geld irgendwo liegen gelassen? Ich verdrängte die Panik angesichts des Gedankens, ich hätte einen großen Batzen Geld verloren, der mir nicht gehörte, und zwang mich dann nachzudenken und im Kopf alles noch einmal durchzugehen. Ich hatte den Tisch, auf dem wir tagsüber die Waren ausstellten, wieder reingezogen. Ich erinnerte mich daran, dass ich den Briefumschlag mit dem Geld darauf abgelegt hatte, während ich alles wegräumte. Ich hatte hinter mir abgeschlossen, aber jetzt, wo ich so darüber nachdachte, war ich so gut wie sicher, dass ich vergessen hatte, das Geld wieder an mich zu nehmen, als ich ging.

Ich lehnte mich an die kalte Steinmauer neben dem Nachttresor und stöhnte auf.

Ich wollte nicht den ganzen Weg wieder zurückgehen. Es war kalt und dunkel und meine Füße waren schwer und müde. Aber ich wusste, die Sorge würde mich nicht schlafen lassen, wenn ich das Geld nicht holen und im Nachttresor deponieren würde. Das Geld sollte schließlich einem guten Zweck dienen.

Ich stapfte zum Markt zurück und schimpfte dabei die ganze Zeit im Stillen auf mich selbst. Wie hatte ich nur so blöd sein können? Ich ging schnell, mein Atem erzeugte weiße Wölkchen in der Nachtluft und das Klappern der Absätze meiner Stiefel hallte durch die verlassenen Straßen.

Als ich näherkam, wirkte der Markt, der so freundlich und einladend aussah, wenn er voller Besucher und hell erleuchtet war, dunkel und traurig und verlassen. Ich fröstelte und dann schalt ich mich selbst, dass ich so eine Närrin war. Vielleicht war es der Wolkenfetzen, der über den Mond wischte, der die Szenerie so schaurig wirken ließ. Die gotischen Bögen, die Spitztürme und Türmchen und Kuppeln erschienen allesamt wie Geister der Vergangenheit, die im Schatten lauerten, alles beobachteten. Ich wäre froh, wenn ich das Geld sicher deponiert hätte und zurück in meiner warmen Wohnung wäre. Oma hatte angedeutet, dass sie heute vielleicht eine Ladung Lebkuchen backen würde. Im Kreise einer Gruppe fieberhaft strickender Vampire die besten Kekse der Welt zu mampfen, erschien gerade eine wirklich verlockende Vorstellung.

KAPITEL 6

*A*ls ich mich dem Haufen dunkler Häuschen näherte, hatte ich das unheimliche Gefühl, beobachtet zu werden. Es war nicht der kalte Schauer in meinem Nacken, der mir sagte, dass Rafe in der Nähe war, sondern so ein Gefühl wie in einem Albtraum, wenn mich etwas Düsteres und Erschreckendes verfolgte und ich nicht schnell genug wegrennen konnte.

Es war nach neun Uhr und keine Menschenseele schien mehr hier zu sein. Ich zog die Schlüssel hervor und beschleunigte meine Schritte. Als ich die Hütte von Timeless Treasures erreichte, blickte ich mich nervös um, bevor ich die Tür aufschloss. Tagsüber, mit offenen Läden und bei eingeschalteter Beleuchtung, umgeben von den bunt gefärbten Waren, hatte der Marktstand etwas von einem zauberhaften Lebkuchenhäuschen. Aber wenn die Läden geschlossen und verriegelt waren, war es letztlich nichts als ein Lagerraum. Ich sperrte das Vorhängeschloss auf und öffnete die Tür. Mit der Taschenlampenfunktion des Smartphones erkannte ich rasch, dass ich den Umschlag mit dem Geld, der bereits in der speziellen Banktaschen für den Nachttresor steckte, tatsächlich auf dem Tisch vergessen hatte.

Den Kopf über meine eigene Dummheit schüttelnd, schnappte ich mir den Umschlag und steckte ihn in meine Tasche.

Ich schloss die Tür erneut ab und drehte mich mit einem raschen Seufzer der Erleichterung um, bereit, mich wieder auf den Heimweg zu machen.

Ich bin nicht sicher, was mich dazu bewegte, zu Gemmas Hütte rüberzuschauen. Hatte ich ein Geräusch gehört? Ich drehte mich jedenfalls rechtzeitig um, um eine dunkle Gestalt zwischen Gemmas Stand und dem daneben verschwinden zu sehen. Ich machte ein paar Schritte und dachte, während ich eine große Zahl untoter, strickender Freunde und einige tatsächlich lebende Freunde hatte, die auf mich achteten, kannte Gemma niemanden in Oxford. Wenn jemand in ihre Marktbude eingebrochen war, sollte ich für sie eintreten und ihr eine Freundin sein. Ich wusste, wie wichtig das Geld für sie war. Ich wollte nicht, dass sie jemand bestahl, erst recht nicht nach einem Tag, der so gut gelaufen war. Wo wir beide in der Vergangenheit miese Freunde gehabt hatten, wusste ich doch, wie wichtig es war, dass sie hier in Oxford gute Erfahrungen machte.

Ihre Hütte sah still und unberührt aus. Ich war versucht, mich umzudrehen und nach Hause zu gehen, aber ich hatte das quälende Gefühl, dass etwas ganz und gar nicht in Ordnung war. Ich war mir nicht immer sicher, was bei mir Intuition war, was meine Hexenkraft und was irrationale Ängste. Vermutlich hatte ich mich selbst verrückt gemacht und sah Monster unterm Bett, die es gar nicht gab. Allerdings dachte ich, für den unwahrscheinlichen Fall, dass meine besonderen Kräfte hier am Werk waren, sollte ich mir das doch besser näher ansehen.

Ich würde nur überprüfen, ob ihr Schloss fest verschlossen war. Das wäre alles, was ich unternehmen würde. Das war das, was Nachbarn tun. Freunde. Dann würde ich nach Hause flitzen, mir eine heiße Schokolade zu den Keksen machen und eine Weile in der Strickrunde sitzen. Das Geld für den Nachttresor wäre bei den Vampiren bis morgen sicher.

Ich straffte meine Schultern und schritt forsch voran. Als ich nah genug gekommen war, um alles richtig zu sehen, wurde mir klar, dass ich nicht an ihrem Schloss rütteln müsste, denn die Tür stand weit offen.

Der Eindruck, dass hier nichts in Ordnung war, wurde stärker. Ich fühlte Schwärze wie einen dunklen Schatten rund um die Tür. Ein Spritzer Farbe wurde sichtbar und ich erkannte die Zehenspitze eines Weihnachtsstrumpfes, die sich durch den Spalt der offenen Tür streckte. Es sah aus, als hätte jemand die Tür hastig hinter sich geschlossen, aber die Strumpfspitze hatte verhindert, dass die Tür ganz zugefallen war. Ich schaltete die Taschenlampe wieder an und silberne und goldene Fäden leuchteten im Licht auf.

Was machte einer von Christopher Weavers Weihnachtsstrümpfen hier in Gemmas Verkaufsstand? Ich griff nach der Tür und öffnete sie langsam. Mir zitterten die Hände in meinen wollenen Fäustlingen.

Wenn im Kino oder im Fernsehen Menschen – für gewöhnlich Frauen – Tote finden, schreien sie sich üblicherweise die Lungen aus dem Leib. Meiner Erfahrung nach läuft so etwas anders. Zumindest bei mir. Ich sah Gemma auf der Seite liegen, den Rücken zu mir gewandt, und einer unserer

Strümpfe, einer unserer wunderschönen, handgemachten, als zukünftiges Familienerbstück gedachten Strümpfe war um ihren Hals geschlungen.

Es gab kein Blut und keinen Hinweis auf eine gewaltsame Auseinandersetzung. Hatte man den Strumpf verwendet, um sie zu erwürgen?

Ich schrie nicht. Ich stand da, wie eingefroren, während mir langsam das ungeheure Ausmaß dessen, was ich da gerade betrachtete, ins Bewusstsein sickerte. Endlich fiel ich neben ihr auf die Knie. „Gemma?"

Okay, vielleicht war es dumm, sie beim Namen zu rufen, aber es bestand doch die Möglichkeit, dass sie irgendwie auf dem Boden ihrer Hütte eingeschlafen war. Es war nicht sehr wahrscheinlich, aber ich griff nach jedem Strohhalm.

Sie reagierte nicht.

Ich zog einen meiner Handschuhe aus, schob vorsichtig ihre Haare aus ihrem Gesicht und berührte ihre Wange. Sie war kalt, aber nicht so kalt wie ein Stein. Sie hatte in etwa die Temperatur, die Rafe oder meine Oma hatten.

Sei nicht tot. Bitte, bitte, sei nicht tot.

Ich nahm ihr Handgelenk und suchte nach dem Puls. Mein eigener raste wie wild, sodass ich mir nicht sicher war, aber dennoch dachte, vielleicht spürte ich da ein sehr schwaches Schlagen. „Oh, bitte, bitte Gemma. Sei nicht tot."

Ich schrie nicht, aber dann rief ich laut: „Rafe!"

Ich wusste, dass er des Nachts auf den Straßen unterwegs war und ich wusste, er war auf eigenartige Weise mit mir verbunden. Ich glaubte, wenn ich nach ihm rief, würde er kommen. Und dann tat ich das, was jeder normale Mensch tun würde und wählte den Notruf.

Es war furchtbar, Gemma zu sehen, wie sie da auf dem

kalten Boden lag, aber ich durfte sie nicht bewegen, falls ihr Hals gebrochen war oder sie eine andere Verletzung hatte, die ich durch Bewegung schlimmer gemacht hätte. Aber der Boden war so kalt. Ich zog meinen Mantel aus und breitete ihn über sie aus. Außerdem schaltete ich das Licht in dem Häuschen ein.

Und weil ich nicht wusste, was ich sonst tun sollte, und sie am Leben halten wollte, fing ich an, ihre Hände zu reiben und mit ihr zu sprechen. „Gemma, ich bin's, Lucy. Ich bin hier bei dir und ich habe einen Krankenwagen gerufen. Du bist jetzt in Sicherheit." *Ich hoffte wirklich, dass das stimmte, um unserer beider Willen.* „Du musst bei mir bleiben. Versuch es und atmete. Atme immer weiter."

Ich sah den Strumpf, der so fest um ihren Hals gebunden war, und lockerte ihn. Meine Hände zitterten derart, dass ich ungeschickt herumfingerte, aber es gelang mir, ihre wollene Schlinge zu lösen.

Rafe traf ein und sagte kein Wort. Mit einem einzigen Blick erkannte er, was geschehen war, und ließ sich neben mir auf seine Knie nieder. „Ist sie tot?", fragte er mich leise, aber sachlich. Hätte er versucht, mich zu trösten oder sich schockiert oder voll Trauer geäußert, wäre ich in Tränen ausgebrochen. Seine Ruhe half mir, gefasst zu bleiben.

„Ich bin nicht sicher. Ich denke, vielleicht atmet sie noch, aber ich bin selbst so durcheinander, dass ich es nicht wirklich sagen kann."

Sanft nahm er ihre Hand aus der meinen und presste seine Finger auf ihr Handgelenk. Er sah zu mir hoch und hatte wohl die Sorge in meinen Augen gesehen, denn er lächelte aufmunternd. „Da ist definitiv ein Puls. Er ist nicht stark, aber sie ist am Leben."

Ich war so glücklich, dass ich ein Stechen hinter meinen Augenlidern fühlte. Dann ließ er seinen Mantel hinuntergleiten und legte ihn zu meinem auf Gemma. Ich nahm wieder ihre Hand und sprach weiter mit ihr. Ich weiß nicht mehr, was ich sagte, vermutlich war es Nonsens. Ich redete genauso sehr um Gemmas wie um meiner selbst willen.

Rafe fragte: „Hast du die Rettung gerufen?"

Ich nickte.

„Gut." Er drehte seinen Kopf, lauschte. Sein Gehör war sehr scharf, viel besser als meines. „Die Polizei ist ebenfalls auf dem Weg hierher."

Er erhob sich und trat aus der Hütte heraus. Ich sah, wie er die Broadstreet hinauf und hinunter blickte. Er wandte sich wieder zu mir. „Hast du irgendwen gesehen? Irgendwas gehört?"

Ich rief mir die unheimlichen Momente in Erinnerung, als ich dachte, ich hätte etwas gehört, um mich rechtzeitig umzudrehen und die weglaufende Gestalt zu sehen. Ich erzählte ganz genau, was ich gespürt und gesehen hatte. „Es war möglicherweise nur eine Art Intuition."

Er nickte. „Ich bin froh, dass du auf deine Sinne gehört hast. Du hast ihr wahrscheinlich das Leben gerettet."

Daran hatte ich gar nicht gedacht. „Du meinst ...?"

„Jemand wollte diese junge Frau tot sehen. Und weil du zur Stelle warst, hatte dieser jemand nicht die Zeit, es zu Ende zu bringen."

Mich fröstelte am ganzen Körper. „Ich bin beinahe einem Mörder begegnet?"

Er sah zu mir hinunter. „Das glaube ich." Dann zögerte. „Ich habe gefühlt, dass du in Schwierigkeiten warst. Ich glaube, das würde ich stets wahrnehmen, aber dennoch, was zum Henker hast du hier gemacht, wieso spazierst du allein mitten in der Nacht herum?"

„Was für ein Glück, dass ich das getan habe." Dann, als er mich nur ansah, eindeutig auf eine Erklärung wartend, erzählte ich ihm von der vergessenen Einzahlung und, ganz wie ich es erwartet hatte, schalt er mich heftig dafür: „Was sind schon ein paar Hundert Pfund in einem Umschlag im Vergleich zu deiner Sicherheit?"

„Ich weiß. Aber alle arbeiten so hart und das Geld ist für einen guten Zweck. Ich hätte mich furchtbar gefühlt, wenn das Geld gestohlen worden wäre."

Er beugte sich hinunter und packte meine Schultern. Sein Griff war so stark dass ich dachte, er würde blaue Flecken hinterlassen. „Nichts ist so wichtig wie du. Nichts."

Dann ließ er mich recht rasch los, stand auf und trat zurück. Und nun hörte ich, was er bereits gehört hatte, die Schritte, die die Straße hinunter auf uns zugeeilt kamen. Die Rettungssanitäter trafen als erste ein. Die beiden gingen sofort neben Gemma auf die Knie. Einer war kurz und kräftig. Er hatte kurzgeschorenes schwarzes Haar und trug eine dicke Brille. Ich hoffte, damit konnte er ordentlich sehen. Die andere war eine Frau. Blass, das glatte Haar zu einem Zopf gebunden. Müde blaue Augen. Sie sah aus, als hätte sie nordische Vorfahren.

„Wer hat sie gefunden?", fragte sie. „Was wissen Sie?"

Bevor ich mehr sagen konnte als: „Ähm, ich denke, sie wurde angegriffen. Vielleicht gewürgt", drehte der Kerl am Boden seinen Kopf um und sah sie an. „Sie lebt. Hol die Trage."

Ich war ob der Bestätigung, dass sie noch am Leben war, so erleichtert. „Wird sie durchkommen?"

Er blieb ganz sachlich. Ich nehme an, anders könnte man einen solchen Beruf nicht ausüben. „Zu früh, um das zu sagen. Wir geben unser Bestes."

Und dann holten die beiden eine Trage, Sauerstoff und eine Arzttasche. Draußen pulsierten die Lichter der Ambulanz. Während sie Gemma behandelten, traf Detective Inspector Ian Chisholm zusammen mit einem uniformierten Polizisten ein. „Ian. Was machst du hier – noch immer bei der Arbeit?"

Sein Blick wanderte rasch zwischen mir und Rafe hin und her und fokussierte sich dann auf den Ort des Geschehens. „Ich hatte noch mit einem anderen Fall zu tun. Als der Anruf kam, war ich im Büro." Er sah zu den Rettungssanitätern. „Sie ist am Leben?"

Die beiden nickten. Die Frau sagte: „Es sieht danach aus, als hätte man sie gewürgt."

Dann sagte sie zu uns dreien, die wir bei der Tür herumstanden: „Bitte hinausgehen." Das taten wir. Es war kalt. Angst und Schock ließen mich noch mehr frieren, denke ich.

Ian sah, wie ich zitterte, zog seinen eigenen Mantel aus und legte ihn mir um die Schultern. Es war, als wären wir in einer Farce, in der Mäntel herumgereicht wurden. Bloß, dass es nicht lustig war. Ich war dankbar für die Wärme und erschnupperte einen Hauch seines Geruchs am Mantel. „Was ist passiert?"

Ich atmete tief ein. Dann erzählte ich genau, was passiert war, so, wie ich mich erinnerte. Wie ich das Bargeld in der Hütte von Timeless Treasures liegengelassen hatte, deswegen zurückgekehrt war und dann jemand von Gemmas Hütte hatte weglaufen sehen.

Er schrieb nichts auf, betrachtete nur mein Gesicht. „Hast

du tatsächlich wen aus der Hütte kommen sehen?"

„Nein. Da war nur ein schwarzer Schatten am Rand meines Sichtfeldes, der zwischen ihrer Hütte und der daneben herauskam. Ich habe niemanden aus der Tür treten sehen. Ich sah jemanden weglaufen."

„Kannst du die Person beschreiben?"

„Ich kann sogar mehr als das tun. Ich weiß, wer es war." Ich erklärte das mit Darren, wie er Gemma belästigt und herumgelungert hatte. „Ich selbst habe ihn heute früher am Tag gesehen. Offensichtlich ist er zu Gemma gegangen, nachdem alle anderen fort waren, und hat sie angegriffen."

Ian beobachtete mich genau. „Lucy, du musst unterscheiden zwischen dem, was du glaubst zu wissen und dem, was du selbst tatsächlich gesehen, gehört oder erlebt hast."

Ich wollte losschreien. Wer außer Darren hätte es gewesen sein sollen?

„Also, erzähl mir genau das, was du gesehen hast."

„Okay", fauchte ich. „Eine Person. Nur von hinten. Trug dunkle Kleidung. Ein Mann." Ian hatte recht, ich musste bei dem bleiben, von dem ich mit absoluter Gewissheit sagen konnte, dass es wahr war. „Vermutlich ein Mann. Ziemlich schlank. Es hat nur eine Minute gedauert."

„Okay, das ist gut. Geh zurück an den Ort, von dem aus du diese Person gesehen hast."

Ich sah ihn verblüfft an. „Du meinst, ich soll mich vor die Hütte von Timeless Treasures stellen?"

„Ja. Genau dorthin, wo du warst, als du diese Person wegrennen sahst."

„Okay." Ich ging genau dorthin zurück, wo ich gewesen war.

Er fragte: „Rafe? Wie groß sind Sie?"

„Etwa ein Meter neunzig."

„Und ich bin etwa einen Meter achtzig. Rafe, tun Sie mir den Gefallen und laufen Sie zwischen den beiden Hütten fort und verschwinden. Und dann werde ich genau dasselbe tun. Lucy, achte darauf, wo sich unsere Köpfe im Verhätnis zur Höhe der Hütte befinden und schau, ob dir das hilft, die Größe der Person zu bestimmen, die du gesehen hast."

Ich fand, das war eine wirklich clevere Idee. Vermutlich war er deshalb der Detective.

Rafe warf Ian einen leicht misstrauischen Blick zu. Aber er tat ihm den Gefallen. Er ging hin und hielt einen guten halben Meter vor dem schmalen Durchgang inne, der Gemmas Stand von dem benachbarten trennte, wo handgemachtes Holzspielzeug für Kinder verkauft wurde. „Bereit, Lucy?"

Ich nickte. Ich versuchte mich an die blitzartige Bewegung zu erinnern, die ich gesehen hatte. Wie ein Schatten rannte Rafe zwischen den beiden Gebäuden hindurch.

Ian sagte: „Und?"

„Der Mann war nicht so groß."

„Okay. Ich bin dran."

Er nahm dieselbe Position ein wie Rafe. In der Zwischenzeit war der Vampir von der Rückseite der Hütte zurückgekehrt und stand nun dort, wo Ian gestanden hatte.

„Bereit?", fragte Ian.

„Ja."

Er rannte genauso, wie Rafe es getan hatte.

Als er auf der anderen Seite zurückgelaufen kam, sah er mich an. Ich ging zu den beiden rüber.

„Die Person, die ich gesehen habe, war ganz sicher nicht so groß wie Rafe. Etwa deine Größe oder ein paar Zentimeter kleiner. Es tut mir so leid, dass ich es nicht exakter sagen kann, aber sie lief und es war dunkel." Wie dem auch sei, ich war sicher, es war Darren gewesen. Ich erinnerte Ian daran, dass ich den Kerl heute schon gesehen hatte.

„Und Gemma hat ihn dir gezeigt?"

Warum kam er immer mit so nervigen Fragen? „Nein. Ich habe gesehen, wie er sie beobachtet hat. Ich weiß, dass er es war."

„Nein, das tust du nicht. Du rätst." Ian stoppte mich, bevor ich etwas dagegen einwenden konnte. „Das ist okay. Du hast das wirklich gut gemacht. Ist da noch mehr, an das du dich erinnerst? Du hast gesagt, du hättest vielleicht etwas gehört."

„Das war nichts Menschliches, nicht so wie ein Schrei. Vielleicht war es die Tür, die geschlossen wurde. Ich weiß es nicht."

Rafe zog die Baumwollhandschuhe aus seiner Tasche, die er stets dabei zu haben schien, weil er doch den ganzen Tag mit wertvollen Manuskripten zu tun hatte. Er schlüpfte in sie hinein, öffnete und schloss die Tür leise, indem er nur den oberen Teil derselben berührte. Die Angeln quietschten.

„Ja." Ich nickte enthusiastisch. „Ja. Das ist das Geräusch, das ich gehört habe. Und als ich mich umgedrehte hatte, rannte der Typ gerade weg."

Rafe trat einen Schritt zurück und die Rettungssanitäter rollten Gemma hinaus zum wartenden Rettungswagen. Eine Sauerstoffmaske bedeckte ihr Gesicht. Kopf und Hals steckten in einer Zervikalstütze. Sie lag so regungslos, dass es mir Angst machte.

Zu dritt beobachteten wir stumm, wie sie Gemma in den Rettungswagen schoben. Nachdem er abgefahren war, holte

Ian die Mäntel von mir und Rafe. Ein wenig unbeholfen gab ich ihm seinen Mantel wieder, während ich nach meinem griff. Wir alle steckten eilig Arme in Ärmel und knöpften die Mäntel hoch zu.

„Ich vermute, deine Anwesenheit hat den Angreifer der jungen Frau in die Flucht geschlagen. Du warst womöglich eine viel größere Hilfe, als dir selbst bewusst ist."

Ich nickte. Das war so ziemlich das, was Rafe gesagt hatte. Aber dennoch, wäre ich schneller von Begriff gewesen, hätte ich vielleicht die Kamera in meinem Smartphone nehmen und den Typ beim Weglaufen filmen können. Das wäre wirklich hilfreich gewesen. Ich fühlte mich so hilflos und wütend. Man hatte jemand, den ich mochte, brutal angegriffen. „Es ist mir zuwider, dass der Angreifer einen der Weihnachtsstrümpfe von Timeless Treasures als Waffe benutzt hat." Niemand würde damit davonkommen, meine Freundin mit einem Strumpf zu attackieren, den einer der Vampire mit so viel Liebe gestrickt hat. Das nahm ich mir fest vor.

Ian schaute in die dunkle Hütte, wo Gemma angegriffen worden war. „Ich nehme nicht an, dass du den Käufer dieses speziellen Strumpfes identifizieren kannst?"

Darüber hatte ich bereits nachgedacht und ich schüttelte den Kopf. „Es ist ein Markt. Die meisten Menschen bezahlen mit Bargeld. Wir haben natürlich einen Quittungsblock, aber es ist ja nicht so, dass wir den Warenbestand wie im Laden nachzuhalten versuchen. Ich werde fragen, ob sich jemand daran erinnern kann, diesen Strumpf verkauft zu haben, aber ich bin da nicht sehr optimistisch."

„Kennst du Darrens Nachnamen?"

„Nein. Aber er hat ihr SMS geschrieben. Überprüf' ihr Telefon."

Er schaute mich eindringlich an. „Hatte sie das heute bei sich?"

„Ja. Sie hat mir Darrens gruselige Nachrichten gezeigt."

Er schüttelte den Kopf. „Ich habe kein Mobiltelefon gefunden."

Natürlich. Er hatte es mitgenommen. Oh, wie sehr ich wünschte, ich hätte die Ratte aufgespürt und mit meinem Rücksendezauber belegt. Ich musste meine Hände zusammenballen, so sehr fühlte ich die elektrischen Ströme in meinen Fingern pulsieren. „Wir haben uns gerade erst angefreundet. Sie wirkte so nett. Sie *ist* nett." Ich würde nicht anfangen, in der Vergangenheitsform von ihr zu denken oder zu sprechen. „Sie ist Lehrerin. Sie stellt eigenhändig Seifen und Lotionen her. Warum würde sie jemand verletzen?"

Er schüttelte den Kopf. „Ich hoffe, sie wird uns weiterhelfen können, wenn sie das Bewusstsein wiedererlangt."

Weitere Polizeikräfte trafen ein. Ich erschauderte bei dem Gedanken, dass das eine Mordermittlung werden würde, wenn Gemma nicht überlebte. Aber sie würde überleben. Sie war jung und stark.

In dem Moment berührte Ian meine Schulter. „Versuch ein wenig zu schlafen. Und sorge dich nicht. Du hast heute Abend eine gute Tat vollbracht."

Ich lächelte ihn an. Aber ich fühlte mich nicht gut. Ich fühlte mich schrecklich. Der Weihnachtsmarkt war solch ein Ort des Glücks. Hier sollte nichts Schlimmes passieren, schon gar nicht jemandem, den ich mochte.

Ian wusste es noch nicht und würde es vermutlich auch nie erfahren, aber er würde bei der Suche nach demjenigen, der Gemma verletzt hatte, Hilfe mit besonderen Kräften bekommen.

KAPITEL 7

Als ich nach Hause kam, begrüßte mich der Duft frischgebackener Ingwerplätzchen. Granny warf einen Blick auf mein Gesicht und sagte sogleich: „Oh, mein armes Lämmchen. Was ist passiert?"

„Rafe wird es erklären. Ich muss das Krankenhaus anrufen." Da ich keine Verwandte war, konnten sie mir keine Auskunft geben. Ich hasste es, im Ungewissen zu sein. Schließlich rief ich Ian an und er sagte, sie sei nach wie vor am Leben, was ein gutes Zeichen war, habe aber noch nicht das Bewusstsein wiedererlangt. Das wiederum klang gar nicht nach einem guten Zeichen.

Ich schlief schlecht, denn ich sorgte mich um Gemma und wünschte, ich hätte mehr getan. Ich war mir sicher, dass ich den Angriff hätte verhindern können, wäre ich ihr nur eine bessere Freundin gewesen.

Als ich in den frühen Morgenstunden erwachte, wusste ich, ich würde nicht wieder einschlafen können. Ich spürte die Wärme, die Nyx ausstrahlte, die sich an meiner Seite zusammengerollt hatte, und fand Trost in ihrem kleinen, schnurrenden Körper, als ich sie streichelte und ihr von meinen Sorgen erzählte. Nyx war eine wortkarge Katze, aber voll stillem Mitgefühl.

Gegen sechs stand ich so leise wie möglich auf, denn Meri schlief im anderen Zimmer. Die Vampire waren gegangen, doch der Stapel frisch fertiggestellter Strümpfe bewies, dass sie wie immer die ganze Nacht gearbeitet hatten. Ich kochte eine Kanne Kaffee. Nach den ersten Schlucken rief ich erneut im Krankenhaus an. Und wieder sagte man mir, dass man mir keine Auskunft geben könne. Ich konnte es nicht ertragen. Ich hatte die Frau in der Nacht zuvor halberwürgt gefunden, verdiente ich es da nicht wenigstens zu erfahren, ob sie die Nacht überlebt hatte?

Ich wusste, dass Ian vermutlich bis spät in die Nacht gearbeitet hatte, aber ich wusste auch, was für ein fürsorglicher und engagierter Polizist er war. Außerdem ließ sich sein Telefon zweifelsohne auf „Nicht stören" schalten. Ich zwang mich, bis sieben Uhr zu warten, dann rief ich seine Mobilnummer an.

Er hob sofort ab, klang vollkommen wach. Dennoch sagte ich: „Es tut mir leid, dich so früh zu stören. Ich bin's, Lucy."

„Ich weiß. Ich sehe im Display, wer anruft."

„Stimmt. Ich habe im Krankenhaus angerufen und sie wollen mir nichts sagen. Wie geht es Gemma?"

Es entstand eine winzige Pause, als müsse er die passenden Worte suchen. Mir wurde bang ums Herz. Gute Nachrichten hätte er mir sofort mitgeteilt. „Sie hat noch immer nicht das Bewusstsein wiedererlangt."

Mein Herz wurde schwer wie ein Stein, den man in einen stillen See geworfen hatte. Es sank tiefer und tiefer und tiefer.

„Was meinst du damit, dass sie das Bewusstsein nicht wiedererlangt hat? Was bedeutet das? Liegt sie im Koma?"

„Ich bin kein Arzt, Lucy. Es bedeutet, dass sie das Bewusstsein nicht wiedererlangt hat. Es tut mir leid. Ich gebe dir Bescheid, wenn sich irgendetwas ändert."

„Ian, wird sie irgendwie beschützt?"

„Sie ist im Krankenhaus. Sie ist in Sicherheit."

„Das weißt du nicht. Wer immer ihr das angetan hat, könnte wiederkommen und versuchen, die Sache zu Ende zu bringen."

Ich hörte, wie er Atem holte. Sanft sagte er: „Lucy, ich weiß, dass du besorgt bist. Sie ist in guten Händen. Und wir versuchen herauszufinden, wer das getan hat. Das Beste, was du tun kannst, ist, dir nicht zu viele Sorgen zu machen."

„Kann ich sie wenigstens besuchen?" Mir war der Gedanke verhasst, dass Gemma ganz allein dalag, ohne jemanden, der wenigstens ihre Hand hielt und mit ihr sprach.

„Das müssen ihre Ärzte entscheiden."

„Aber du könntest ein gutes Wort einlegen. Du könntest ihnen sagen, dass ich ihre Freundin bin. Sie hat hier in der Nähe keine Familie. Ihre Mutter starb letztes Jahr. Ich glaube nicht, dass sie Geschwister hat, und sie und ihr Vater scheinen sich nicht nahe gestanden zu haben. Ich bin ihre Freundin. Ich will helfen."

„Das weiß ich."

„Du musst dafür sorgen, dass ihr Ex-Freund nicht zu ihr gelangt. Ich bin mir sicher, er hat das getan."

„Im Moment darf außer ihren Ärzten niemand zu ihr. Ich werde sehen, ob ich eine Ausnahme für dich erwirken kann."

„Danke."

~

ICH WEIß NICHT, was Ian gesagt oder wie er es angestellt hatte, aber er rief mich an und sagte mir, ich könne Gemma am Samstagnachmittag besuchen. Ich versuchte, mich in ihre Lage zu versetzen und konnte mir vorstellen, dass ich einen Freund an meiner Seite würde haben wollen.

Ohne Zweifel würden sie versuchen, ihren Vater zu kontaktieren, obwohl ich nach dem bisschen, das sie über ihn gesagt hatte, vermutete, dass er keine große Rolle in ihrem Leben spielte.

Ich ging so früh zum Markt, dass ich noch sah, wie die Forensiker einpackten. Es gab keine Notiz oder einen anderen Hinweis an dem geschlossenen Stand, dass dieser nicht öffnen würde. Ich erinnerte mich an den Moment vor ein paar Monaten, als ich in der Erwartung, meine Großmutter zu sehen, an der Tür des Cardinal Woolsey's ankam und mich die Notiz begrüßte „Bis auf Weiteres geschlossen."

Vielleicht war es besser, die Hütte ohne Erklärung verrammelt und verriegelt zu lassen. Arme Gemma. Ich konnte nicht aufhören, an sie zu denken.

Mabel und Hester führten den Stand an diesem Morgen, und anscheinend hatte irgendeiner der älteren Vampire Hester dazu gedrängt, die schwarze Verhüllung abzulegen. Sie trug einen hübschen grünen Pulli und Jeans. Ausnahmsweise einmal schien sie guter Laune.

Von den Kunden, die zu Timeless Treasures kamen, kannte ich eine ganze Reihe bereits aus meinem Laden. Also konnte ich leicht mit ihnen über ihre aktuellen Projekte plaudern und ihnen Geschenktipps geben. Ich war weit besser darin, fertige Strickwaren zu verkaufen, als all die Einzelteile, die man zu deren Herstellung tatsächlich benötigte. Ich konnte Dinge sagen wie „Ja, ich glaube, Ihr zehnjähriger Enkel wird den marineblauen Pullover mögen" oder „Die extralangen Strümpfe erweisen sich dieses Jahr als außerordentlich beliebt. Ich denke, wenn Sie welche für die ganze Familie besorgen, werden das am Ende hübsche Familienerbstücke."

Und sie würden Familienerbstücke werden. Der Strickclub der Vampire hatte sich selbst übertroffen. Der kleine Wettstreit unter Freunden hatte recht leidenschaftliches Ausmaß angenommen, wenn ich mir anschaute, wie viel Arbeit in einige Strümpfe investiert worden war. Ich hoffte, sie würden nicht allesamt ausverkauft werden, da ich vorhatte, einige für mich selbst zu behalten.

Und wenn ich gerade keine Kunden bei Timeless Treasures bediente, hatte ich ein Auge auf die traurige, geschlossene Hütte, die Bubbles hätte sein sollen. In gewisser Weise war es, als hätte es den Stand nie gegeben. Die vorbeiströmenden Kunden warfen einen gelangweilten Blick auf das geschlossene Häuschen und gingen einfach weiter. Niemand schien sich sonderlich dafür zu interessieren, warum es geschlossen war.

Bis gegen elf Uhr vormittags. Da erblickte ich ihn. Es war derselbe Kerl, den ich Gemma am Tag des Angriffs hatte anstarren sehen. Er war Anfang dreißig, hatte ein hageres Gesicht, einen stechenden Blick und struppiges Haar, das sich um sein Gesicht lockte. Er trug eine alte Jeans, ein Sweatshirt mit Werbung für britisches Bier und eine schwarze, lederne Bomberjacke. Er blieb vor Bubbles stehen, die Hände in die Taschen gestemmt und wiegte sich auf seinen Absätzen vor und zurück, als könne er die Hütte allein durch intensives Starren öffnen.

Als das nicht funktionierte, ging er ein paar Schritte vorwärts, drehte sich dann um und ging zurück.

Ian hatte mir vorgeworfen, voreilige Schlüsse zu ziehen. Gewiss, niemand hatte mir Gemmas Ex-Freund vorgestellt, aber die Annahme, dass er das sein musste, war wahrlich nicht weit hergeholt.

War er an den Ort des Verbrechens zurückgekehrt?

Eine vernünftige Frau hätte ihn ignoriert oder vorgegeben, dass sie ihn nicht gesehen hatte. Ich hatte bereits mehrfach bewiesen, dass ich keine vernünftige Frau war. Ich war eine wütende Frau. Jemand hatte meine Freundin verletzt und ich hatte das deutliche Gefühl, er sei das gewesen.

Bevor der gesunde Menschenverstand übernehmen konnte, schlich ich rüber und sagte: „Kann ich Ihnen irgendwie behilflich sein?"

Er sah mich ziemlich überrascht an. Gewiss, in meiner Stimme hatte keine Freundlichkeit gelegen, im Gegenteil. Wenn Worte Hagelkörner wären, hätte er ganz schön was abgekriegt. Meine kalte Feindseligkeit schien ihn ein wenig zu verblüffen. „Ich suche die Frau, die sonst hier ist. Wissen Sie, wo sie ist?" Ich war noch nicht sehr geübt mit englischen Dialekten, aber er klang wie ein Londoner für mich.

„Wer sind Sie?" Ich hatte nicht vor, ihm irgendwelche Informationen zu liefern, weder über Gemma oder das Geschäft noch über sonst was, aber ich hoffte sehr, ihm ein paar Informationen entlocken zu können. „Sie hat heute nicht geöffnet, aber ich kann Ihren Namen und Ihre Telefonnummer notieren, wenn Sie das wollen." Und all das gleich per SMS an Ian senden.

Er verzog die Augenbrauen zu einem finsteren Stirnrunzeln. Sein stechender Blick bohrte sich in meine Augen. „Geht es ihr gut? Ist sie krank oder so?"

Oh, als ob er das nicht bereits wüsste. Ich zuckte mit den Achseln. „Darüber habe ich keine Information, aber, wie schon gesagt, ich kann Ihre Kontaktdaten aufnehmen, wenn Sie das möchten."

„Nein. Das ist okay. Ich versuch es später." Und dann schlenderte er fort.

Ich rief sofort Ian an. Und erklärte rasch, was gerade passiert war. „Ich wette, wenn du jetzt herkommst, erwischst du ihn noch."

Er sagte: „Du willst, dass ich jemanden verhafte, weil er bei Gemmas Stand herumhing und sagte, er würde später wiederkommen?"

„Kannst du ihn nicht beschatten lassen oder so etwas? Herausfinden, wo er hingeht und was er tut?"

„Lucy, selbst wenn ich dafür genug Leute hätte, kann ich ihn nicht verfolgen lassen, nur weil dir seine Nase nicht passt."

Ich sah ein, dass er recht hatte, aber die Enttäuschung brannte heiß in meiner Brust.

„Okay", sagte ich. „Tut mir leid, dass ich dich gestört habe."

„Lucy, hab dich nicht so. Du musst doch verstehen, dass ich Regeln befolgen muss. Ahnungen sind großartig. Ich bin sicher, dass du recht hast und er der Ex-Freund ist, von dem sie dachte, dass sie ihn gestern gesehen hat. Das heißt nicht, dass er sie angegriffen hat."

„Aber jemand hat es getan. Und er ist der Einzige, der hier herumhängt und neugierig ist."

Wir beendeten das Gespräch und ich stand da und dachte nach. Ian mochte vielleicht nichts unternehmen können, aber ich hatte andere Freunde, denen Gesetze und Polizeivorschriften keine Grenzen setzten. Mein zweiter Anruf galt Rafe. Er hörte sich groggy an, als er abhob und ich begriff bekümmert, dass ich ihn geweckt hatte. „Es tut mir so leid. Ich habe nicht daran gedacht, dass du schlafen würdest. Vergiss es. Ich rufe dich später wieder an."

Er gähnte. „Jetzt bin ich wach. Was ist los?"

Ich erzählte ihm, was ich soeben gesehen hatte, und er stimmte mir zu, dass es aller Wahrscheinlichkeit nach Darren gewesen war. „Willst du, dass er beschattet wird?"

Darüber hatte ich nachgedacht, und ich sagte: „Ich denke, ich muss in Gemmas Zimmer hinein. Die Polizei wird Beweise brauchen, damit sie etwas unternehmen kann. Vielleicht können wir welche finden?"

„Das sollte nicht allzu schwer sein. Wo wohnt sie?"

Ich erzählte ihm, dass sie in einem Budgethotel in Botley abgestiegen war. Er sagte: „Ich hole dich in einer Stunde ab."

Rafe hielt sich nicht mit Regeln oder Vorschriften auf. Und er war meist verfügbar, am Tag wie in der Nacht. Das mochte ich an einem Mann. Oder einem Vampir.

Die Stunde war noch nicht ganz verstrichen, als der schwarze Tesla beinahe geräuschlos neben mir zum Stehen kam und ich einstieg.

Ich musste ihm den nicht den Weg erklären, vermutlich, weil er schon so lange in Oxford lebte. Etwa zehn Minuten später trafen wir vor einem sehr einfachen Budgethotel an. Er sagte: „Welche Zimmernummer hat sie?"

Das war der Moment, vor dem ich mich gefürchtet hatte. „Ich weiß es nicht."

„Das könnte ein Problem werden."

„Du scheinst dauernd durch Türen hinein und hinaus zu gleiten. Ich dachte, du könntest uns reinbringen."

„Kann ich, sobald du weißt, in welchem Zimmer sie übernachtet hat." Er sah mich an. „Aber ich bin ein Vampir, kein Magier." Eine bedeutungsschwere Pause entstand. „Oder eine Hexe."

„Ich bin bloß eine Babyhexe. Als ich das letzte Mal einen Zauberspruch angewendet habe, habe ich fast einen uralten Steinkreis zerstört. Das hat irgendwie mein Selbstvertrauen über den Haufen geworfen."

„Fällt dir eine Art ein, auf die ein Mensch eine Zimmernummer herausfinden könnte?"

Ich dachte einen Augenblick nach. „Naja, eigentlich schon."

In meiner Handtasche hatte ich einige Papiertüten mit dem Logo des Cardinal Woolsey's. Ich hatte sie für den Fall mitgenommen, dass noch welche bei Timeless Treasures benötigt würden, und sie dann vergessen. Ich zog eine leere Tüte hervor. Und dann nahm ich mit einem Seufzer mein Strickzeug aus seinem Gobelinbeutel. In der überaus optimistischen Hoffnung, dass ich eines Tages solche Fortschritte machen würde, um so etwas zu benötigen, trug ich ein Extraknäuel blauer, dicker Wolle bei mir. Den steckte ich steckte in die Tüte, auf die ich Gemmas Namen vorne drauf schrieb. Dann reichte ich Rafe die Tüte. Er sah mich an und zog die Augenbrauen hoch. Ich sagte: „Geh ins Hotel und sag dem Menschen an der Rezeption, dass du das hier für Gemma abgibst."

„Und dann?"

„Dann gehe ich hinein, gebe vor, Gemma zu sein und

nehme es wieder an mich. Die Chancen stehen gut, dass, wer immer an der Rezeption ist, sich nicht an jeden Gast erinnert. Und es ist noch wahrscheinlicher, dass er die Zimmernummer auf die Tasche schreiben."

Er nahm mir die Tüte ab. „In Ordnung. Aber wenn das nicht klappt, musst du zur Magie greifen."

Oh, ich hoffte wirklich, wirklich sehr, dass es klappte. Ich war viel zu aufgeregt, sodass zu befürchten stand, müsste ich auf Magie zurückgreifen, würde ich die Skyline Oxfords durcheinanderwirbeln. So, wie die Dinge sich bei mir entwickelten, würden Oxfords Dreaming Spires am Ende womöglich in Glasgow weiterträumen.

Rafe verschwand mit der Tüte im Hotel und war nur Augenblicke später wieder zurück. Er stieg ins Auto und fuhr um die Ecke, bis er einen Parkplatz fand. Er wandte sich mir zu. „Würdest du gerne etwas zum Lunch essen, während wir warten?"

„Wieso kommt dir jetzt gerade Lunch in den Sinn?" Überflüssig zu erwähnen, dass ich nie gesehen hatte, wie er groß was aß.

Er lächelte leise. „Ich kann hören, wie dein Magen grummelt. Es täte dir gut, etwas zu essen. Das würde deine Nerven beruhigen. Außerdem wäre es zu offensichtlich, wenn ich eine Tüte abgebe und du fünf Minuten später hereinspazierst, um sie abzuholen."

„Guter Gedanke." Außerdem *war* ich hungrig.

Wir gingen in einen Costa Coffeeshop, wo er irgendeinen kaltgepressten Smoothie nahm, während ich ein getoastetes Käse-Schinken-Sandwich und einen Cappuccino bestellte. Er hatte recht. Ich würde Gemma nicht helfen, indem ich vor Hunger umfiel.

Nachdem ich mit dem Essen fertig war, kehrte er zum Auto zurück und ich ging zum Hotel und hinein zur Rezeption. Der Empfangsbereich war nicht gerade berühmt. Es gab einen Automaten, an dem man gegen Geld Kaffee ziehen konnte, eine ziemlich traurig aussehende Plastikpflanze, die abgestaubt gehörte, und einen Empfangsschalter aus Holzimitat. Dahinter saß ein älterer Mann, der ein Kreuzworträtsel löste. Er schaute auf, als ich eintrat. Ich versuchte, Selbstbewusstsein auszustrahlen. „Guten Tag. Ich bin Gemma Hodgins. Hat jemand ein Paket für mich abgegeben?"

Er sah mich an, als hätte er noch nie in seinem Leben die Worte ‚Gemma' oder ‚Paket' gehört, und dann drehte er sich mit einem grollenden Geräusch in seiner Kehle um und betrachtete das Regal hinter sich. Ich konnte meine Tüte dort stehen sehen, aber ich blieb geduldig, während er verschiedene Dinge anhob und wieder abstellte. Endlich nahm er das, wegen dem ich hier war, und übergab es mir.

„Danke."

Überaus zufrieden mit mir selbst ging ich hinaus. Genau wie ich es gehofft hatte, hatte jemand Gemmas Zimmernummer auf die Tüte geschrieben, als Rafe sie abgegeben hatte. Sie hatte Zimmer 411 und ich hatte das mit menschlicher Cleverness und List ganz ohne Zauberei herausgefunden. Als ich schließlich sicher war, dass der Mann wieder in sein Kreuzworträtsel vertieft war, eilte ich zum Hintereingang und ließ Rafe herein. Er hatte eine abgetragenen Lederaktentasche dabei, wie sie ein Professor benutzen mochte, und das verlieh ihm einen dermaßen respektablen Anstrich, dass niemand in Frage stellen würde, warum wir hier waren.

Das war nicht die Art Hotel, wo man einen Schlüssel brauchte, um den Aufzug zu benutzen. Was sicher auch daran lag, dass es hier keinen Aufzug gab. Es gab auch kaum Sicherheitstechnik. Wir erklommen drei Stockwerke übers Treppenhaus und als wir oben ankamen, keuchte ich. Rafe natürlich nicht. Der Flur, der nach billigem Desinfektionsmittel roch, war menschenleer. Wir kamen zur Tür von Zimmer 411 und blieben stehen. Rafe wandte sich zu mir. „Lucy?"

Ich hatte ihm schon häufiger zugeschaut, wie er durch abgeschlossene Türen ging. Aber jetzt sah er mich einfach mit hochgezogenen Augenbrauen an.

„Ich hätte dich nicht mitgenommen, wenn ich geahnt hätte, dass du mich die ganze Arbeit allein machen lassen würdest." Ich war grantig und nervös. Er verschränkte die Arme vor der Brust und lehnte sich an die Wand, während er mich weiter anschaute.

Ich hatte einen Zauberspruch zum Aufsperren geübt, und in einem besonders angespannten Moment damit tatsächlich das Leben meiner Mutter gerettet. Aber das war damals gewesen. Ich wusste nicht, ob ich es jetzt hinbekommen würde. Oder, schlimmer noch, das Hotel in zwei Teile spalten oder ein Erdbeben auslösen würde.

„Du kannst das", sagte er sanft und ich versuchte ihm das zu glauben.

Ich atmete tief ein. Ich verschränkte meine Finger, schloss meine Augen und als ich den einfachen Zauberspruch rezitierte, öffnete ich meine beiden Hände. Ich vermute, ich hielt den Atem an. Dann hörte ich, wie der Schließmechanismus ein surrendes Geräusch erzeugte. Ich drehte den Türknauf, drückte gegen die Tür und sie öffnete sich, als hätte ich meine Schlüsselkarte benutzt.

Wie von Zauberhand.

KAPITEL 8

afe folgte mir hinein, als die Tür sich wieder schloss. „Gut gemacht."

Ich war geradezu irrwitzig zufrieden mit mir selbst, aber ich gab mich gelassen. Ich sah mich im Zimmer um. „Ich will alles, was wir über Gemmas Ex-Freund finden können. Seinen Namen, seine Adresse, was er macht, einfach alles."

Rafe nickte. Aus den Taschen seines Mantels zog er ein Paar Baumwollhandschuhe und reichte es mir. Ich hatte gar nicht daran gedacht, dass die Polizei herkommen und nach Fingerabdrücken suchen könnte, aber er hatte recht, es war sinnvoll, Vorsichtsmaßnahmen zu ergreifen. Ich nahm die Handschuhe und zog sie über. Für sich selbst hatte er ein zweites Paar dabei.

Bevor ich irgendetwas tat, stand ich nur da und sah mich in dem kleinen, schäbigen Zimmer um. Der Raum roch irgendwie nach Gemma. Ein wenig nach den Inhaltsstoffen ihrer Seifen, wie Lavendel und ätherische Öle.

Das Doppelbett war ordentlich gemacht und von einer billigen Tagesdecke aus Polyester bedeckt. Zwei Kissen lehnten am Kopfbrett aus Holzimitat. Ein Fernseher war an der Wand festgeschraubt. Es gab einen Schreibtisch aus Holzimitat, eine Kommode mit drei Schubladen, einen abgewetzt wirkenden Sessel und einen einzelnen Nachtisch. Ein winziges Bad en suite vervollständigte die Einrichtung.

Rafe schaute mich an. „Was denkst du? Was fühlst du? Was nimmst du wahr?"

Ich atmete tief ein und schloss meine Augen. Ich wusste, dass er recht hatte. Ich sollte meine Hexensinne beschwören. Ich musste ihnen vertrauen, einen Weg finden, ohne Angst mit meinen Kräften umzugehen. Als ich Autofahren gelernt hatte, hatte ich mich ganz ähnlich gefühlt. Ich sollte ein motorisiertes Fahrzeug beherrschen, das mehrere Tonnen wog, obwohl ich die Hälfte der Zeit entweder den Motor abwürgte oder ungewollt viel zu schnell oder zu langsam fuhr. Aber am Ende hatte ich gelernt, wie man fährt. Ich würde das hinkriegen.

Was wollte mir das Zimmer sagen? Ich horchte in meine Intuition hinein. „Ich fühle Traurigkeit. Ich fühle Wut." Ich öffnete die Augen. „Was ich nicht fühle, ist Angst."

Rafe nickte und scannte das Zimmer. „Also hatte sie keine Angst vor ihrem Ex-Freund. Zumindest nicht, als sie das letzte Mal hier war."

Dass sie dieses Hotelzimmer als provisorische Seifenfabrik genutzt hatte, zeigte die Anzahl der Kartons, die in der Ecke gestapelt waren. Sie alle waren ordentlich mit den vielfältigen Sorten ihrer Seifen, Badesalze, Badeöle und Cremes beschriftet. Auf dem Schreibtisch lagen ein Schneidebrett und verschiedene Messer sowie das handgeschöpfte Papier, das sie zum Verpacken der Produkte verwendete. Ich hatte den Eindruck, dass sie genau wie wir mit den Timeless Treasures vom Erfolg überrascht worden war. Offenkundig hatte sie zusätzliche Ware für den Fall des Falles mitgebracht, aber noch nicht alles eingepackt, als sie angekommen war. Ich sah sie vor mir, wie sie am Abend dasaß und verpackte, beschriftete, verstaute. Vielleicht war dabei im Hintergrund der Fernseher gelaufen oder etwas Musik.

Sie hatte ein paar Kleidungsstücke in den Schrank gehängt und in der Ecke stand ein Koffer. Ihren Laptop hatte man in eine Ecke des improvisierten Arbeitstisches geschoben. Rafe sah mich an. „Laptop?"

„Ich fühle mich schrecklich, einfach so in ihr Privatleben einzudringen."

Er zog eine Braue hoch. „Es hat dir nichts ausgemacht, in ihr Hotelzimmer einzubrechen. Aber jetzt, wo es darum geht, es zu durchsuchen, wirst du zimperlich?"

„Okay, nicht alles an mir ist immer logisch. Ich teile dir bloß mit, was ich fühle."

„Vergiss nicht, dass wir aus den reinsten Motiven hier sind. Sie wird nie erfahren, dass wir in ihrem Zimmer waren, und was immer wir finden, werden wir nur dazu verwenden, Gemma zu helfen und ihr Gerechtigkeit zu verschaffen."

Ich nickte. „Du nimmst den Laptop." Ich dachte, ich würde mich weniger wie ein Eindringling fühlen, wenn ich ihre Sachen durchsuchte. Außerdem war ich ihre Freundin und eine Frau. Wenn jemand die Schublade mit ihrer Unterwäsche durchsuchen würde, würde ich das sein.

Und so war es. Ich schaute mir den Inhalt jeder ihrer Schubladen vorsichtig und methodisch an und versuchte, alles wieder genauso zurückzulegen, wie ich es vorgefunden hatte. Sie war nicht der ordentlichste Mensch, also würde es ihr wohl kaum auffallen, wenn die Sachen etwas anders

lagen. Ihre Unterwäscheschublade enthielt nichts als Unterwäsche. Die mittlere Schublade war voller T-Shirts und
Sweatshirts. In der untersten Lade befanden sich zwei Jeans
und zwei schwarze Hosen. Obwohl sie ausgepackt hatte,
nahm ich mir die Zeit, ihren Koffer aufzumachen und
hineinzuschauen. Auf den ersten Blick schien er leer, aber
dann entdeckte ich ein Extrafach. Ich fuhr mit meinen
Fingern hinein und entdeckte einen Ordner.

In der Sekunde, in der meine Finger ihn berührten,
fühlte ich ein elektrisches Kribbeln. Sofort zog ich meine
Hand heraus, denn manchmal sprühten elektrische Funken
unkontrolliert aus meinen Fingerspitzen und was immer das
war, ich wollte es nicht in Brand setzen. Ich schüttelte meine
Hände eine Minute lang und stellte mir vor, wie ich sie in
kaltes Wasser tauchte. Das half gegen die Hitze in meinen
Fingerspitzen. Ich griff erneut hinein und diesmal gelang es
mir, den Ordner hervorzuziehen. Es war ein abgenutztes
Ding aus Pappe. Schmutzige Fingerabdrücke und Bleistiftnotizen bedeckten den Ordner. Ich war kein Experte, aber er
sah ziemlich alt aus. Ich blickte zu Rafe, doch er tippte auf
dem Computer herum, ganz das Bild tiefster Konzentration.

Ich setzte mich aufs Bett. Ich war froh, dass ich Handschuhe trug, als ich den Ordner neben mich hinlegte und
aufschlug. Ich weiß nicht, was ich erwartet hatte. Vielleicht
eine Reihe immer bedrohlicherer Briefe von ihrem verstörten
Ex. Aber es war nichts dergleichen. Es klang wie der Anfang
eines Romans. Ich fing an zu lesen und dann kamen mir die
Worte vertraut vor. „Rafe."

Er blickte nicht auf. „Was gefunden?"

„Ich weiß es nicht. Klingt das vertraut?"

Ich fing an vorzulesen. Die Prosa hatte einen eigenen

Rhythmus. Die Sätze waren kalt und eindringlich. Sie beschrieben einen Mann und eine Frau, die durch eine verschneite Landschaft gingen. Ich erreichte das Ende des ersten Absatzes.

Jetzt blickte Rafe auf. „Das ist der erste Absatz des ersten Bandes der Chroniken von Pangnirtung."

Am Grunde meines Magens fühlte ich ein seltsames Blubbern. „Ich habe dir nicht aus einem Roman vorgelesen. Das hier sieht wie die Seiten eines alten Manuskriptes aus." Die maschinengeschriebenen Worte waren ausgeblichen und die Bleistiftnotizen vom Lauf der Zeit verwischt. „Warum sollte Gemma Manuskriptseiten aus den Chroniken von Pangnirtung bei sich haben?"

Wir sahen einander an. Eindeutig dachten wir beide an das, was Rafe mir über die Behauptung ihres Vaters erzählt hatte, er hätte die Fantasy-Trilogie geschrieben.

Rafe stand langsam auf und kam zum Bett rüber. Er setzt sich neben mich, nahm das erste maschinengeschriebene Blatt zur Hand. Er betrachte die erste Seite und drehte sie um und dann betrachtete er die zweite, studierte sie ganz genau. Mich machte die Ungeduld schier verrückt, aber ich zwang mich, ruhig zu bleiben. Rafe ging stets langsam und methodisch vor und ich wusste, es hätte keinen Sinn, ihn zur Eile zu drängen.

Wenn ich ihn mit Fragen traktierte, würde ich die Sache nur weiter verlangsamen. Nachdem gefühlt eine Stunde vergangen schien, die vermutlich nicht mehr als acht oder zehn Minuten gedauert hatte, sagte er: „Das ist sehr interessant. Das ist eine sehr frühe Fassung mit Bleistiftanmerkungen. Ich müsste sie mit einer Fassung der veröffentlichten Version vergleichen, aber ich denke, diese hier ist etwas anders. Vielleicht stammt es aus der Zeit, bevor das Manuskript lektoriert wurde."

„Glaubst du, es wäre möglich, dass Gemmas Vater tatsächlich die Chroniken geschrieben hat?"

Er sah mich an, aber ich hatte das Gefühl, tatsächlich würde er in die Vergangenheit schauen. „Ich weiß es nicht. Prinzipiell ist alles möglich. Das hier könnte auch ein sehr ausgefeilter Schwindel sein. Er und Sanderson waren Freunde in Oxford. Er könnte den Entwurf an sich genommen und versucht haben, ihn als seinen eigenen auszugeben."

Ich betrachtete den Stapel Papier. Der Anfang eines legendären Romans, hingeworfen auf einer billigen Polyestertagesdecke in einem schäbigen Hotelzimmer. „Oder Sanderson könnte das getan haben?"

Er tippte mit seinen behandschuhten Fingern gegen den offenen Aktenordner. „Natürlich könnte Sanderson der Schurke sein." Er fuhr mit einem Finger über die erste Seite. „Provenienz. Alles dreht sich um Provenienz. Sanderson hat die Geschichte, den Erfolg und eine ganz Branche, die nur auf diesen Büchern beruht, hinter sich. Das alles spricht für ihn. Dem steht ein einsamer Rufer gegenüber, die Stimme eines Mannes, der in jungen Jahren diskreditiert wurde und dessen Ansprüche ohne viel Federlesen abgewiesen wurden, als er sie vor beinahe vierzig Jahren das erste Mal anmeldete."

„Aber warum hätte Gemma das mitnehmen sollen, wenn sie nicht irgendwie geglaubt hätte, dass ihr Vater im Recht war?"

Er lächelte traurig. „Die Liebe kann uns gegenüber allen

möglichen Fehlern blind machen. Es ist löblich, dass sie an ihren Vater glaubt. Aber was beweisen diese Seiten?"

„Du bist der Spezialist für alte Bücher. Wenn es jemanden gibt, der die Provenienz bestimmen kann, dann bist du es."

Er schaute mich an und ich konnte sehen, wie es in seinem Gehirn zu arbeiten begann. Er verzog keinen einzigen Muskel, aber ich konnte seine Aufregung fühlen. Er fand großen Gefallen an der Herausforderung, dieses literarische Geheimnis zu untersuchen. „Eines der Kernstücke der Sanderson Retrospektive ist der früheste, bekannte Entwurf des Buches. Sanderson hat ihn selbst als seine erste Fassung bezeichnet. Wenn wir beweisen können, dass diese hier älter ist, müsste man Gemmas Vater zumindest vor Gericht anhören."

Seine Begeisterung war ansteckend. Wer hätte gedacht, dass ein Haufen alter, maschinengeschriebener Seiten solch eine Aufregung auslösen könnten. „Das Manuskript hilft gar nichts, wenn es weiter hier in ihrem Koffer steckt. Ich denke, du solltest es an dich nehmen. Es sicher aufbewahren. Alles dazu herausfinden, was möglich ist."

Er nickte langsam. „Ja, ich denke, das wird das Beste sein. Hier ist es nicht sicher. Jeder könnte in dieses Zimmer einbrechen." Er grinste mich an. „Sogar du hast das hinbekommen."

Ich boxte gegen seinen Arm, aber nicht sehr fest, denn ich wollte nicht, dass er das kostbare Manuskript fallen ließ.

„Das ist ein ganz schöner Fund."

Das fand ich auch. „Und bei dir? Glück gehabt mit dem Computer?"

Er sah aus, als hätte er völlig vergessen, dass er den

Computer durchsucht hatte. Aber nachdem er einen Blick Richtung Laptop geworfen hatte, nickte er. „Es gibt da ein paar E-Mails, von denen ich denke, dass du sie interessant finden wirst."

Die Art, wie er das Wort ‚interessant' aussprach, ließ mich aufspringen und zum offenen Laptop rübergehen. Auf dem Display stand eine Art Liste mit ihren letzten E-Mails.

Er setzte sich auf den Stuhl, drehte den Laptop in meine Richtung und drückte eine Taste, die die erste Mail erscheinen ließ.

Sie war von jemand, der sich Motorhead325 nannte. Rafe sagte: „Die Rechtschreibung ist haarsträubend. Ich verstehe nicht, warum sie den Kindern das Buchstabieren nicht mehr ordentlich beibringen können."

„Vermutlich, weil wir keine Prügelstrafe mehr haben, wie Ihr sie hattet."

„Pech."

Ich fing an zu lesen. Ich sah, was Rafe mit der Rechtschreibung gemeint hatte, die *war* haarsträubend.

„Ich weiß nich, was du glaubst vorgebn zu müssen. Ich dachde, du wärst das coolste Mädchen, jetzt denk ich nur noch, du bist eine eiskalte Schlampe. Warum willste nicht mit mir reden? Wir müssen reden. Du muss mit mir reden. Ich liebe dir."

Ich blickte zu Rafe auf. „Memo für Motorhead: Das ist nicht der beste Weg ins Herz einer Frau."

Er nickte. „Das war bloß die erste." Es gab ganze Reihe E-Mails, in denen nicht nur die Rechtschreibung immer schlimmer wurde, sie wurden auch immer weitschweifiger. „Glaubst du, er hat getrunken, als er all das schrieb?"

„Kann ich nicht sagen. Aber beunruhigend sind sie, oder?"

Ich nickte. Obendrein waren sie Beweise. „Wir wissen nicht sicher, dass sie von Darren stammen, aber wer sonst hätte sie geschrieben haben können?" Ich wünschte, ich könnte die E-Mails einfach an Ian weiterleiten. Er könnte herausfinden, wem die E-Mail-Adresse gehörte. Aber ich wusste, das konnte ich nicht tun. Ich konnte nur hoffen, dass die Polizei herkommen und das Zimmer durchsuchen würde. Ich hatte keine Ahnung, wie die Rechtslage war, wenn eine Frau im Koma lag. Aber in einem Punkt war ich mir sicher. „Darren klingt verwirrt und gefährlich. Wenn er dachte, Gemma war tot, als er weglief, und herausfindet, sie lebt und ist im Krankenhaus, was soll ihn davon abhalten, dort hineinzuspazieren und die Sache zu Ende zu bringen? Einfach ein paar Minuten ein Kissen auf ihr Gesicht drücken und alle glauben lassen, sie sei ihren Verletzungen erlegen."

„Du glaubst nicht, dass Polizei und Krankenhauspersonal für ihre Sicherheit sorgen können?"

Tat ich das? „Ich weiß, sie meinen es gut. Sie sind unterbesetzt. Sie wissen nicht, was wir wissen. Ich habe versucht, Ian von dem Kerl zu erzählen, der herumlungerte und nach Gemma fragte, und er sagte, er könne nichts tun."

„Um ihm gegenüber fair zu bleiben, herumzulungern, um nachzufragen, wo der Betreiber eines Geschäfts ist, stellt nicht gerade kriminelles Verhalten dar."

„Das täte es, wenn derjenige versucht hätte, die Frau, um die es geht, zu töten."

Rafe öffnete seine Aktentasche, nahm einen Speicherstick heraus und kopierte im Handumdrehen den Ordner mit den E-Mails. Ich sah ihn fragend an, und er sagte: „Für den

Fall, dass sie irgendwie gelöscht werden. Zumindest sollte es irgendwo den Beweis geben, dass diese E-Mails versendet wurden. Das ist nur ein Backup, denn ich hoffe doch, die Polizei findet den Laptop allein. Oder wird in der Lage sein, ihren E-Mail-Account unter die Lupe zu nehmen."

Ich hob meinen Daumen zum Mund und begann, auf dem Nagel herumzukauen, eine schreckliche Angewohnheit in Stresssituationen. Ich sagte: „Ich nehme an, ich könnte Ian sagen, dass Gemma mir diese Mails gezeigt hat."

Sanft legte Rafe seine Hand auf meine Schulter. „Aber das hat sie nicht getan. Es ist nie eine gute Idee, die Polizei anzulügen."

„Ich weiß. Ich bin nur so frustriert. Ich will etwas tun."

„Was wir tun können, ist für Gemma eine inoffizielle Wache zu organisieren. Ich habe Leute im Krankenhaus, Verbindungen. Die Mitglieder des Strickclubs können gemeinsam Gründe finden, Freunde im Krankenhaus zu besuchen. Wir werden unser Möglichstes tun, um für ihre Sicherheit zu sorgen."

Ich nickte, fühlte, wie das Gewicht von meinen Schultern abfiel. Ich wusste, ich konnte mich auf Rafe und die anderen Vampire verlassen. „Ich danke dir."

Er schüttelte seinen Kopf. „Nein, ich danke *dir*. Bevor du aufgetaucht bist, waren wir alle in Gefahr, im Zustand vollkommener Langeweile dahinvegetieren zu müssen. Seit du nach Oxford gekommen bist, gab es keinen einzigen öden Moment mehr."

Ich wusste, er war sarkastisch, aber er hatte recht. Seit ich angekommen war, hatte es eine Katastrophe nach der anderen gegeben. Das meiste davon war nicht meine Schuld gewesen. Einiges allerdings schon. Fliegende Hinkelsteine etwa fielen in meine Verantwortung. Dass meine Eltern aus Ägypten Flüche mitgebracht hatten, war teilweise meine Schuld. Aber der Rest? In dem sah ich schlicht eine Mischung aus Pech und Zufällen. Manchmal hatte ich das Gefühl, das Cardinal Woolsey's sei so etwas wie das Epizentrum eines Erdbebens von Pech.

Rafe verstaute den Pappordner, in dem das Manuskript steckte, in der Aktentasche. Es hätte nicht unverfänglicher aussehen können. Nachdem wir anschließend die Tür einen Spalt weit geöffnet und uns vergewissert hatten, dass niemand auf dem Flur war, schoben wir die Tür auf und eilten die Treppen hinunter. Der Geruch von Desinfektionsmittel und Staub ließ mir die Kehle eng werden, während ich schneller und schneller ging. Ich wollte nur noch aus diesem Laden heraus. Genau betrachtet hatten wir Privateigentum aus einem Hotelzimmer gestohlen. Obwohl wir aus den besten Motiven gehandelt hatten, würde ich mich doch sehr viel besser fühlen, wenn wir erst weit weg wären. Ich fragte mich, ob sie Überwachungskameras hatten. Schuldbewusst sah ich mich um. Warum hatte ich nicht an Überwachungskameras gedacht? Es gab sie überall in England. Ich hatte keine bemerkt, aber als wir aus dem Hintereingang schlüpften, hielt ich den Kopf gesenkt. Erst, als wir bei Rafes Auto angekommen waren und drinsaßen, äußerte ich meine Angst, dass uns womöglich eine Kamera erwischt hatte.

Er sah nicht besorgt aus. „Wenn jemand fragt, hat ein Freund etwas für Gemma am Empfang abgegeben, und als dir klar wurde, dass sie es nicht abholen würde, bist du ins Hotel gegangen und hast es geholt. Vorn auf die Tüte ist Cardinal Woolsey's aufgedruckt. Das ist eine vollkommen logische Erklärung."

Ich sah ihn argwöhnisch an. „Warst du nicht derjenige, der gesagt hat, man sollte die Polizei nie anlügen?"

Er startete den Wagen. „Jede Regel hat ihre Ausnahmen."

Mir schien, Rafe lebte nach seinen ganz eigenen Regeln, aber mir war nicht danach, zu streiten. Er hatte mir einen riesengroßen Gefallen getan. Mit der Untersuchung des Manuskripts, das wir in Gemmas Koffer gefunden hatten, würde er mir einen weiteren solchen tun.

KAPITEL 9

$\mathcal{I}$nzwischen war es nach drei Uhr und ich beschloss, dass ich mich besser wieder in meinem eigenen Wollladen sehen lassen sollte. Als ich dort ankam, machte Meri einen aufgelösten Eindruck. Sie hielt ein Smartphone, als hätte sie noch nie in ihrem Leben eines gesehen, während zwei Kundinnen vor der bunten Mauer aus Wolle posierten und darauf warteten, dass sie sie fotografierte. „Es tut mir leid, wo muss ich drücken?", fragte sie mit ihrer lieblichen, leisen Stimme.

Oh, die arme Liebe. Ich trat vor und sagte fröhlich: „Meri glaubt nicht an Mobiltelefone. Ich werde Sie fotografieren."

Meri warf mir einen dankbaren Blick zu und ich machte den Schnappschuss. Es zeigte sich, dass die Mädchen aus Italien kamen und ein Foto meines wunderbaren englischen Wollladens aus Facebook hochladen würden, was mich freute.

Nachdem sie gegangen waren, sagte Meri: „Ich werde nie alles lernen, was ich wissen muss. Wie konnte sich die Welt so sehr verändern?"

Ich sagte sanft: „In dreitausend Jahren passiert eine Menge. Du holst schnell auf. Es wird alles gut."

„Ich hoffe, so wird es sein."

Da ich versuchte, solche Probleme als Gelegenheiten für eine kleine Lehrstunde zu sehen, zog ich mein Smartphone hervor und zeigte ihr, wie man Fotos machte. Ich erklärte ihr die Bedeutung eines Selfies und sie kicherte. „Warum würde jemand sein eigenes Abbild festhalten wollen? Das wäre, als ob ein Hofmaler den ganzen Tag nur Selbstporträts fertigte."

Ich liebte ihren Blick auf Gewohnheiten, die mir schon lange nicht mehr seltsam vorkamen.

Ich zeigte ihr, wie man ins Internet ging, das Telefon benutzen konnte, um seinen Weg durch die Stadt zu finden und wie man damit erstaunlicherweise auch Anrufe machen konnte. Voller Staunen schüttelte sie ihren Kopf. „So viel in so einem kleinen Gerät. Bist du sicher, dass in dem Apparat keine Hexe gefangen ist?"

„Ich bin sicher." Und ich verstaute mein Telefon in meiner Tasche, bevor sie versuchen konnte, es aufzubrechen, falls darin tatsächlich eine unserer Schwestern gefangen war.

„Ich werde dir dein eigenes Mobiltelefon besorgen. Nach ein wenig Übung wirst du es lieben." Und zum Auftakt würde ich ihr ein günstiges Modell besorgen, nur für den Fall, dass sie versuchen würde, die Hexe zu befreien!

„Wo ist Violet?" Der Hauptgrund, meine Großcousine als zweite Verkäuferin einzustellen, war, Meri davor zu bewahren, in Schwierigkeiten zu geraten.

„Sie ist los, um Kaffee zu holen, aber sie wird nicht lange weg sein."

Ich fühlte mich so schlecht, weil ich Meri in letzter Zeit kaum gesehen hatte, dass ich oben in der Wohnung Abendessen für sie kochte. Im Moment waren keine Vampire da. Ich denke, sie schliefen alle noch. Die Arbeit ging erst richtig los, wenn sie sich ausgeruht und gestärkt hatten, so gegen zehn Uhr abends.

Ich lud Violet ebenfalls ein und sie schien überrascht darüber. „Ich brauche deine Hilfe", gab ich zu.

„Solange wir Pizza bestellen, bin ich dabei."

Ich war mir nicht sicher, ob Violet tatsächlich Pizza vom Pizzaservice liebte oder ob sie wie der Rest des Hexenzirkels befürchtete, von mir zubereitetes Essen zu essen könnte so katastrophale Folgen haben, wie mich dazu zu bringen, einen Zauberspruch vorzuführen. Aber als Meri sagte: „Was ist das für eine Sache, diese Pizza?", stimmte ich zu, dass etwas zu bestellen eine großartige Idee war.

Meri würde ein Grundnahrungsmittel kennenlernen und ich müsste nicht kochen. Win-win.

Als wir drei am Esstisch saßen und Pizza aßen, erklärte ich, dass ich einen Schutzzauber für Gemma suchte. Ich erzählte ihnen natürlich weder, dass ich in deren Hotel-zimmer eingebrochen war, noch von den E-Mails, aber der Mann, den ich für Darren hielt, war angsteinflößend genug gewesen, sodass sie beide mir zustimmten, dass sie Schutz benötigte.

Allerdings stießen wir dabei auf Schwierigkeiten.

Violet sagte: „Ich bin nicht sicher, wie man einen Schutz-zauber machen kann, der nicht verhindert, dass die Ärzte sie behandeln. Also intravenöse Zugänge legen und so weiter."

Ich legte mein Stück Pizza zurück auf den Teller. „Du meinst, einen solchen Zauber gibt es nicht?"

„Nein. Ich meine, wenn es ihn gibt, kenne ich ihn nicht. Ich frage meine Mutter. Und Margaret." Sie pickte ein Stück von einem Pilz von ihrer Pizza und warf es sich in den Mund. „Könnte sie einen Trank zu sich nehmen?"

„Sie liegt im Koma. Wie kann sie da etwas trinken?"

„Stimmt. Hmm. Lass mich ein wenig recherchieren."

Das war nicht, was ich mir erhofft hatte, aber ich hatte in meinem Grimoire auch keinen passenden Zauber finden können. Margaret und Lavinia würden wissen, wenn es einen solchen gab.

Meri hatte stumm ihre Pizza gegessen, aber nun meldete sie sich zu Wort. „Ich kann euch helfen, glaube ich." Sie zögerte, dann nahm sie ihr silbernes Armband ab, in das ein ägyptischer Zauberspruch graviert war, und hielt es mir hin. „Mein Priester hat es mir gegeben. Es besitzt mächtige Eigenschaften, die seinen Träger behüten."

Ich griff nicht nach ihrem Armband. „Meri, du warst tausende von Jahren in einem verfluchten Spiegel gefangen. Ich glaube nicht, dass dein Armband funktioniert hat."

Sie lächelte mich an: „Lucy. In all der langen Zeit bin ich nicht gestorben. Und ich wurde hier bei dir wiedergeboren. Der Zauber war in der Tat sehr mächtig. Er ist der Grund, warum ich nie getötet wurde, während der böse Geist, der mich gefangen nahm, so viele unserer Art vernichtete."

Ich blickte unsicher zu Violet, und meine Hexencousine sagte: „Nun, schaden kann es nicht."

AM SAMSTAGNACHMITTAG FUHR ICH MIT OMAS ALTEM FORD ZUM JOHN RADCLIFFE HOSPITAL. Auf dem Weg zur Neurologie wünschte ich, ich hätte einen Zauberspruch, der Gemma heilen könnte.

Ich ging zum Schwesternzimmer, wo die diensthabende Schwester kaum, dass ich mein Anliegen vorgebracht hatte, nach einem Arzt rief. Ich wartete ein paar Minuten und dann lief ein Arzt so rasch auf mich zu, als sei er stets in Eile. Er war ziemlich jung, schlank und hatte eine beginnende Glatze. Er stellte sich als Dr. Patek vor. „Man sagte mir, Sie seien Gemmas enge Freundin."

Eng war vielleicht ein Schritt zu weit, aber wenn ich sie sehen konnte, indem ich vorgab, unsere Beziehung sei näher, als sie war, war ich eben ihre allerbeste Freundin. „Ja. Ihre Mutter verstarb letztes Jahr und sie hat keine Geschwister."

„So habe ich es auch verstanden. Sie waren diejenige, die sie gefunden hat?"

Ich schluckte, als der grässliche Anblick, wie sie auf dem Boden liegt, blitzartig vor meinem inneren Auge aufschien. „Ja."

„Sie liegt im Koma. Wenn Sie sie sehen, werden Sie denken, dass sie schläft, und das tut sie auch in gewisser Weise. Aber es ist ein sehr tiefer Schlaf. Allerdings wissen wir, dass manche Komapatienten freundliche Stimmen hören und darauf reagieren. Sie könnten ihr also auch ihre Lieblingsmusik vorspielen."

„Wissen Sie ... ob sie wieder gesund wird?"

Er sah freundlich aus, aber er dürfte den ganzen Tag mit besorgten Freunden und Verwandten zu tun haben. „Es ist noch zu früh, um das sagen zu können. Man hat ihr die Sauerstoffzufuhr für unbestimmte Zeit abgeschnitten und sie hat sich vermutlich den Kopf angeschlagen. Ihr Körper reagiert auf das Trauma und es ist unsere Aufgabe dafür zu sorgen, dass sie sich erholen kann, und ihr bei der Heilung zu helfen."

„Was kann ich tun, um zu helfen?"

„Sprechen Sie mit ihr. Halten Sie ihre Hand. Ich bin sicher, dass Sie klug genug sind, den Angriff nicht zu erwähnen. Reden Sie über Dinge, die Sie gemeinsam haben, heitere Dinge."

Er ging zu ihrem Zimmer voraus. Gemma war an eine Menge Monitore angeschlossen und in ihrem Arm steckte ein intravenöser Zugang. Abgesehen davon lag sie auf dem Rücken und sah aus, als schliefe sie friedlich. An ihrer Kehle zeichneten sich dunkle, fiese Hämatome ab. Ich berührte mit meinen Fingern meine eigene Kehle, fühlte mich, als würde ich ersticken.

Als Dr. Patek mich auf einen Stuhl neben sie schob, fühlte ich mich zunächst etwas befangen. Er stand am Ende des Bettes und beobachtete. Ich nahm ihre Hand. Wir waren keine besten Freundinnen, aber ich folgte meinem Instinkt. Ihre Hand schien kühl und beinahe unpersönlich, denn sie erwiderte meinen Händedruck natürlich nicht. Ich sagte: „Gemma, ich bin's Lucy. Ich kann es kaum erwarten, dass es dir besser geht und du die Augen öffnest. Auf dem Weihnachtsmarkt ist heute etwas Witziges passiert." Und dann erzählte ich ihr davon, wie zwei Männer für ihre Enkelsöhne denselben Pullover haben wollten, den es aber nur ein einziges Mal gab, und beschlossen, um das Recht, ihn zu kaufen, einen Ringkampf zu veranstalten. Der unbeschwerte Wettstreit hatte eine kleine Menschenmenge angezogen.

Der Gewinner bekam seinen Pullover und ich hatte mir von dem anderen Mann die Visitenkarte geben lassen und ihm versprochen, ich würde versuchen, ihm einen identischen Pullover zu besorgen. Ich war mir ziemlich sicher, einer der Vampire würde das locker in ein paar Tagen hinbekommen, was ich jedoch naheliegenderweise weder Gemma noch dem Arzt, der über uns wachte, erzählte.

Am Ende meiner Geschichte sah ich auf zu Dr. Patek und er nickte, hob seinen Daumen anerkennend und verließ dann still das Zimmer. Ich sprach einfach weiter. Ich erinnerte mich an den Abend im Pub und wie wir Vertraulichkeiten miteinander ausgetauscht haben, wie Frauen es nun mal tun. Ich erinnerte sie an den Spaß, den wir an diesem Abend miteinander gehabt hatten, und sagte, dass ich mich schon auf viele weitere freute.

Als ich schließlich sicher war, dass niemand zuschaute, legte ich Meris Armband um Gemmas Handgelenk. „Das wird dich behüten", flüsterte ich. „Sei gesegnet."

KAPITEL 10

*E*s war Samstagabend, und wir alle hatten so hart gearbeitet, dass ich beschloss, wir brauchten eine Pause. Ich sagte zu Meri: „Würdest du gerne einen Kinofilm sehen?"

„Kinofilm. Ist das wie Fernsehen?"

„Ja. Bloß größer. Und wir werden ins Kino gehen, anders geht es nicht."

„In Ordnung, Lucy. Wie muss ich mich vorbereiten?"

„Zieh etwas Bequemes an. Es gibt ein cooles Programm-kino, das den ersten Star- Wars-Film zeigt. Er ist alt, aber ich denke, er wird dir gefallen." Ich hatte noch eine brillante Idee. „Würde es dir etwas ausmachen, wenn ich Rafe einlade?"

„Du musst einladen, wen immer du möchtest. Es ist schließlich deine Party."

„Ich wünschte, jeder hätte deine Manieren." Ich rief Rafe an und lud ihn ein mitzukommen. Nach einer Pause sagte er: „Ich kann verstehen, warum du Meri dieser neuen Erfahrung aussetzen willst, aber warum möchtest du, dass ich mitkomme?"

„Weil du beinahe so sehr den Anschluss verpasst hast wie sie. Gib es zu. Du hast noch nie Star Wars gesehen."

„Aus gutem Grund", sagte der Kultursnob.

„Krieg dich ein. Jeder sollte Star Wars sehen. Ich bezahle auch die Tickets."

Er willigte ein und wir drei brachen zur Walton Street auf, um einen Film anzuschauen, der für mich uralt war und für die beiden anderen umwerfend modern sein würde.

Wir machten es uns mit Popcorn und kalten Getränken im Zuschauerraum bequem und ich hatte so viel Spaß dabei, heimlich Meri und Rafe zu beobachten, wie einen Film zu sehen, den ich bereits mehrfach angeschaut hatte. Als er vorbei war, gingen wir auf Kaffee und Kuchen ins Café gegenüber.

„Und? Wie hat es euch gefallen?" Ich sah Rafe an, aber Meri erhob ihre Stimme.

„Es erinnerte mich an mein Heimatland. Die Gegend sah so vertraut aus." Sie hörte sich traurig und krank vor Heimweh an.

„Das stimmt. Er wurde in Tunesien gefilmt, glaube ich. Das ist in der Nähe von Ägypten, oder?"

Rafe sagte: „Zwischen Ägypten und Tunesien liegt Libyen, aber sie sind nicht so weit voneinander entfernt. Die Landschaft ist ähnlich."

Ernsthaft, mit ihm auszugehen war manchmal so, als würde man Google daten.

„Meri, hast du Heimweh?"

„Danke der Nachfrage, ich bin gesund, mir tut nichts weh."

„Nein. Heimweh zu haben bedeutet, man wünschte, man wäre wieder dort, wo man aufgewachsen ist."

Sie sah so traurig aus. „Alle, die ich kannte, sind fort."

„Aber die Landschaft ist dieselbe. Die Pyramiden sind nach wie vor da." Wir alle glaubten, dass sie hier bei mir und den Hexen vor Ort glücklicher war, aber vielleicht stimmte das gar nicht. Sie trank ihren Espresso in kleinen Schlucken, als erfordere dies ihre ganze Aufmerksamkeit. „Meri, würdest du gerne zurück nach Ägypten gehen? Du könntest bei meinen Eltern wohnen. Pete, der Archäologiestudent aus Australien, arbeitet mit ihnen zusammen."

„Ich erinnere mich."

„Du musst nur ein Wort sagen."

Sie lächelte. „Das würde ich sehr gerne."

Mir wurde bang ums Herz bei dem Gedanken, dass ich eine weitere Verkäuferin verlieren würde, aber jetzt war nicht die Zeit, darüber nachzudenken. „Ich werde mit meinen Eltern sprechen und sehen, was wir arrangieren können. Du wirst in einem Flugzeug fliegen. Das wird ein weiteres erstes Mal für dich sein."

„Danke, Lucy."

Rafe hatte noch immer kein Wort über den Film gesagt. Ich wandte mich zu ihm. „Du schienst mir während Star Wars gar nicht mal so gelangweilt." Tatsächlich hatte er ein oder zwei Mal gelacht, ein dumpfes Grollen, und ich hatte ihn bei einigen aufregenderen Szenen definitiv neben mir zusammenzucken gespürt.

„Es war recht unterhaltsam", gab er zu.

Ich gabelte noch etwas von meinem Victoria Sponge Cake auf. „Nächste Woche zeigen sie ‚Das Imperium schlägt zurück'. Lust, dir das mit mir anzuschauen?"

„Wenn du möchtest", sagte er.

Ich verbarg mein Lächeln, indem ich mir Kuchen ins Gesicht schob. Ich hatte ihn am Haken. Mein Plan, ihm das Beste der modernen amerikanischen Kultur nahezubringen, ging auf.

Als der Markt am Sonntag Feierabend machte, begannen Alfred und ich zusammenzuräumen. Ich sah, wie erschöpft er war: „Nun geh schon. Du bist seit Stunden auf den Beinen. Ich mache das hier fertig."

Er schüttelte den Kopf. „Anweisung von Rafe. Bis dieser Verrückte geschnappt ist, wirst du weder allein zur Bank noch nach Hause gehen."

Natürlich war ich verstimmt, dass Rafe selbstherrlich hinter meinem Rücken Bodyguards für mich bestellt hatte. Ich war ihm durchaus dankbar, aber es war ärgerlich, nicht gefragt oder wenigstens informiert zu werden, dass ich Personenschutz hatte.

„In Ordnung." Wir machten Timeless Treasures fertig und schlossen ab. Ich verstaute den Umschlag mit dem Geld in den Untiefen meiner Tasche und Alfred und ich brachen zur Bank auf.

Kaum hatten wir die Fußgängerzone verlassen und waren auf der George Street angekommen, fuhr ein Motorrad rasch zu uns heran. Es war schwarz. Ich hatte nicht die geringste Ahnung von Motorrädern, also wusste ich nicht, welche Marke es war, aber es trug einen Aufkleber, der meine Aufmerksamkeit auf sich zog. Er war etwa fünfzehn Zentimeter lang und zeigte eine comicartig gezeichnete, fliegende, grüne Rakete. Die Worte *Road Rocket* waren mit Edding um *Babe Magnet* ergänzt worden.

Der Fahrer trug einen Helm, aber als er das Visier hochklappte, erkannt ich das hagere Gesicht und den starrenden Blick des Kerls wieder, der nach Gemma gefragt hatte. „Warte. Ich will mit dir reden."

Ich konnte nicht glauben, dass er mich anquatschte, und ich war sehr froh, dass Alfred bei mir war. Er mochte in einer dunklen Gasse vielleicht nicht wie der härteste Kerl der Welt aussehen, aber Alfred hatte verborgene Qualitäten.

Zuerst ignorierte ich die Worte und ging weiter, aber der Kerl fuhr vor und als der Bürgersteig sich absenkte, schlug er ein und hielt vor uns an. „Hey, bleib mal 'nen Moment stehen."

Ich musste meine Hände zusammenballen, damit er nicht die elektrischen Funken sah, die aus meinen Fingerspitzen schossen. Ich hatte das Gefühl, ich könnte ihn mit einem bloßen Händeschütteln in ein Stück Kohle verwandeln.

Er sagte: „Bubbles, der Seifenstand hat den ganzen Tag nicht aufgemacht. Du musst wissen, was mit dem Mädel ist, das ihn geführt hat."

„Ich habe Ihnen bereits gesagt, dass ich keine Informationen habe."

Ich versuchte, um das Motorrad herumzugehen, aber er beugte sich vor und packte meinen Arm. Sein Griff war fest. „Ich mach mir Sorgen, okay? Ich kenne sie. Irgendwer muss wissen, was mit ihr passiert ist."

Mit stahlharter, bedrohlicher Stimme sagte Alfred: „Lassen Sie die Dame los."

Ich wurde abrupt losgelassen. „Nichts für ungut." Er hielt

seine Hände hoch, als würde er verhaftet. „Ich mache mir Sorgen um eine Freundin, das ist alles."

Ich hatte wirklich genug von diesem Stalker. Meine Handflächen brannten aufgrund der Tatsache, dass ich mir selbst weiterhin elektrische Schläge verpasste. „Heißen Sie Darren?"

Er riss die Augen auf. Und kniff sie wieder zusammen. „Und was wäre wenn?"

„Wenn das so ist, kann ich Ihnen sagen, dass Gemma nichts mehr mit Ihnen zu tun haben will. Sie sollten sie in Ruhe lassen."

Ich wollte hinzufügen, dass es ihm sehr, sehr leidtun würde, wenn er ihr wehtat. Er musste den ätzenden Ton in meiner Stimme mitbekommen haben. „Kein Plan, wovon Sie da reden. Ich habe nichts getan."

Ich musste mich wirklich um meine Zauberkräfte kümmern. Ich wollte Darren in eine Kröte verwandeln. Ich konnte mir seine großen, starrenden Augen im Kopf einer bauchigen Kröte vorstellen. Meine eigene Boshaftigkeit schockierte mich. Ich hatte mich nie als rachsüchtige Person betrachtet, aber meine neue Freundin lag im Koma und wer immer ihr das angetan hatte, würde dafür bezahlen. Darren war der wahrscheinlichste Angreifer, aber ich war mir nicht sicher, dass er es gewesen war, und das musste ich sein, bevor ich irgendwelche Verwandlungszauber an ihm übte. Nun bemerkte ich, dass er besorgt aussah.

„Sagen Sie mir nur, dass es ihr gut geht, okay? Dann werde ich gehen. Ich verspreche es."

Ich war versucht ihm zu sagen, dass sie ihm Koma lag und vielleicht nicht überlebte. Ich wollte ihn erbleichen sehen. Aber was, wenn er dachte, dass sie bereits tot sei?

Herauszufinden, dass sie es nicht war, könnte dazu führen, dass er ins Krankenhaus ging und die Sache zu Ende brachte. Ich konnte sie nicht in noch größere Gefahr bringen. Also schüttelte ich meinen Kopf. Ich würde nicht lügen, aber ich würde ihm auch keine Informationen liefern. Ich drehte mich um und begann, wegzugehen.

„Ich werde ihren Vater fragen. Vielleicht wird er mich nicht einfach ignorieren."

Als ich weiterhin nicht antwortete, rief er mir etwas sehr Rüdes hinterher. Ich fühlte, wie sich meine Schultern versteiften, aber ich drehte mich nicht um. Ich nahm Alfreds Arm, damit er nicht seinen Instinkten nachgeben konnte, die ich neben mir brodeln fühlte. Ich fragte mich, ob Darren eine Vorstellung davon hatte, wie nah er dran gewesen war, entweder in eine Kröte verwandelt oder zum Abendessen eines hungrigen Vampirs zu werden.

„Danke, dass du ihn nicht verspeist hast", sagte ich zu Alfred, als wir weiter gingen.

Er schnüffelte. „0 positiv. Bekommt mir nicht."

Rafe rief am Abend an, als ich Meri gerade zeigte, wie man im Internet einen Flug suchte. Ich hatte meine Familie angerufen und wir hatten uns darauf geeinigt, dass eine Reise im Frühjahr allen passen würde.

Er sagte: „Ich habe ein paar interessante Informationen über das Projekt, das wir besprochen haben." Er musste das Manuskript meinen, das wir uns aus Gemmas Zimmer ausgeliehen hatten.

„Oh ja?"

„Ich würde dich gerne heute Abend sehen. Kannst du in einer halben Stunde fertig sein, wenn ich dir einen Wagen schicke?"

Ich war kein Paket, das man abholen und zustellen musste. „Ich kann selbst zu dir fahren. Das ist kein Problem."

Eine winzige Pause entstand und ich dachte schon, er würde mit mir darüber streiten wollen, doch er sagte: „In Ordnung. Wir sehen uns, wenn du hier ankommst."

Als ich in Omas winziges Auto stieg, fragte ich mich, warum ich mir solche Mühe gab, unabhängig zu sein. Es war eiskalt und ich war nicht begeistert davon, nachts auf Landstraße herumzufahren. Auf der falschen Straßenseite.

Während ich darauf wartete, dass die Windschutzscheibe enteiste, stellte ich sicher, dass die Route in der Karten-App meines Smartphones angezeigt wurde. Nachdem ich Mut gefasst hatte, die Windschutzscheibe frei und das Innere des Wagens ein paar Grad über Null war, manövrierte ich das Auto aus dem winzigen Parkplatz und fuhr auf die Straße. Das Schwierigste am Fahren war, den Weg aus Oxford hinauszufinden.

Als Oxford geplant worden war, hatte niemand an dichten Autoverkehr gedacht, und das merkte man. Dennoch gelang es mir, ohne Zwischenfälle aus der Stadt herauszufahren und als ich endlich auf der A44 war, begann ich mich zu entspannen. Nein, nicht zu entspannen, ich wurde immer aufgeregter. Rafe würde mich nicht den ganzen Weg raus aufs Land zerren, wenn er nicht etwas entdeckt hätte.

Ich kam in einem Hochgefühl der Erwartung an. Das Auto parkte ich vor dem imposanten Eingang des Manors. Kaum hatte ich den Motor ausgeschaltet und die Autotür geöffnet, da erschien Rafes Butler und Hausdiener in der weit geöffneten Eingangstür, aus der das Licht fiel.

„Guten Abend, Lucy", sagte er. „Ich wäre gern gekommen,

um Sie abzuholen. Nachts auf diesen Straßen zu fahren, ist eine knifflige Angelegenheit."

Er war so locker, so normal und so menschlich, dass ich lächelte. „Ich bin gerne unabhängig, aber manchmal frage ich mich, warum. Ich hätte mich liebend gerne von Ihnen abholen lassen."

Er kicherte. „Beim nächsten Mal."

Ich ging an ihm vorbei und er schloss hinter mir die Tür. Er wartete, dass ich den Mantel auszog und ihm reichte. „Sie sehen aus, als wäre Ihnen furchtbar kalt. Was darf ich Ihnen bringen? Einen heißen Tee? Kaffee? Heiße Schokolade? Etwas zu essen?"

„Danke, William. Eine Tasse Tee wäre wunderbar." So britisch war ich inzwischen schon.

Wir gingen einen langen Korridor hinunter und durch einen Türbogen hinüber in etwas, von dem ich annahm, es sei ein weiterer Flügel oder vielleicht sogar ein Stallgebäude. Ich verlor ein wenig die Orientierung. William erreichte eine dicke Eichentür und klopfte an. Eine kurze Antwort von Rafe und er öffnete die Tür und ließ mich eintreten.

afes Büro war der modernste Teil des Hauses, wenn man einmal von der Küche absah. Er arbeitete an einem großen Schreibtisch, auf dem Spitzencomputer standen. Auf der gegenüberliegenden Seite war eine lange Theke, die mit ihren Mikroskopen, starken Lampen und der ausgefallenen Kamera an ein wissenschaftliches Labor erinnerte. Es gab lange, hölzerne Schränke, in denen all die Manuskripte und Bücher lagerten, an denen er arbeitete. Das nahm ich jedenfalls an, denn nirgends lag etwas herum, obwohl ich den Pappordner, der Gemmas Seiten enthielt, auf Rafes Schreibtisch erspähte.

Er saß vor einem Computer und er sah auf. „Lucy. Hast du gut zu uns nach draußen gefunden?"

„Natürlich", sagte ich, und ging in den Raum hinein. Die digitale Karte und die Computerstimme, die mir Fahranweisungen gegeben und so meinen Hintern gerettet hatten, ließ ich unerwähnt.

„Ich werde den Tee bringen", sagte William. „Rafe? Für Sie auch etwas?"

Rafe schüttelte seinen Kopf. „Nichts, danke." Dann ging William und schloss die Tür hinter sich. Rafe sagte: „Komm und schau dir das an."

Er zog einen Stuhl rüber und dicht zu sich heran, sodass wir, nachdem ich mich niedergelassen hatte, Seite an Seite saßen. So nah beieinander, dass unsere Arme sich berührten. Es war seltsam, so nah bei jemandem zu sitzen, ohne dessen Körperwärme zu spüren. Aber er roch wie immer, sauber und nach Pfefferminze.

Er schaute zu mir. Und dann auf den Bildschirm. „Was siehst du?"

Es war ein großer Bildschirm und darauf waren Bilder von zwei Manuskriptseiten. Ich erkannte eine davon als Teil des Manuskripts wieder, das wir aus Gemmas Hotelzimmer mitgenommen hatten. Die andere sah sehr ähnlich aus, aber die Notizen am Rand waren in einer anderen Handschrift. Das sagte ich auch.

Er nickte. „Sehr gut. Tatsächlich stammt die zweite Seite aus dem ältesten, bekannten Manuskript der Chroniken von Pangnirtung."

Ich sah ihn erstaunt an. „Ich dachte, du hättest gesagt, das Manuskript sei an die Bodleian Library ausgeliehen und in der Weston Library Teil der Ausstellung?"

„Das sagte ich. Und es ist dort ausgestellt, abzüglich einiger weniger Seiten, die ich für wissenschaftliche Zwecke ausgeliehen habe."

Ich presste meine Lippen zusammen, um ein Grinsen zu unterdrücken. „Ich nehme an, es ist eine inoffizielle Ausleihe?"

„Natürlich."

Ich fragte nicht, wie er an die Seiten gekommen war. Rafe hatte seine eigenen Mittel und Wege.

Er hätte mich nicht gebeten, im Dunkeln hier nach draußen zu fahren, wenn er mir nichts Interessantes mitzuteilen hätte. Ich wartete. Er starrte weiter auf den Bildschirm. Schließlich sagte er: „Du musst bedenken, dass ich tausende Manuskripte untersucht habe. Meist will eine Universität oder Bibliothek bestätigt bekommen, dass eine Schenkung, die man ihnen angeboten hat, tatsächlich echt ist. Manchmal finden auch Angehörige ein Manuskript und fragen sich, ob es womöglich einen finanziellen, historischen oder literarischen Wert besitzen könnte.“

Ich nickte. Ich wusste, wie er seinen Lebensunterhalt verdiente. Warum erzählte er mir das alles?

„Man entwickelt einen Instinkt.“

Er drehte sich um und sein Blick traf den meinen. „Es ist schwer zu beschreiben, aber es gibt gewisse Indikatoren in einem echten, frühen Entwurf eines Manuskripts und andere in einer Imitation. Ergibt das Sinn?“

Ich nickte.

„Ich habe das Papier untersucht, die Tinte der Schreibmaschine und die handgeschriebenen Notizen auf jedem dieser Manuskripte.“

Ich versuchte, meine Aufregung zu beherrschen. „Kannst du sagen, welches zuerst geschrieben wurde?“ Ich wollte wirklich, dass Gemmas Vater der Autor der Chroniken von Pangnirtung war. Was für ein herrliches Weihnachtswunder das für sie und ihre Familie wäre. Aber zu meiner Bestürzung schüttelte Rafe den Kopf. „Ginge es um einen Abstand von hundert Jahren zwischen ihnen, vielleicht auch einen von zehn, könnte ich dir sagen, welches das erste war. Diese wurden beide in etwa zur selben Zeit geschrieben. Was jedoch interessant ist, ist die Ähnlichkeit des Papiers. Es handelt sich um billiges Kopierpapier, ganz genau das, was man vor vierzig Jahren verwendet hätte, um den Entwurf eines Romans oder die erste Version einer wissenschaftlichen Abschlussarbeit zu schreiben."

„Vor vierzig Jahren. Gab es da denn noch keine Computer?"

Er schüttelte seinen Kopf. „Oh, wie jung du bist. Tatsächlich gab es damals schon Computer, aber noch nicht den PC. In den späten 1970ern, als das geschrieben wurde, benutzten die meisten Autoren und Studenten noch immer Schreibmaschinen."

„Demnach ist alles, was wir wissen, dass einer von ihnen das Manuskript damals schrieb und der andere es ungefähr zur selben Zeit kopiert hat. Was wir bereits wussten."

Er hob einen Finger. „Sei nicht so ungeduldig." Er deutete auf den Bildschirm. „Nimm dir einen Augenblick, um die Anmerkungen zu lesen, und lass mich dann wissen, wie dein spontaner Eindruck ist."

Obwohl er die Seiten vergrößert hatte, war es gar nicht so leicht, die Spuren zu entziffern, die Bleistift und Kugelschreiber auf dem Papier hinterlassen hatten, das über vierzig Jahre alt war. Aber ich gab mein Bestes. Nachdem ich alles gelesen hatte, was ich lesen konnte, scrollte er weiter, sodass ich zwei weitere Seiten zu lesen hatte. Auf der dritten Seite fiel mir etwas Interessantes auf.

„Auf den Seiten hier links stehen Vorschläge, um einzelne Worte zu ändern oder einen Satz umzudeuten. Sie beziehen ganz spezifisch auf die Sprache."

Rafe nickte aufmunternd. Ich fühlte mich, als sei ich eine

herausragende Studentin, auf die er stolz war. „Und was ist mit der anderen?"

Ich schaute auf die Seite rechts. „Diese Notizen sind Erinnerungen, eine Quelle zu überprüfen oder, wie hier, " – ich deutete auf eine Stelle am Rand, wo drei verschiedene Begriffe hingekritzelt waren. „Er versucht zu entscheiden, wie er eine bestimmte Kreatur oder eine Siedlung nennen soll."

„Sehr gut. Und was sagt dir das?"

„Rafe, ich führe ein Wollgeschäft. Ich verbringe mein Leben nicht damit, die Nase in alte Manuskripte zu stecken. Ich weiß nicht, was das bedeutet."

„Lass es mich so formulieren: Wenn ich dir diese beiden Stichproben geben und dich fragen würde, welche vom Autor geschrieben wurde und welche die Version ist, die er vom Verlagslektor zurückbekam, was wäre deine Vermutung?"

Ich nickte, begann langsam zu verstehen. „Die hier links wirken mehr wie Anmerkungen eines Lektoren. Die auf der rechten Seite sind kreativer, nehme ich an."

„Ausgezeichnet."

„Und? Welches Manuskript ist welches? Wenn sie so gute Freunde waren, könnte es sein, dass der Autor seinem Kumpel sein Manuskript zum Lektorieren gab", sagte ich langsam. „Das wäre dann das auf der linken Seite."

„Und das auf der rechten wäre vermutlich das, das dem wahren Autor gehört, denn er hat ja noch immer kreative Überlegungen angestellt."

„Dem stimme ich zu."

„Also? Zu welchem Autor gehört das Manuskript auf der linken Seite?" Ich fühlte die Aufregung wie einen Schwarm Schmetterlinge in meinem Bauch tanzen. Ich war kein bisschen überrascht, als er sagte: „Das Manuskript auf der linken Seite ist Sandersons."

Mein Ausatmen klang beinahe wie ein Pfeifen. „Wenn wir damit richtig liegen, dann ist Martin Hodgins der wahre Autor der Chroniken von Pangnirtung."

„Ja. Aber vom Verdacht, dass er der Autor ist, bis zum Beweis, ist es noch ein langer Weg."

Ich stand auf und begann, herumzulaufen. William trat schließlich mit einem Silbertablett ein. Darauf stand eine Teekanne aus Porzellan, eine Porzellantasse mitsamt Untertasse, Zucker in einer georgianischen Silberschüssel und Milch in einem passenden Kännchen. Auf einem weiteren zerbrechlichen Porzellanteller lag eine Auswahl an Shortbread. Ich bezweifelte, dass man der Familie im Buckingham Palast den Tee ebenso schön angerichtet reichte. Auf dem Tablett stand nur diese eine Tasse und daneben ein Kristallglas mit eisgekühltem Wasser, auf dem eine Zitronenscheibe wie ein Lächeln schwamm.

Ich dankte William und schenkte mir Tee ein. Er ging und ich ließ mich in einem bequemen Polstersessel in einer Ecke des Zimmers nieder. Hinter meinem Rücken befand sich eine ultramoderne Leselampe und vor mir stand eine Ottomane aus Leder. Ich stellte mir vor, dass Rafe viele Abende in genau diesem Sessel saß und recherchierte. Oder vielleicht einfach nur um des Vergnügens willen las.

„Wenn das, was wir glauben, wahr ist, wird diese Enthüllung das Leben eines Mannes zerstören."

Er begann herumzulaufen, hielt dann jedoch inne, drehte sich um und sah mich an. „Nicht nur ein Leben. Eine ganze Branche. Denk an die Filme, die Comics, das Merchandising. Allein die Spin-Offs der Serie waren beträchtlich."

Ich sah ihn beunruhigt an. „Wenn wir beweisen, dass Gemmas Vater der wahre Autor ist, wird Sanderson das ganze Geld, das er mit den Büchern verdient hat, zurückzahlen müssen."

Rafe lachte gänzlich humorlos. „Mehr als das. Jeder Vertrag, den er unterzeichnet hat, wird zu einem Betrug. Martin Hodgins würde in die Lage versetzt, jeden einzelnen Vertrag neu zu verhandeln und zwar mit dem Wissen um den finanziellen Wert der Serie, das Sanderson nicht hatte. Das würde die Anwälte im Unterhaltungssektor auf Jahre beschäftigen."

„Armer Sanderson." Mir gefiel nicht, was er getan hatte, aber er würde alles verlieren. Wahrscheinlich sogar seinen Lehrauftrag. Ich konnte mir nicht vorstellen, dass das Cardinal College ihn behalten würde, wenn man ihm Betrug nachwiese.

„Wenn wir recht haben, ist Sanderson derjenige, der zuerst ein Leben zerstört hat."

Ich nahm einen Schluck Tee und knabberte an einem Shortbread. „Das Problem ist, dass Gemmas Vater bereits diskreditiert ist. Er wurde wegen seines Plagiats aus Oxford geworfen."

Rafe hielt inne und betrachtete das Ölgemälde einer Schlacht, das an der Wand hing. Ich hatte das Gefühl, dass er in die Vergangenheit zurückschaute. „Wenn du deinen Feind bereits vor der Schlacht verletzt, ist er viel leichter zu schlagen."

Ohne Zweifel hatte er das bereits selbst schon erlebt, vielleicht während des englischen Bürgerkriegs, von dem ich annahm, dass er das Sujet des Bildes war, das Rafe weiterhin anstarrte. Dennoch verstand ich, worauf er anspielte. „Du willst andeuten, dass Sanderson hinter der Plagiatsklage gegen Martin Hodgins stecken könnte?"

„Ein Mann, der den Roman seines besten Freundes stiehlt und für seinen eigenen ausgibt, würde nicht zögern, denselben Freund zuvor in Verruf zu bringen."

Ich stellte meine Teetasse auf dem Tisch ab, der perfekt neben dem Lesesessel platziert war. „Rafe, was passiert mit einem Essay, wenn dieses plagiierte Stellen enthält? Würde es in irgendeinem Archiv aufbewahrt werden?"

Er sah mich stirnrunzelnd an. „Ich vermute, es wird in einer Akte im College sein."

„Ich denke bloß laut nach. Sie beide waren Studenten in ihren frühen Zwanzigern. Hätte Sanderson sich entschieden, ein schmutziges Spiel zu spielen, hätte er dafür keinen anderen bezahlen können. Er hätte es selbst machen müssen. Außerdem würde er bei dem, was er vorhatte, keine Mitwisser haben wollen. Vermutlich hat er Martins Essay gestohlen. Vielleicht hat er gesagt, 'Hey, ich werde meines einreichen, da kann ich doch deines gleichzeitig abgeben.' Martin hätte keinen Grund gehabt, Verdacht zu schöpfen. Er steckte vermutlich mittendrin im Schreiben einer Szene seines epischen Romans und war dankbar."

„Vollkommen plausibel."

Ich hatte nicht in Oxford studiert, aber Rafe hatte das getan. „Was hätte Sanderson dann gemacht?"

Rafe trank einen Schluck von seinem Eiswasser. „Er hätte das Essay genommen. Es auf seiner eigenen Schreibmaschine abgetippt. Hätte Abschnitte aus anderen Quellen als Plagiate eingefügt oder die Fußnoten, die die korrekten Bezüge herstellten, entfernt, und dann das Ganze als Martin Hodgins' Arbeit abgegeben."

„Bist du sicher, dass eine Schreibmaschine benutzt worden wäre? Die Arbeiten wären nicht handgeschrieben gewesen und es gab damals ganz sicher keine Computer?"

Er lächelte mich an. „Oh, du bist so jung. Nein, in den späten 1970ern gab es keine PCs oder wenigstens keine, die Studenten hätten benutzen können. Ihre Arbeiten wären auf der Schreibmaschine erstellt worden."

„Ist es möglich, dass Sanderson dieselbe Schreibmaschine benutzt haben könnte, um das Essay seines Freundes neu zu tippen und das Buch seines Freundes zu kopieren?"

Er zuckte mit den Achseln. „Das ist zwar eine Spekulation, aber, wie du schon gesagt hast, sie waren Studenten mit begrenzten Mitteln. Ich denke, die Chancen dafür stehen ziemlich gut."

Ich begeisterte mich immer mehr für mein Thema.

„Wenn wir das Essay finden würden, könntest du dann beweisen, dass dieselbe Schreibmaschine wie beim linken Manuskript hier verwendet wurde?"

„Ja." Er nahm mein Handgelenk und zog mich sanft aus dem Stuhl rüber zum Computer.

„Schau dir diese Abschnitte an. Du kannst sehen, dass das G und das M dunkler sind als die anderen Buchstaben. Er hat eine mechanische Schreibmaschine benutzt. Sein Anschlag, dank dem er bei diesen speziellen Buchstaben besonders viel Kraft aufwendet, ist so einzigartig wie eine Unterschrift. Außerdem ist das M ein wenig verbogen. Ich denke, wenn wir in dem Essay mit dem angeblichen Plagiat dieselbe Tippweise finden würden, wäre das ein überzeugendes Argument." Er zog die Augen zusammen, während er weiter auf den Bildschirm blickte.

„Du wirst feststellen, dass bei der Schreibmaschine, die

für das Manuskript auf der rechten Seite benutzt wurde, der Typenhebel mit dem M ein wenig schief stand."

„Das ist nicht gerade viel, oder? Und wir müssen zuerst das Essay finden. Wenn es denn noch existiert und nicht vernichtet wurde."

„Selbst wenn wir all das bewerkstelligen könnten, könnte Sanderson behaupten, dass sein Freund seine Schreibmasche geliehen hatte. Das Gewicht der öffentlichen Meinung, der Geschichte und der Geschäftsinteressen ist auf Sandersons Seite. Wir würden weitaus überzeugendere Beweise benötigen, um eine echte Untersuchung der Angelegenheit in Gang zu bringen."

Ich dachte an Gemma, die bewusstlos im Krankenhausbett lag. Wenn sie aufwachte, wollte ich gute Nachrichten für sie haben. „Es muss hier in Oxford noch Menschen geben, die mit Sanderson und Hodgins studiert haben. Ich könnte vorgeben, eine Doktorandin zu sein, die ihre Dissertation über die allerersten Anfänge der Trilogie schreibt. Ich könnte ihre Kommilitonen interviewen. Herausfinden, ob sie sich an irgendetwas erinnern. Die Leute lieben Klatsch und das muss seinerzeit ein fetter Skandal gewesen sein."

„Oh, das war es. Oxford nimmt seinen Ruf sehr ernst. Und dass ein ehemaliger Student die Behauptung aufstellte, der wahre Autor dieser Bücher zu sein, ein Student, der in Oxford wegen eines Plagiats herausflog, führte zu mehr als nur ein paar hochgezogenen Augenbrauen."

Ich nahm meinen Tee und Rafe ging zurück zu der Theke, auf der der Rest des Manuskriptes ausgebreitet lag. Er zog wieder seine Baumwollhandschuhe über und sagte: „Pangnirtung. Das Wort stammt von den kanadischen Inuit auf Baffin Island. So wie Tolkien nordische Legenden heranzog und sein Wissen um Alt- und Mittelenglisch in seine Romane einfließen ließ, so hat der Autor der Chroniken von Pangnirtung die Sprache und die Legenden der Inuit einbezogen."

Ich stand auf, ging zu ihm rüber und stellte mich neben ihn. „Wenn er also das Manuskript aufbewahrt hat, hat er vermutlich alle Quellen aufbewahrt. Alte Bücher und Karten und was immer er noch für seine Recherche benutzt hat."

„Genau." Er sah zu mir rüber. „Hat man Martin Hodgins über Gemmas Zustand in Kenntnis gesetzt?"

„Ich habe keine Ahnung."

„Nun, ich denke, es würde sich lohnen, ihm einen Besuch abzustatten. Selbst wenn er nicht zu Hause sein sollte."

„Du meinst, wenn er nicht da ist, können wir unbemerkt ein wenig herumschnüffeln?"

„Genau das meine ich."

Wir mochten uns vielleicht auf einer aussichtslosen Mission befinden, aber immerhin gab es Dinge, die wir unternehmen konnten. Ich konnte es gar nicht erwarten, loszulegen.

KAPITEL 12

*I*ch war ein wenig nervös, als ich mich anzog, um Professor Jeffrey Naylor einen Besuch abzustatten. Aus irgendeinem Grund fühlte ich mich, als hätte man mich zum Direktor zitiert, weil ich etwas Falsches getan hatte. Ich gab mich für etwas anderes aus, tat so, als sei ich eine Doktorandin. Ich wählte ein wenig bekanntes College in New England als meine angebliche Alma Mater, nur weil dort eine Freundin von mir studiert und ich wenigstens schon einmal den Campus gesehen hatte.

Dass ein Mann, der sowohl Dominic Sanderson als auch Martin Hodgins gekannt hatte, am New College lehrte, erschien mir ein unglaublicher Glücksfall. Womöglich zum allerersten Mal, seit ich das Cardinal Woolsey's übernommen hatte, trug ich kein einziges handgestricktes Kleidungsstück. Ich hatte die abergläubische Angst, wenn er mich in einem Pullover sähe, würde er sagen: „Sind Sie nicht die junge Dame, die den Wollladen Cardinal Woolsey's führt?" Natürlich war das albern und das wusste ich auch, aber was immer meine Nerven beruhigte, war mir recht.

Ich trug einen figurbetonten schwarzen Rock, schwarze Schuhe, ein langärmliges, weißes Hemd und eine Tweedjacke, die meiner Großmutter gehört hatte. Als ich mich selbst kritisch im Spiegel betrachtete, dachte ich, das wäre die Aufmachung, die eine Doktorandin wählen würde, wenn sie einen Professor aufsuchte.

Rafe hatte mir einen digitalen Rekorder gebracht und gezeigt, wie man ihn bediente. Außerdem hatte ich ein Notizbuch und einen Stift dabei.

Professor Naylor war eine hervorragende Wahl, nicht nur, weil er mit Dominic Sanderson und Martin Hodgins studiert hatte, sondern weil er überdies derzeit einen Kurs mit dem Titel ‚Oxford als Ursprung von Fantasy' gab. Der Kurs setzte sich intensiv mit den Werken von Tolkien, C.S. Lewis und Sanderson auseinander, die allesamt ihre fantastischen Welten hier in Oxford erfunden hatten.

Ich wurde pünktlich um zwei Uhr nachmittags ins Büro des Professors geführt, und lächelte in mich hinein, als ich sah, dass er einen ganz ähnlichen Tweedblazer trug wie den, den ich in Grannys Schrank gefunden hatte. Dazu hatte er eine legere, graue Hose und ein weißes Hemd mit einer Krawatte angezogen. Er wirkte sehr altmodisch. Er war sehr dünn und hatte schütteres, graues Haar und verblasste blaue Augen hinter dicken Brillengläsern. Ich schenkte ihm ein strahlendes Lächeln und trat näher, um ihm die Hand zu schütteln. „Professor Naylor. Vielen Dank, dass Sie mich heute empfangen."

„Es ist immer eine Freude, Kollegen von der anderen Seite des großen Teichs zu helfen." Er geleitete mich zu einem Holzstuhl mit harter Lehne auf der anderen Seite eines mitgenommenen, hölzernen Schreibtischs. Während er sich hinter seinem Schreibtisch niederließ, sah ich mich im Raum um. Bücherregale vom Boden bis zur Decke waren vollgestopft mit allem Möglichen von obskuren Texten in Latein und Altgriechisch bis zu den allerneuesten Fantasy-Romanen. Unter den Fotos und Postern an der Wand war eines, auf dem er neben Professor Sanderson stand. Dem Alter der beiden nach zu urteilen, sah es ganz so aus, als wäre das Foto erst kürzlich aufgenommen worden.

„Ich hoffe, es macht Ihnen nichts aus, wenn ich unsere Unterhaltung aufnehme?" Ich zog den kleinen Rekorder aus meiner Handtasche. „Ich kann kein Steno und ich möchte nichts verpassen."

Er schmunzelte nachsichtig. „Natürlich nicht, meine Liebe. Ich hoffe bloß, Ihre Batterien halten durch. Wenn ich über mein Lieblingsthema spreche, tendiere ich dazu, ganz schön viel zu erzählen."

Je mehr er erzählte, umso besser für mich. Insbesondere, wenn mir dabei interessante Details aus der Vergangenheit in den Schoß fielen. Ich lächelte und sagte: „Ich finde das alles ebenfalls faszinierend."

Ich hatte von Rafe einen Crashkurs bezüglich Sandersons Werk bekommen, die ersten Kapitel im ersten Buch gelesen und etwas im Internet gestöbert. Würde Professor Naylor mir mehr als nur oberflächliche Fragen stellen, wäre ich sofort als die Schwindlerin entlarvt, die ich war. Aber der Professor hatte keinen Grund, mir zu misstrauen und stellte mir zum Glück keine bohrenden Fragen. Ich atmete tief ein. Ich startete den Rekorder und deutete auf die Fotografie an der Wand. „Ich sehe, Sie und Professor Sanderson sind noch immer Freunde."

Er schien von meinem Auftakt sehr erfreut. Stolz plusterte er sich auf. „Sie haben Ihre Hausaufgaben gemacht. Ja, in der Tat, Dominic und ich kennen uns seit unserer Studienzeit. Wir sind natürlich alle sehr stolz auf ihn. Obwohl ich sagen muss, ich habe schon immer gewusst, dass er es weit bringen würde."

„Wirklich? Was waren denn die ersten Hinweise auf sein Genie?"

Er lehnte sich zurück und legte die Fingerspitzen zusammen. Diese Geste war mir vertraut, denn mein Vater nahm diese Haltung stets ein, wenn er sich daran machte, einen Vortrag zu halten. „Wir haben zusammen Altenglisch studiert. Dominic hatte am Ende die beste Note des Kurses." Er öffnete seinen Mund, schloss ihn und dann schüttelte er den Kopf. „Nun, er hatte gewisse Konkurrenz, aber ...". Er schüttelte erneut seinen Kopf. „Aber das ist eine andere Geschichte."

Oh nein, *das* war die Geschichte, die ich suchte. „Wenn Sie über seine Freundschaft mit einem Studenten namens Martin Hodgins sprechen, daran bin ich sehr interessiert. Ein Teil meiner Forschung gilt den Einflüssen, sowohl den guten als auch den schlechten, die den Autor prägten." Auf der Suche nach etwas, das mir den Weg eröffnete, meine Nase in alte Skandale zu stecken, waren Rafe und ich auf diesen Satz gekommen.

Ein geradezu gieriges Leuchten flackerte in seinen Augen auf. Ich dachte, *Du alter Heuchler, du liebst doch Klatschgeschichten*. Also sah ich ihn an, mit so großen und unschuldigen Augen, wie ich es irgend hinbekam.

Er ließ sich Zeit, sammelte seine Gedanken. „Es ist keine nette Geschichte. Aber sie hat beinahe mythische Elemente. Das Genie, der vom Neid zerfressene Freund, der dessen

Feuer zu stehlen sucht. Wirklich, sie hatte alles, was eine Shakespeare-Tragödie braucht, zuzüglich einer beträchtlichen Prise Farce."

Keine sonderlich komische Farce für die junge Frau, die derzeit im Koma lag.

„Sie müssen die zwei sehr gut gekannt haben. Wie war das Verhältnis der beiden?"

„Sanders und Hodge? Sie hätten keine zwei jungen Männer finden können, die einander näher gewesen wären. Auf gelehrsame Weise, meine ich natürlich. Das ist es, was es so traurig machte. Martin Hodgins war ernsthaft, ein Träumer. Die Hälfte der Zeit schien er in seiner eigenen Welt. Heutzutage würden wir vermutlich annehmen, dass er dem autistischen Spektrum zuzurechnen sei. Man mochte ihm auf dem Flur begegnen, ihn ansprechen, und er ging einfach weiter, als hätte er einen gar nicht bemerkt. Ich fragte mich erst, ob ich ihn mit irgendetwas gekränkt hatte, aber schließlich begriff ich, das war einfach seine Art. Er hatte mich tatsächlich nicht bemerkt. Er war so tief in seinen eigenen Gedanken versunken."

Das Bild passte gut zu einem Genie, das so beschäftigt war, seine fantastische Welt zu erschaffen, dass es in seinem eigenen Kopf lebte.

„Dominic dagegen war freundlicher, geselliger. Sie hatten in ihren ersten Jahren in Oxford das Zimmer geteilt, glaube ich. Danach zog jeder in eine eigene Unterkunft, aber dennoch sah man sie die meiste Zeit zusammen. Es gab Studenten, und eine ganze Reihe davon, die nur eines an Universität anstrebten, nämlich gute Noten. Und dann gab es diejenigen, die um der Liebe zum Lernen willen nach Oxford kamen. Ich bilde mir etwas darauf ein, zur zweiten Kategorie zu gehören, und Dominic und Martin taten das gewiss. Das ist der Grund, warum es ein solcher Schock war, wissen Sie."

Er schüttelte seinen Kopf und starrte unverwandt seine aneinandergelegten Hände an. „Niemand von uns hat es kommen sehen. Martin schrieb brillante Essays. Sie waren nicht immer besonders gut recherchiert, und, wenn er einen Fehler hatte, dann den, von seinem Thema abzukommen und eher obskure Verweise einzustreuen, aber niemand hätte in Abrede gestellt, dass er brillant war."

„Wirklich? Wie das?"

Professor Naylor ließ sich Zeit, bevor er antwortete. „Er hatte einige erstaunliche Theorien über Beowulf. Redete über diese Kreatur der altenglischen Mythologie, als handelte es sich dabei um einen Freund, eine Person, die er kannte und verstand. Wie ich schon sagte, er war von Anfang an ein wenig seltsam. Wie dem auch sei, das Ende des Semesters nahte und wir gaben unsere Essays ab.

Wir gingen auf ein Bier aus und ich konnte sehen, dass ihn etwas beunruhigte. Er wirkte noch abwesender als üblich und murmelte in sein Bierglas. Er war nie der Mittelpunkt einer Party, aber an dem Abend war er die totale Null."

„Haben Sie eine Ahnung, was ihn beunruhigte?" Für mich entstand der Eindruck eines ernsthaften jungen Mannes, den seine mythologischen Kreaturen mehr interessierten als lebende, atmende Menschen.

Er schüttelte seinen Kopf. „Damals schrieb ich das natürlich schlechter Laune oder Schlafmangel zu. Ich hätte gesagt, er hatte Ärger wegen eines Mädchens, aber ich denke nicht, dass er je eine Freundin hatte. Jetzt im Rückblick ist mir natürlich klar, dass ihn das beunruhigte, was er getan hatte."

„Und damit meinen Sie ...?"

„Nun, als wir aus den Semesterferien zurückkehrten, war es vorbei. Hodges Essay war eindeutig ein Plagiat. Den Gerüchten zufolge war es tatsächlich ziemlich brillant und er hätte dafür nicht einmal die wörtlich übernommenen Zusatzpassagen gebraucht. Es war eine traurige Angelegenheit.“

Ich fühlte, wie der Ärger in meinem Magen brannte. Ich kannte diesen Mann nicht einmal, aber ich war zunehmend davon überzeugt, dass der Gerechtigkeit nicht genüge getan worden war. „Hat er zumindest versucht, sich zu verteidigen?“

Er sah mich an und die durch die dicken Gläser seiner Brille wirkten seine vergrößerten Augen fast wie Insekten. „Oh ja. Er behauptete, er hätte es nicht getan. Er behauptete, sein Essay sei manipuliert worden. Aber natürlich gab es keinen Beweis. Er hatte keine Ahnung, wer das getan haben könnte. Seine Verteidigung ergab keinen Sinn. Und so wurde er der Uni verwiesen. Soweit mir bekannt ist, hat er nie seinen Abschluss gemacht.“

„Das ist schrecklich“, sagte ich.

„Leider war das nur der Anfang. Im Herbst darauf verkaufte Dominic Sanderson seine Trilogie. Nun, genauer gesagt, er fand einen Agenten, der die Romane einem sehr guten Verlag verkaufte. Er traf damit eine gute Entscheidung. Sein Agent war ebenfalls jung und stand am Anfang seiner Karriere. In gewisser Hinsicht haben sie einander gegenseitig groß gemacht.“

Ich erinnerte mich an den Mann, der die Regeln für Sandersons Signierstunde verkündet hatte. „Und hat er noch immer denselben Agenten?“

„Oh ja.“ Er schmunzelte. „Man wirft doch nicht den

Mann raus, der einem lukrative Filmdeals, Merchandising und was nicht alles noch gebracht hat. Er hat ganz sicher immer noch denselben Agenten."

Ich dachte bei mir, dass auch vor dem armen Agenten eine schwere Zeit lag. Zugleich musste Charles Beach bereits einige solche überstanden haben. Ich tippte mit meinem Stift auf mein Notizbuch. „Wann meldete sein früherer Freund Martin seine Ansprüche an und behauptete, er hätte die Bücher geschrieben?"

Er blickte zur Decke. „Lassen Sie mich nachdenken. Es muss nach der Erstveröffentlichung der Bücher gewesen sein. Bereits von Anfang an waren sie einigermaßen erfolgreich, und später wuchs und wuchs der Ruhm immer mehr. Ich würde sagen, dass die Bücher etwa sechs Monate auf dem Markt gewesen sein dürften, als plötzlich völlig überraschend Hodge auftauchte und behauptete, er sei der wahre Autor und nicht etwa Sanders."

„Wie reagierte Dominic Sanderson? Sein früherer Freund behauptete, dass das Buch von ihm stammte. Es muss ein furchtbarer Schock für ihn gewesen sein."

„Oh, das war es. Er war schrecklich aufgebracht."

„Waren sie nach der Sache mit dem Plagiat in Kontakt geblieben?"

Er sah mich an und kniff die Augen zusammen, als versuchte er sich zu erinnern. „Ich weiß es nicht. Ich glaube nicht. Dominic war ein Pedant, wenn es um das Befolgen von Regeln ging. Ich glaube, er ließ Martin fallen, nachdem dieser mit dem Essay mit den Plagiaten erwischt wurde."

„Wussten Sie", fragte ich, „als Sie damals alle zusammen Altenglisch studierten, dass Dominic Sanderson Romane schrieb?"

„Liebe Güte nein. Nein. Er hielt sich da sehr bedeckt. Ich vermute, dass Martin wahrscheinlich davon wusste. Denn sie verbrachten doch so viel Zeit zusammen. Später erzählte mir Dominic, zu wissen, dass sein früherer Freund, mit dem er so viele Ideen für das Buch geteilt hatte, dann versuchte, ein Recht daran anzumelden, hatte es für ihn noch schlimmer gemacht." Er schüttelte den Kopf. „Dominic war am Boden zerstört."

Ich wette, das war er.

„Gab es eine Untersuchung? Als Martin Hodgins mit der Behauptung kam, die Bücher seien sein Werk?"

„Ich will ehrlich zu Ihnen sein, ich glaube, da hatte er schon angefangen zu trinken. Nur wegen des Erfolgs der Romane erhielt Hodges einige Aufmerksamkeit in den Medien. Ich sah ein Interview mit ihm im Fernsehen und hörte ihn im Radio, aber, wirklich, ich schämte mich für ihn. Ich fürchte, die Medien haben sich ziemlich über ihn lustig gemacht. Natürlich hat Dominic Sanderson den Anspruch zurückgewiesen. Er sagte, dass sie sich über einige seiner Ideen unterhalten hätten, während er die Bücher schrieb, wie man es halt mit einem Freund tut. Sein Agent stellte den allerersten Entwurf jedem Journalisten zur Verfügung, der diesen unter die Lupe nehmen wollte."

„Und Martin Hodgins? Hatte er irgendwelche Beweise für seine Behauptung?"

„Er sagte immer wieder, dass er die hätte, aber er zeigte sie nie. Es war, als ob er sein angebliches Manuskript schlicht nicht finden könnte. Kein Wunder, wo das verdammte Ding doch nie existiert hatte. Ich vermute, er war von Neid zerfressen und hatte obendrein psychische Probleme."

„Wissen Sie, was aus ihm wurde?"

Er schüttelte den Kopf. „Nachdem seine absurden Behauptungen zu nichts führten, verschwand er recht bald. Er hatte seine fünf Minuten des Ruhms gehabt. Danach habe ich ihn nie wieder gesehen. Nein. Keine Ahnung, was aus ihm geworden ist."

Ich hatte das Gefühl, Martin Hodgins hatte keine faire Anhörung bekommen. Vielleicht war das Wunschdenken meinerseits, weil ich wollte, dass Gemmas Vater mehr war als ein Trinker und eine Witzfigur des Literaturbetriebs.

„Was ist mit dem Essay? Das Essay mit den Plagiaten? Was passierte damit?"

Seine Augen fokussierten mein Gesicht genau. Zum ersten Mal schien so etwas wie der Anflug eines Zweifels bezüglich meiner Motive für unser Treffen aufzuflackern. „Warum um alles auf der Welt interessiert Sie das?"

Ich nahm an, Doktoranden landeten bei ihren Recherchen immer wieder in Sackgassen aller Art, also zuckte ich mit den Achseln. „Ich dachte, ich könnte mir ansehen, wie der Einfluss seines Freundes in den frühen Jahren in Oxford sich möglicherweise auf Sandersons Werk ausgewirkt hat. Im Moment ist das bloß so eine vage Idee."

Sein Verdacht verschwand. Nun zwinkerten seine Augen und er blickte väterlich. „Die Suche nach einem neuen Blickwinkel, ich verstehe." Er nickte. „Das ist das, was man heutzutage für eine anständige Drittmittelfinanzierung braucht. Ich muss zugeben, das ist ungewöhnlich. Ich denke nicht, dass irgendjemand über das Verhältnis zwischen Sanderson und seinem engsten Freund und Rivalen seiner Studentenjahre geforscht hat."

Ich nickte dankbar. „Genau. Insbesondere, da das Buch so kurz nach Dominic Sandersons Abschluss erschien. Er sagte, er hätte mit seinem engen Freund über seine Ideen gesprochen. Ich bin neugierig, ob ich irgendetwas finden kann, dass man als Einfluss auf seine Arbeit als Schriftsteller betrachten kann."

Er sagte: „Ich wünsche Ihnen Glück für die Suche. Ich bezweifle, dass Sie etwas Nützliches finden werden, aber man kann nie wissen. Aufbewahrt hätte man das Essay in Papierform. Es wurde vor der Computerära geschrieben."

„Besteht Aussicht darauf, dass ich das Essay sehen kann?"

„Sie hätten Studentin an diesem College gewesen sein müssen."

Ich schaute angemessen enttäuscht. Und danach stellte ich einige der Fragen zu Sandersons Einflüssen, die ich mit Rafes Hilfe vorbereitet hatte, um den Anschein aufrechtzuerhalten, dass ich tatsächlich gerade an meiner Doktorarbeit schrieb. Professor Naylor war nur zu gern bereit, mir Antworten zu liefern und dozierte ausführlich darüber.

Als er endlich zum Ende kam, sagte ich mit meinem charmantesten Augenaufschlag: „Gibt es denn wirklich keine Möglichkeit für mich, an eine Kopie von Martin Hodgins Essay zu kommen?"

Es war unübersehbar, dass er mich beeindrucken wollte. „Ich werde sehen, was ich tun kann. Rufen Sie mich morgen an. Es wird natürlich nicht das Original sein, aber es könnte sein, dass ich eine Kopie bekomme."

Ich stand auf. „Das wäre wunderbar. Ich kann Ihnen gar nicht genug für all die Zeit danken, die Sie sich heute für mich genommen haben." Ich hielt ihm meine Hand hin, und er erhob sich und schüttelte sie. „Ich wünsche Ihnen alles Gute für Ihre Doktorarbeit, meine Liebe. Und ich hoffe, Sie genießen Ihre Zeit in Oxford."

„Ganz herzlichen Dank", sagte ich, schaltete den Rekorder aus und ließ ihn zusammen mit meinem Notizbuch, das nur sehr wenige Notizen enthielt, in meine Tasche fallen.

Als ich sein Büro verließ, atmete ich erleichtert aus. Ich hatte es geschafft, mich als Studentin auszugeben und einiges an ziemlich interessanten Informationen mitzunehmen.

KAPITEL 13

Als ich in den Laden zurückkam, wartete Rafe auf mich. Ich ließ ihn noch etwas weiter warten, während ich nach Meri und Violet schaute. Im Laden lief alles rund, sodass ich mich fragte, warum ich mir überhaupt die Mühe gemacht hatte, herzukommen, um zu arbeiten.

Violet erinnerte mich daran, dass die Sonnenwendfeier nächste Woche war, woraufhin ich spontan vollständig ertaubte.

Ich sagte zu Rafe: „Wir können nicht nach oben gehen, dort arbeitet die Strickfabrik auf Hochtouren."

„Du kannst mir im Auto erzählen, was du herausgefunden hast. Wir machen eine Spritztour."

Ich fühlte mich wie eine Superdetektivin angesichts von zwei Ermittlungsabenteuern an einem einzigen Tag. „Fahren wir dorthin, wo ich annehme, dass wir hinfahren?"

Er schüttelte den Kopf über mich. „Ich denke schon."

„Ich schaue eben nach Granny und dann bin ich gleich bei dir." Ich rannte hinauf und sah, dass die Stricker mit Feuereifer dabei waren. Es war eine Freude, den Nadeln beim

Fliegen zuzuschauen und exquisite Kreationen wie von Zauberhand entstehen zu sehen.

Nachdem bestätigt war, dass Mabel den letzten Stapel Strickwaren zum Markt tragen und das Bargeld zur Bank bringen würde, konnte ich gehen. „Du hast in letzter Zeit so hart gearbeitet, Liebes. Eine Spritztour zu machen, wird dir guttun."

Ich rannte ins Badezimmer, wo ich meine Zähne putzte und das Make-up auffrischte. Ich tauschte mein Outfit als falsche Doktorandin gegen die Aufmachung einer Superdetektivin und Fassadenkletterin, die aus hautengen, schwarzen Jeans, einem Paar schwarzer Turnschuhe, einem schwarzen T-Shirt und einem schwarzen, handgestrickten Pullover bestand. Ich fügte schwarze Handschuhe und eine ebenfalls schwarze Wollmütze hinzu, die meine Ohren warmhalten würde. Außerdem konnte ich mein langes, blondes Haar darunter stopfen, falls es nötig würde, irgendwo einzubrechen und einzudringen.

Ich nahm meine Tasche mit, sodass Rafe und ich uns auf der Fahrt die Aufnahme meines Interviews anhören konnten.

Er blickte leicht amüsiert, als er sah, dass ich ganz in Schwarz gekleidet war, aber er konnte kaum etwas sagen, da er ebenfalls ganz in Schwarz gekleidet war. Obwohl, bei Rafe war das der übliche Look. Strahlende Farben waren nicht so sein Ding.

Ich überlegte, ihm zu Weihnachten den grellsten Weihnachtspullover zu besorgen, den ich finden könnte. Etwas in Rot und Grün mit einer Rudolphnase, die leuchtete, bloß um zu schauen, ob ich ihn dazu bringen könnte, das zu tragen, und sei es nur für eine Minute.

Er hatte den Tesla in der Gasse hinter dem Eingang zu

meiner Wohnung geparkt, sodass wir im Nullkommanichts unterwegs auf der Straße waren.

„Mein Interview lief so gut", rief ich aus, zu aufgeregt darauf zu warten, dass er danach fragte. „Professor Naylor war so begeistert, dass er den berühmten Dominic Sanderson kannte, als sie jung waren, und dass er alles über den Skandal weiß, dass ich drauf wette, das war das Aufregendste, was in seinem ganzen Leben passiert ist. Er nannte sie dauernd Sanders und Hodges, was wohl ihre Spitznamen im College waren, also weiß ich, dass sie einander nahestanden."

„Wie viele Professoren, lehrt er über Genies, anstatt selbst eines zu sein."

Ich war wegen meiner Eltern ein wenig verschnupft: „Professoren können auch brillant sein."

„Das können sie. Und zu lehren ist ein guter und edler Beruf. Aber du hast bestimmt schon den Ausdruck ‚Die, die es können, tun es, die, die es nicht können, lehren es' gehört."

Ich warf ihm einen Seitenblick zu. „Du lehrst."

Er erwiderte den Seitenblick umgehend. „Ja, das tue ich. Ich kann die brillanten Manuskripte, deren Wert ich schätze und die ich restauriere, nicht erfinden. Ich kann sie nur würdigen und mein Wissen teilen, damit andere sie auch zu würdigen wissen."

„Dann sind wir uns also einig, dass zu lehren eine gute Sache ist."

Er kicherte. „Das sind wir. Und jetzt hör auf zu streiten und lass uns wieder zum Interview zurückkommen. Was hast du herausgefunden?"

Ich kam gleich zum Wesentlichen. „Rate mal, wer glaubt, dass er in der Lage sein könnte, mir eine Fotokopie eines gewissen, plagiierten Essays zu besorgen. Ich rufe ihn morgen an."

„Sehr beeindruckend. Was hat er sonst noch gesagt?"

Ich zog den Rekorder hervor und spielte das Interview für Rafe ab. Ich war sehr zufrieden, mir selbst zuzuhören. Ich hatte mir so sehr den Kopf zerbrochen, wie ich relevante Fragen stellen könnte, und war zugleich besorgt gewesen, dass er mich etwas über Sandersons Werk fragen und so als Betrügerin hätte entlarven können, dass ich mich gar nicht hatte entspannen können, und so auch nicht wirklich genau gehört hatte, was er sagte.

Keiner von uns beiden sprach ein Wort, bevor das Interview zu Ende war. Ich fragte: „Und? Wie ist dein Eindruck?"

Er atmete langsam ein und aus. Rafe war kein Mann, der bei irgendetwas übereilt handelte. Erst recht nicht, wenn es darum ging, ein Urteil zu fällen. „Das klingt wie eine Geschichte, die er so oft erzählt hat, dass er sie selbst glaubt."

Erstaunt hob ich die Augenbrauen. „Du meinst, er lügt?" Das war mir gar nicht in den Sinn gekommen.

Er schüttelte den Kopf. „Nein. Aber er erinnert sich an Dinge, die vor vierzig Jahren geschahen. Sanderson ist heute ein berühmter Romanautor. Naylor verdient seinen Lebensunterhalt, indem er über dessen Werk lehrt. Seine plumpvertraulichen, anekdotenhaften Erinnerungen passen perfekt zur Legende, die Sanderson selbst um sein eigenes Werk spinnen half."

Ich nickte. „Du hast recht. Bis hin zu dem Punkt, an dem er andeutet, Martin Hodgins könnte psychisch krank gewesen sein."

„Hodgins hat sich selbst keinen Gefallen getan, als er

seinen Anspruch zum ersten Mal anmeldete. Professor Naylor hat recht. In den Interviews hat er herumgeschwafelt. Er kam nicht glaubwürdig rüber, was es sehr leicht machte, ihn abzuweisen."

Ich drehte mich auf meinem Sitz um, um Rafes Profil zu betrachten. Es war sauber und scharf geschnitten. Wenn ich mit meinen Fingerspitzen über seinen Nasenrücken führe, wäre dieser vollkommen gerade. Natürlich tat ich das nicht. „Beginnst du zu glauben, dass Martin Hodgins vielleicht selbst für das Plagiat in dem Essay verantwortlich? Und dass Sanderson der wahre Autor der Chroniken ist?"

Das enttäuschte mich zutiefst. Mir gefiel unsere Mission nachzuweisen, dass Gemmas Vater ein Literaturgenie war, dem man übel mitgespielt und dessen Lebenswerk man gestohlen. Wenn Rafe in Sandersons Lager überlief, war ich mir nicht sicher, ob ich diese Mission allein zu Ende bringen könnte. Aber zu meiner Erleichterung sagte er: „Nein. Die Chancen dafür, dass Martin Hodgins der echte Autor ist, sind sehr real. Hoffentlich wissen wir bald mehr."

„Wonach genau suchen wir?"

„Die Manuskriptseiten, die Gemma bei sich hatte, kamen irgendwoher. Ich bin begierig darauf, den Rest des Manu-skripts zu finden. Außerdem hoffe ich, dass Martin Hodgins die Materialien noch hat, auf die er als Quellen hinwies. Noch besser wäre es, wenn er Notizen am Rand gemacht hat. Wenn er uns helfen kann, die Verbindungen herzustellen, woher er manche Ideen hatte und wie er auf die Namen für Orte und Figuren kam, etc., wären das genau die Argumente, die er vor vier Jahrzehnten anscheinend nicht vorbringen konnte."

„Ja. Vielleicht hatte er niemand, der an seiner Seite stand, und dann fing er an zu trinken, was alles nur noch schlimmer für ihn machte. Allerdings wäre einen weiteren Roman zu schreiben der beste Weg für Sanderson gewesen zu beweisen, dass er ohne jeden Zweifel der Autor war. Warum hat Sanderson in vierzig Jahren kein weiteres Buch herausgebracht? Mit Mitte zwanzig präsentiert er der Welt eine überraschend brillante und fesselnde Fantasy-Trilogie und dann schreibt er nie wieder etwas? Warum hört Sanderson auf?"

„Weil er das Gefühl hatte, er hätte in der Trilogie bereits alles gesagt, was er zu sagen hatte. Das sagt er zumindest in Interviews." Rafe schaute zu mir rüber. „Oder weil er die Bücher von vornherein nicht geschrieben hat."

Mir kam eine Idee, die so aufregend war, dass ich auf meinem Sitz auf und ab hüpfte. „Was, wenn Martin Hodgins in all den Jahren heimlich geschrieben hat? Vielleicht hat er ein ganzes Regal voller Manuskripte?"

„Ich würde mir keine allzu großen Hoffnungen machen. Ich vermute, dein Freund Professor Naylor hatte recht und er hat angefangen zu trinken. Ich denke, der Betrug seines besten Freundes und der Diebstahl seines Werkes hat ihn wahrscheinlich gebrochen. Denn natürlich funktioniert dein Argument in beide Richtungen. Wenn Martin Hodgins die Chroniken geschrieben hat, warum hat *er* dann seitdem keine weiteren Romane geschrieben?"

Wir fuhren die M40 entlang Richtung Crawley und ich griff nach der Wasserflasche in meiner Tasche. Ich hatte heute so viel geredet, dass ich schon eine ganz trockene Kehle hatte. Dennoch blieb ich nicht stumm. „Das ist so traurig. Ihm wurde seine ganze Karriere genommen. All die Bücher, die er vielleicht in den letzten vierzig Jahren geschrieben hätte, verloren, weil sein engster Freund ihn betrogen hat."

„Ja, ich denke, Professor Naylor hat es ganz richtig formuliert. Das ist eine Geschichte, die alles enthält, was eine Shakespearetragödie und eine Farce ausmacht. Nur dass die Rollen umgekehrt verteilt sind."

„Also müssen wir die Literaturgeschichte zurechtrücken."

„Genau." Wir fuhren auf die M25 und der Verkehr wurde dichter.

„Wo fahren wir eigentlich hin?" Ich hatte die Schilder nach Crawley gesehen, aber Gemma hatte gar nichts davon erzählt, dass ihr Vater auch dort lebte.

„Balcombe. Das ist ein kleines Dorf in Sussex, ein paar Kilometer von Crawley entfernt."

Interessant, dass der Vater in der Nähe seiner Tochter wohnte. Ich fragte mich, ob sie einander nähergekommen waren, nachdem sie ihre Mutter verloren hatte. Sie waren einander offenkundig verbunden genug, dass er ihr etwas von dem Manuskript gegeben hatte, und sie war in dem festen Glauben, dass er die Chroniken geschrieben hatte, nach Oxford gekommen. Ich fragte mich, was sie mit den Seiten vorgehabt hatte. „Martin Hodgins ist erst fünfundsechzig. Ich glaube, wenn er erst seinen Ruf wiederhergestellt hat, wird das eine zweite Chance für sein Leben sein."

„Ich hoffe, dass du recht hast."

Das hoffte ich auch.

Wir fuhren ins Zentrum des Dorfes, das aus einer Reihe von Geschäften mit darüber liegenden Wohnungen bestand, die einen ordentlichen Eindruck machten. Rafe sagte: „Er lebt in einer Wohnsiedlung außerhalb der Stadt." Ich hatte so ein Gefühl, dass Menschen, die in Wohnsiedlungen lebten, nicht gerade wohlhabend waren. Als wir in die Straße einbogen, hörten wir ein Rettungsfahrzeug hinter uns und Rafe hielt am Rand an, um ein Feuerwehrauto wie einen roten Blitz vorbeizulassen.

Ich dachte weiter über Martin Hodgins nach. „Ich hoffe nur, Gemma wird wieder gesund. Reich und berühmt zu werden und seinen Ruf wiederherzustellen, wird ihm nichts bedeuten, wenn er seine Tochter verliert."

„Es gibt keinen Grund zu verzweifeln." Er griff nach meiner Hand. „Versuch, positiv zu bleiben."

Ich wusste, dass er recht hatte. Er fuhr erneut links ran, um ein weiteres Feuerwehrauto mit lautem Martinshorn vorbeizulassen, dem ein Rettungswagen folgte. Wir setzten unseren Weg im Gefolge der rasenden Rettungsfahrzeuge fort. Ich sagte nichts und ich versuchte, das Gefühl von drohendem Verhängnis zu ignorieren, das meine Speiseröhre hinaufkroch. Nein, so viel Pech konnte Martin Hodgins nicht haben.

Oder etwa doch?

Wir konnten nicht in die Straße fahren, in der Martin Hodgins wohnte. Rettungsfahrzeuge blockierten sie und man hatte eine Absperrung errichtet. Ein uniformierter Polizist stand da, öffnete die Absperrung, um die Rettungsfahrzeuge hindurchzulassen, aber jeglichen anderen Verkehr außen vor zu halten.

Meine Stimme klang schwach, als ich sagte: „Das kann doch nicht bei Martin Hodgins sein, oder?"

„Ich weiß nicht." Sein Ton war brüsk und ich war mir ziemlich sicher, dass er genau wie ich dachte, unsere Fahrt hierher sei vielleicht umsonst gewesen.

Rafe stiegt aus dem Auto und ging zu dem Uniformierten.

„Wir hatten vor, Nummer 33 zu besuchen. Martin Hodgins. Geht es ihm gut?"

Der Beamte blickte nach hinten und wieder zu Rafe. „Es tut mir sehr leid, Sir. Das Feuer brach in Nummer 33 aus."

Ich konnte den geschwärzten Stein sehen. Feuerwehrleute löschten durch die Fenster und in die offene Tür hinein, aber immer noch strömte der Rauch heraus. Und dann bemerkte ich auf dem Bürgersteig vor den Überresten von Nummer 33 eine Transportliege und darauf unter einer Decke verborgen etwas, das die Form eines menschlichen Körpers hatte. Zwei Sanitäter schoben die Liege hinten in den Rettungswagen hinein, doch in ihren Bewegungen lag keine Eile. Und als der Rettungswagen losfuhr, geschah dies, ohne dass Blaulicht oder Martinshorn eingeschaltet wurde.

Rafe kehrt ins Auto zurück und wir fuhren den Weg zurück, den wir gekommen waren. Ich drehte mich um, um über meine Schulter durchs Heckfenster zurückzuschauen, und sah, wie der Polizeibeamte, mit dem Rafe gesprochen hatte, die Absperrung entfernte, sodass der Rettungswagen seine traurige Reise antreten konnte.

Mir war nach Tränen zumute. Ich wusste, dass Superdetektivinnen und Fassadenkletterinnen üblicherweise nicht beim ersten Anzeichen von Schwierigkeiten in Tränen ausbrachen, aber ich war am Boden zerstört. Gemma lag im Koma, ihr Vater war tot und seines Lebenswerkes beraubt. Die Manuskriptseiten, die zu finden wir gehofft hatten, das Quellenmaterial, alles war zu Asche verbrannt. Wie konnte diese Tragödie bloß immer weiter gehen? Sie hatten seit vierzig Jahren Pech. Ich hoffte auf ein Weihnachtswunder und darauf, dass Gemma, wenn sie aufwachte, mehr als nur Kummer erwartete.

Ich blickte rüber zu Rafe, der seine Kiefer energisch zusammenpresste.

Fragen bohrten sich in meinen ersten Schock. Was war geschehen? Das war meine erste Frage. War der Brand ein Unfall gewesen? Wie konnte ein Mann in einem einzigen Leben so viel Pech haben? Aber wenn es kein Unfall war, hatte jemand absichtlich das Feuer gelegt. Und wer hätte es auf einen gebrochenen Mann abgesehen, dem man bereits das ganze Leben gestohlen hatte?

Darrens Bild erschien vor meinem inneren Auge. Könnte er hergekommen sein, um Gemmas Vater zu sehen? War er in gewalttätiger Absicht gekommen?

Rafe fragte, ob ich irgendwo anhalten und einen Kaffee oder eine Mahlzeit oder etwas anderes haben wollte, aber das wollte ich nicht. Ich wollte nach Hause. Ein eigenartiges Gefühl der Dringlichkeit sagte mir, ich sollte nach Oxford zurückkehren und Gemma beschützen. Das Gefühl war so stark, dass ich mit meinem bloßen Willen das Auto schneller vorantrieb, obwohl ich meinen Mund hielt. Rafe war ein hervorragender Fahrer, doch etwas von meiner Beklemmung hatte sich ihm wohl von selbst mitgeteilt. Er blickte zu mir rüber. „Die Polizei sorgt dafür, dass sie überwacht wird, weißt du. Sie ist dauernd von Ärzten und Pflegern umgeben und einige der Vampire haben auch ein Auge auf sie. Gemma ist so sicher, wie sie nur sein kann."

Ich nickte. Aber dennoch wanden und rangen sich meine Hände auf meinem Schoß umeinander. Zum ersten Mal wünschte ich mir tatsächlich, ich hätte mein Strickzeug mitgenommen, sodass meine ruhelosen Hände etwas zu tun hätten und meine ruhelosen Gedanken sich auf etwas konzentrieren könnten.

„Das Letzte, was Darren zu mir sagte, als ich ihm keine Informationen über Gemma geben wollte, war, dass er ihren Vater aufsuchen wollte." Ich hätte mich selbst treten können, dass ich das nicht Ian gesagt hatte oder Rafe, aber ich hatte nur Gemma im Sinn gehabt und gehofft, er würde einfach verschwinden.

Ich hatte erwähnt, dass Rafe ein hervorragender Fahrer war und das war er auch, aber bei meinen Worten schlingerte das Auto ein wenig, als habe er die Konzentration verloren. „Du hast Darren getroffen? Den Mann, der Gemma belästigt und gestalkt hat? Den Hauptverdächtigen für den Mordversuch an ihr?" Er hörte sich verärgert an, aber so klang er öfter, wenn er sich wegen mir sorgte.

„Das war nichts, was ich wollte", sagte ich empört. „Alfred war bei mir. Er kann dir genau sagen, was passiert ist. Gemmas Ex hat uns angequatscht, als wir gerade den Markt verließen. Er stellte wiederholt Fragen nach Gemma, wie es ihr ginge, wo sie sei, und als ich nicht antwortete, packte er mich beim Arm." Ich erinnerte mich lebhaft an diese Augenblicke. „Wenn ich Alfred nicht rasch weitergetrieben hätte, wäre jetzt wohl nicht mehr viel von Darren übrig."

„Gut für Alfred."

Ich wusste, dass er das nicht so meinte. Rafe glaubte an die friedliche Koexistenz unserer beider Spezies, entwickelte jedoch einen sehr starken Beschützerinstinkt, wenn es um mich ging.

Wir fuhren den Weg zurück, den wir gekommen waren. Als wir uns Oxford näherten, wurde der Verkehr dichter. Es fing an zu regnen. „Glaubst du, Darren hat Martin Hodgins getötet? Und dann das Haus in Brand gesteckt, um sein Verbrechen zu vertuschen?"

„Ich weiß nicht. Jemand hat Gemma gewürgt und sie in der Annahme, sie sei tot, zurückgelassen. Er ist der offensichtlichste Verdächtige. Nach dem, was er dir gesagt hatte, plante er, ihren Vater zu besuchen."

„Vielleicht ist er aufgetaucht und Martin Hodgins wusste nichts über den Zustand seiner Tochter. Darren könnte gedacht haben, dass ihr Dad lügt. Vielleicht wollte er ihn gar nicht umbringen. Er wollte ihn bloß ein bisschen aufmischen, um die Wahrheit aus ihm herauszuprügeln, aber er ging zu weit, wie auch bei Gemma. Er wirkt wie ein Mann, der eine Menge Wut in sich trägt."

Rafe antwortete mir nicht und nach einer Minute schaute ich rüber zu ihm. „Gefällt dir meine Theorie nicht?"

Er wägte meine Worte ab. „Es ist eine Theorie. Aber es ist nicht die einzige."

Wir hatten noch einen langen Weg vor uns und es gab nur uns zwei in diesem stillen Auto. Ich sagte: „Okay. Lass mich ein paar andere Theorien hören."

Er atmete langsam aus. „Wir wissen, dass Martin Hodgins alles verloren hatte. Seinen Ruf, seine beginnende Karriere, vermutlich das geistige Eigentum an seiner brillanten Fantasy-Serie und seine Familie. Vielleicht sah er die Retrospektive zum 40. Geburtstag des brillanten Erfolgs seines alten Feindes. Vielleicht hat ihn das Krankenhaus angerufen und ihm gesagt, dass sein einziges Kind im Koma liegt. Das war zu viel für ihn. Er könnte sich selbst das Leben genommen haben."

„Oh nein."

Rafe lächelte grimmig. „So fasziniert, wie er von alten Mythen und Ritualen war, ist er vielleicht auf die Idee gekommen, einen Scheiterhaufen für sein eigenes Begräbnis zu schaffen. Er mochte in Vergessenheit gelebt haben, enden würde er als hell auflodernde Flamme."

Ich dachte über seine Theorie nach. Sie war nicht schlecht. Ein Schauer lief über meine Haut. „Oder, weniger heldenhaft, wenn er tatsächlich ein Trinker war, hat er vielleicht auch geraucht. Er trank zu viel und schlief auf der Couch mit einer brennenden Zigarette ein." Das war ein trauriges Ende, aber keines, das so selten vorkam, wie man es hoffen mochte.

„Oder jemand anders hat Martin Hodgins ermordet."

„Aber warum?"

„Ich weiß nicht. Vielleicht hat Mr Hodgins nach all den Jahren beschlossen, einen weiteren Versuch zu unternehmen, um zu beweisen, dass er der Urheber des Manuskripts war? Sein alter Freund Sanderson hatte ihn bereits beruflich vernichtet, vielleicht hat er beschlossen, den Job zu Ende zu bringen?"

„Dieser spießige alte Professor? Als Dieb geistigen Eigentums kann ich ihn mir vorstellen, aber als Mörder eines Menschen?" Ich stellte mir Professor Sanderson mit einer Waffe vor. Hatte er seinen alten Freund auf den Kopf geschlagen und dann dessen Haus angezündet? Ich konnte es nicht glauben. „Ich habe noch nie jemanden getötet, aber ich glaube nicht, dass das so leicht zu bewerkstelligen ist."

„Leichter als du denkst, wenn die entsprechende Motivation vorhanden ist."

Ich schauderte erneut.

Er sah mich an. „Versuch, dich etwas zu entspannen."

Ich hätte mich entspannt, wenn ich nicht so beschäftigt damit gewesen wäre, gestresst und beklommen zu sein. Er warf mir einen weiteren Blick zu, dann aktivierte er per Bluetooth das Mobiltelefon und rief Alfred an, der sofort dranging. Rafe fragte: „Passt jemand gut auf Gemma auf?"

„Natürlich", sagte Alfred. „Mabel und Clara sind beide gerade im Krankenhaus. Mabel hat sich als Gemmas Großmutter ausgegeben und Clara als ihre Tante." Er kam über Lautsprecher, so dass ich jedes Wort hörte. Ich fragte: „Aber wie sind sie reingekommen? Es hieß, nur enge Verwandte und Freunde dürften sie besuchen."

„Ich glaube, deine Cousine Violet hat für die passenden Papiere gesorgt."

Gute Arbeit, Vi.

Rafe sagte: „Überbring ihnen eine Nachricht. Sie dürfen sie keine Sekunde allein lassen."

„Was ist passiert? Hat es einen weiteren Angriff gegeben?"

„Nein. Aber ihr Vater ist soeben unter verdächtigen Umständen ums Leben gekommen."

Alfred verschwendete keine Zeit auf Small Talk. „Ich sorge dafür, dass sie die Nachricht erhalten."

„Gut. Darüber hinaus glaube ich, du hattest eine Auseinandersetzung mit einem jungen Mann, der Lucy belästigt hat? Sie sagt, sein Vorname ist Darren."

Alfred machte ein Geräusch, das für mich wie ein Knurren klang. „Ja. Ich erinnere mich an ihn. Ekliger kleiner O-negativ."

„Kannst du herausfinden, wo er ist? Ich weiß, es wird schwierig sein, ihn ohne Nachnamen ausfindig zu machen, aber gib dein Bestes."

„Mach dir keine Gedanken, Rafe. Ich habe die kleine Ratte bereits aufgespürt. Ich wollte nicht zulassen, dass er Lucy noch einmal zu nahe kommt, wenn ich nicht da bin, um sie zu beschützen. Niemand sollte ein delikat ernährtes, weibliches Wesen jemals so behandeln."

Ich erinnerte mich selbst daran, dass diese Vampire Hunderte von Jahren alt waren, Sexismus bei ihnen also etwas Natürliches war. Außerdem hatte ich nichts einzuwenden, ein wenig beschützt zu werden, ganz gleich, was die Motivation dahinter sein mochte.

„Wo ist Darren jetzt?", fragte Rafe.

„Er hat Oxford verlassen, das ist alles, was ich weiß. Auf einem Motorrad. Fieses, lautes Ding. Er nahm die M40 Richtung London."

Rafe und ich wechselten einen Blick. Das war dieselbe Route, die wir genommen hatten. Sie mochte nach London führen, aber es war auch der Weg, um nach Balcombe zu fahren. „Wann ist er aufgebrochen?", fragte Rafe.

„Letzte Nacht. Eher spät."

„Gute Arbeit, Alfred. Vielen Dank."

Er beendete den Anruf. Rafe sah zu mir rüber. „Also hat Darren dieselbe Autobahn genommen wie wir für unseren Besuch bei Gemmas Vater."

Ich wollte keine voreiligen Schlüsse ziehen, selbst wenn sie auf der Hand zu liegen schienen. „Ja, aber diese Straße führt auch zu einer Menge anderer Orte."

„Dennoch ist das interessant, meinst du nicht? Es bedeutet auch, dass Darren nicht in Oxford ist und so weder dich noch Gemma belästigen kann. Fühlst du dich jetzt besser?"

Ich würde mich besser fühlen, wenn ich Gemma mit meinen eigenen Augen sehen würde. Ich würde mich sogar noch besser fühlen, wenn sie ihre Augen öffnen und uns allen zeigen würde, dass sie keinen Hirnschaden davongetragen hatte. Aber für den Moment half es in der Tat zu wissen, dass sie in Sicherheit war. Es lag eine gewisse Ironie darin, dass zwei Vampire am Bett einer hübschen jungen Frau wachten, die womöglich sowieso sterben würde, aber ich hatte gelernt, den Vampiren meines Strickclubs zu vertrauen. Und ich wusste, dass Mabel und Clara sie mit allen Mitteln beschützen würden. Also nickte ich. „Ich fühle mich besser."

Rafe sagte: „Professor Sanderson gibt morgen Abend eine Lesung. Ich denke, wir sollten hingehen. Nach der Lesung werden wir uns ein wenig mit dem Professor unterhalten."

Er war offenkundig nicht auf dem aktuellen Stand, was Veranstaltungen in Oxford betraf. Ich kam des Öfteren an der Weston Library vorbei und hatte unzählige Male das Plakat gesehen, das für die Lesung warb. „Diese Lesung ist seit Monaten ausverkauft."

Er sah mich an, als sei ich unglaublich naiv. „Ich habe an der Bodleian einen gewissen Einfluss. Ich glaube nicht, dass es schwierig wird, zwei Tickets zu erwerben."

Ich hätte mich ruckartig zu ihm drehen und ihn mit rüder Stimme à la Hester, unserem ewig quengelnden Teenager, nachäffen mögen, aber tatsächlich war ich ziemlich zufrieden mit ihm. Ich neigte dazu zu vergessen, dass Rafe in seiner professionellen Funktion eine wichtige Person an der Bodleian Library war.

„Glaubst du, wir werden nah genug an ihn herankommen können?" Ich stellte mir vor, dass der scheue Professor bei einer solch raren Gelegenheit wie einer öffentlichen Lesung umlagert sein würde.

„Es gibt eine Cocktailparty im Anschluss nur für VIPs, drüben in der alten Bodleian. Wir werden Gelegenheit finden, mit ihm zu reden." Die Art, wie er das sagte, ließ einen Schauer über meinen Rücken laufen. Ich hatte den Eindruck, wenn Rafe beschloss, dass jemand mit ihm reden würde, würde diese Person singen wie ein Vögelchen, ob sie es nun wollte oder nicht.

KAPITEL 14

ie Lesung fand im Sheldonian Theatre statt und der anmutige, von Christopher Wren entworfene Kuppelbau war bis auf den letzten Platz mit Menschen gefüllt, die darauf warteten, Dominic Sanderson zu hören. Ich blickte mich um und sah Fans jeglicher Altersstufen, darunter etwas mehr Männer als Frauen. Sie waren jung und alt, kamen aus aller Herren Länder und viele hatten Bücher bei sich. Einige davon sahen aus wie alte, heißgeliebte und oft gelesene Bücher, manche waren fremdsprachige Übersetzungen und nicht wenige Exemplare der brandneuen Ausgabe, die zur Feier des 40. Geburtstages erschienen war.

Während wir warteten, schwirrte die Luft förmlich vor gespannter Erwartung. Dominic Sanderson war so etwas wie eine Rockstar der Literaturszene. In einem Rang über uns sah ich Professor Jeffrey Naylor. Natürlich hatte Rafe die perfekten Plätze. Wir saßen im Parkett dem Rednerpult direkt gegenüber.

Als Dominic Sanderson in Begleitung des Mannes auf die Bühne kam, den ich als seinen Agenten wiedererkannte, brach im Saal spontaner Applaus aus. Sanderson sah aus wie ein Gelehrter. Er war lang und dünn und tweedgewandet. In seiner Tasche steckte eine Lesebrille und er hatte die Neuausgabe der Chroniken von Pangnirtung in seiner Hand. Ohne Zweifel diente das Werbezwecken, denn die Medien hatten ihre Fotografen geschickt. Auf jedem Foto, das geschossen wurde, wäre groß die Neuausgabe zu sehen, die sein Verleger verkaufen wollte.

Mich überraschte meine Abneigung ihm gegenüber. Der lange, tweedgewandete Betrüger. In meinen Knochen fühlte ich, dass man ihm nicht trauen konnte. Selbst aus dieser Entfernung war ich sicher, etwas Zwielichtiges in seinen Augen erspäht zu haben.

Er und sein Agent setzten sich und unterhielten sich ein paar Minuten lang unhörbar. Dann stand der Agent Charles Beach auf und ging zum Mikrofon. Rafe beugte sich nah zu mir rüber und sagte: „Er ist so sehr sein PR Manager wie sein Agent."

Charles Beach war ungefähr im selben Alter wie Sanderson, aber ansonsten in jeder Hinsicht dessen vollkommenes Gegenteil. Wo Sanderson hochgewachsen war, war er eher klein. Er war überdies pummelig, während Sanderson wie jemand aussah, der das Essen vergaß, weil er so tief in seine Bücher versunken war.

Der Agent trug einen blauen, gestreiften Anzug und eine gelbe Fliege. Er hatte eine dröhnende Stimme, sodass er das Mikro nicht wirklich brauchte. „Willkommen." Er wartete ab, bis das Herumgerutsche und Geflüster sich legte. Als der Saal still war, sagte er: „Mein Name ist Charles Beach. Für meine Freunde bin ich Chaz und ich bin stolz und geehrt, den Gast des Abends, Dominic Sanderson, unter diesen meinen Freunden zu wissen. Als er mich vor einundvierzig Jahren das erste Mal in London aufsuchte, hatte er gerade seinen ersten akademischen Grad in Oxford erworben. Damals war ich erst seit ein paar Jahren als Literaturagent tätig. Wir standen beide am Beginn unserer Karriere.

Dominics Roman war bereits von einigen Verlagen abgelehnt worden. Das ist in meiner Branche nicht ungewöhnlich. Allerdings erkannte ich sofort, dass in seiner Prosa etwas Raues, Starkes und Aufregendes lag." Er hielt einen Moment für das spontane Klatschen inne, in das die Fans ausbrachen. Ich tat so, als klatschte ich höflich mit, aber ich bewegte nur meine Hände, ohne dass sich die Handflächen berührten. Ich hatte den Eindruck, Rafe hielt es genauso.

Er nickte und fuhr fort. „Dominic und ich sind miteinander ins Risiko gegangen. Er mit einem unerfahrenen Agenten und ich mit einem unveröffentlichten Autor." Er drehte sich zu seinem Klienten um. „Das war eine Wette, die sich für uns beide wirklich ausgezahlt hat."

Erneut eine Pause für spontanen Applaus.

„Viele Fantasy-Romane kommen und gehen. In den letzten Jahren haben wir das häufig gesehen. Es gibt nicht viele, die bleiben, die Teil des kollektiven Bewusstseins werden. Die Chroniken von Pangnirtung sind eine Romanreihe, die ewig leben wird."

Ich fragte mich, wie er das wissen wollte, aber die Fans klatschten wie verrückt und glaubten offensichtlich an seine hellseherischen Kräfte.

„Wenn ich mich in diesem wunderbaren Theater umschaue, weiß ich, dass jeder von Ihnen seine eigenen Gründe hat, hier zu sein. Eigene Gründe, das Genie dieses Mannes zu schätzen. Ich brauche Ihnen die zahlreichen Leistungen von Dominic Sanderson nicht einzeln aufzuzählen. Er ist Professor hier in Oxford am Cardinal's College, weil er etwas zurückgeben möchte. Er liebt es zu unterrichten und er liebt seine Studenten. Seine Bücher haben jede erdenkliche Bestsellermarke erreicht und viele Preise gewonnen und der Erfolg der Verfilmungen hat zu einer ganz neuen Generation von Fans der Chroniken von Pangnirtung geführt." Mit großer Geste deutete er theatralisch in den Zuschauerraum. „Von denen Sie nur ein sehr kleiner Teil sind. Aber ein sehr besonderer Teil. Und nun lassen Sie mich die Bühne meinem Freund Dominic Sanderson übergeben."

Der Applaus war donnernd. Ich klatschte höflich, ohne Begeisterung, als Sanderson ans Rednerpult trat und sich räusperte. Er sagte: „Danke Chaz. Und vielen Dank Ihnen allen, dass Sie heute Abend gekommen sind." Er hatte eine trockene Stimme. Und nahm beim Sprechen immer wieder einen Schluck. Aber er war nun mal Akademiker und Lehrer, und er sprach über die Bücher und die in ihnen enthaltene Symbolik, als würde er ein Seminar über sie geben.

Er streute einige geistreiche Anekdoten ein, doch er kam mir nicht wie ein besonders humorvoller Mann vor. Nach etwa einer halben Stunde las er eine Passage aus einem der Bücher vor. Und dann trat er beiseite und Charles Beach kehrte zu ihm zurück. Nun hatte jeder von ihnen ein Mikrofon.

Charles sagte: „Wie Sie wissen, haben wir vorab Ihre Fragen gesammelt. Ich werde nun die Fragen stellen, die am häufigsten vertreten waren, und Dominic wird sie beantworten. Wenn danach noch Zeit ist, öffnen wir das Plenum für weitere Fragen."

Rafe beugte sich zu mir. „Interessant, dass sie die Fragen bereits vorab geprüft haben. Sie gehen auf Nummer sicher."

Charles ‚meine Freunde nennen mich Chaz' zog ein Blatt Papier hervor und wandte sich zu Dominic. „Erste Frage – und wenn ich jedes Mal, wenn wir diese Frage gestellt bekommen, ein Pfund oder einen Dollar bekäme, wäre ich ein wohlhabender Mann oder besser gesagt: ein wohlhabenderer Mann. Und Dominic wäre ein viel wohlhabenderer Mann." Er hob die Hände in einer dramatischen Geste. „Wann werden Sie ein weiteres Buch schreiben?"

Die Antwort interessierte mich. Ich fühlte, wie sich Rafe neben mir etwas versteifte. Dominic Sanderson lächelte ein trockenes, geheimniskrämerisches Lächeln und tätschelte den neu erschienenen Roman, der auf dem Rednerpult stand. „Die Chroniken von Pangnirtung waren eine Herzensangelegenheit. Die leidenschaftlichen Werke eines jungen Mannes. Ich kann nicht sagen, dass ich nie wieder ein Buch schreiben werde, denn vielleicht werde ich das tun. Allerdings besitzen diese drei Bücher eine innere Symmetrie. Die Vollständigkeit der Chroniken. Ich möchte kein Autor sein, der nur um des Geldes willen, endlos einen Band nach dem anderen hervorbringt."

Chaz warf seine Hände in die Höhe. Sie waren wie ein Komikerduo, der Clown und der Ernsthafte. „Mir geht es ganz und gar ums Geld. Aber ich respektiere meinen Freund Dominic. Er ist ein wahrhaftiger Künstler."

Er kam zur nächsten Frage. „Wer ist Ihr Lieblingsautor?" Und so ging es weiter. Nach etwa zehn Minuten hin und her blieb keine Zeit mehr für Fragen aus dem Publikum. Worauf sie es meiner Ansicht nach von vornherein angelegt hatten, damit Dominic nicht von etwas Unangenehmen überrascht werden konnte.

Dann war es vorbei. Hätte ich gehofft, einen Moment mit dem Autor zu erhaschen, wäre ich so bitter enttäuscht worden wie all die vielen Menschen im Publikum, die mit ihren kostbaren Büchern für ein Autogramm nach vorne eilten, nur um festzustellen, dass Sanderson weg war.

Sanderson und sein Agent verschwanden durch die Tür, durch die sie hereingekommen waren. Er mischte sich nicht unter die Leute und Bücher wurden auch keine signiert. Nur die Glücklichen, die Tickets für den VIP-Empfang besaßen, würden mit dem berühmten Autor zusammenkommen. Noch nie war ich so dankbar dafür gewesen, Rafe in meinem Leben zu haben.

Der Weg über die Straße hinüber zu Bodleian Library war kurz. Die Cocktailparty fand in der höhlenartigen Eingangshalle statt, einem gigantischen Raum mit hohen Steindecken. Diejenigen, denen es gelungen war, Karten für dieses Ereignis zu ergattern, bildeten in den Ecken Grüppchen, die sich miteinander unterhielten, aber es war offensichtlich, dass sich alle Augen auf die Tür richteten, darauf wartend, dass der Ehrengast erschien. Rafe holte zwei Gläser Rotwein von einem langen Tisch, an dem Angestellte der Bodleian Library ausschenkten. Zudem wurden Appetithäppchen auf Tabletts herumgereicht. Als eines davon bei mir vorbeikam, schüttelte ich den Kopf. Ich war zu nervös, um etwas zu essen.

Mit leiser Stimme sagte ich zu Rafe: „Wie sieht unser Plan aus? Was machen wir, wenn wir Domicin Sanderson endlich für uns haben?"

„Ich frage mich, ob du bei der Geschichte bleiben solltest,

die du dir gestern für Jeffrey Naylor ausgedacht hast. Du bist eine amerikanische Doktorandin und dich interessiert sein Werdegang und die dazugehörigen Einflüsse."

Allein die bloße Vorstellung ließ mich panisch werden. „Was, wenn er wissen will, was meine Lieblingsszene ist? Oder mich auf irgendeine Art auf die Probe stellt? Er wird sofort wissen, dass ich lüge."

Er sah mich an und schüttelte den Kopf. „Du hast wirklich nie die Chroniken gelesen?"

„Nein, das habe ich wirklich nie getan. Ich habe Jane Austen und Romane über weibliche Emanzipation gelesen."

„Vielleicht solltest du dann mit dem Agenten reden. Er wird ohnehin leichter zu fassen sein. Jeder will ein paar Worte mit Dominic Sanderson wechseln, aber nur wenige werden sich für seinen Agenten interessieren."

Der Plan gefiel mir sehr viel besser. Charles Beach sah wie die Art Mann aus, der lieber seiner eigenen Stimme lauschte als der eines anderen. Genau die Art von Mann, die ich wollte. „Aber was soll ich ihn fragen?"

„Bleib bei derselben Geschichte. Du suchst nach Einflüssen. Frag ihn nach der ersten Begegnung und erwähne nebenbei den Skandal. Du könntest vorgeben, dass du diesen erst kürzlich bei deinen Recherchen entdeckt hättest und nun seine Meinung dazu hören willst."

„Du solltest besser bereit sein mich zu retten, wenn ich ins Schwimmen gerate."

„Kopf hoch. Du wirst nicht ins Schwimmen geraten." Und dann hob er die Hand zum Gruß und ein gutgekleidetes, älteres Ehepaar kam zu uns und begrüßte ihn mit Namen. Rafe sagte: „Lord und Lady Mead, darf ich Ihnen Lucy Swift vorstellen? Ich habe letztes Jahr für die beiden gearbeitet."

Sie schüttelten beide meine Hand. Lady Mead lächelte mich an. „Es war sehr aufregend. Rafe hat unsere Büchersammlung durchgeschaut, von denen einige seit Hunderten von Jahren in den Regalen stehen und womöglich nicht ein Mal aufgeschlagen wurden, und dabei entdeckt, dass wir eine seltene Erstausgabe von Gullivers Reisen besitzen. Stellen Sie sich das nur vor!"

Rafe sagte: „Das war auch für mich ein aufregender Tag. Von diesen gibt es nicht mehr allzu viele auf der Welt. Es ist stets sehr befriedigend, einen Schatz zu finden."

Plötzliche schwirrte es im Saal förmlich vor Aufregung und ich wusste, dass Dominic Sanderson eingetroffen sein musste. Tatsächlich drehten wir uns alle um und da kam er mit seinem Agenten hereinspaziert.

Lord Mead sagte: „Natürlich besitzen wir von den Chroniken ebenfalls die Erstausgaben. Ich habe sie alle gelesen, als sie herauskamen. Erstaunlich. Kürzlich erwarb ich die Neuauflage für meinen Enkel. Er ist erst zehn, aber es gelang mir, sie von Professor Sanderson signieren zu lassen. Das wird das Weihnachtsgeschenk für ihn."

Seine Frau sah ihn zärtlich an. „Ich bin sicher, mein Ehemann ist aufgeregter, als unser Enkel sein wird."

„Das weißt du nicht. Er ist ein sehr kluger junger Mann."

Sie entschuldigten sich, um zu versuchen, ein paar Worte mit Dominic Sanderson zu wechseln. Rafe und ich sahen zu, wie sich eine Menschenmenge um den Autor versammelte, aber das Glück war uns hold, als der Agent zum Tisch mit den Getränken ging.

Ich atmete kurz ein und sagte: „Wünsch mir Glück." Ich schnappte mir Rafes Glas und schüttete den Rest meines Rotweins hinein und dann trug ich mein leeres Glas hinüber zu dem Tisch, an dem Wasser und Wein ausgeschenkt wurde. Es gelang mir, genau in dem Moment dort zu sein, als auch der Agent ankam. Er nahm sich ein Glas Rotwein und ich tat dasselbe.

Ich sagte: „Ich habe den Vortrag sehr genossen."

Er schenkte mir den professionell freundlichen Blick eines Redners für einen Fremden. „Freut mich, dass es Ihnen gefiel."

Bevor er weggehen konnte, sagte ich: „Ich bin so froh, dass ich Gelegenheit habe, mit Ihnen zu reden. Mein Name ist Lucy Swift. Ich bin Doktorandin aus Boston. Ich arbeite hier an meiner Dissertation über Dr. Sandersons Romane."

Sein Lächeln wurde wärmer, allerdings nur ein wenig. „Hervorragendes Timing angesichts des vierzigjährigen Jubiläums von deren Erscheinen."

„Genau", sagte ich mit begeistertem Blick. „Am meisten interessieren mich die allerersten Anfänge von Dominic Sandersons Karriere. Wie haben Sie es erlebt, als er in Ihr Büro kam, nachdem Sie sein Werk das erste Mal gelesen hatten?"

Er sah rüber, um sich zu vergewissern, dass Dominic Sanderson gut unterhalten war. „Es war elektrisierend. Wie Sie selbst wissen, wenn man das erste Mal in diese Romane eintaucht, nehmen sie einen mit in eine vollkommen andere Welt. So viele Fantasy-Romane sind letztlich nur Spielarten, Variationen, muss ich leider sagen. Aber das hier war so frisch und kühn. Ich vermute, weil ich selbst gerade erst anfing, konnte ich dem Manuskript meine ganze Aufmerksamkeit und meine ganze Energie widmen." An dieser Stelle grinste er ein wenig. „Und vor vierzig Jahren hatte ich noch sehr viel mehr Energie." Er zuckte mit den Achseln.

„Außerdem war ich hungriger. Ich war bereit, genauso hart wie Sanderson dafür zu arbeiten, diese Bücher zu einem Erfolg zu machen."

„Ich untersuche die frühen Einflüsse auf ihn, insbesondere den seiner Freundschaft mit einem anderen Studenten, die schrecklich schief ging."

Der Ausdruck gönnerhafter Gutmütigkeit verschwand. Charles Beaches Augen wurden schlagartig hart. „Das war verheerend für Dominic. Absolut verheerend. Dass sein alter Freund ihm seine Ideen stiehlt und sein Werk einfach so für sich beansprucht. Ich wäre nicht im Mindesten überrascht, wenn das der Grund wäre, warum er nie wieder ein weiteres Buch schreiben konnte. Es hat ihm das Herz gebrochen."

„Aber waren Sie als sein Agent nicht einmal ein klein wenig besorgt, dass an der Geschichte etwas dran sein könnte? Ich stelle mir vor, es hätte Ihrer Karriere genauso so sehr wie Dominic Sanderson geschadet, hätte sich herausgestellt, dass die Bücher von einem anderen geschrieben wurden."

Er sah nun viel weniger liebenswürdig aus. Er sagte: „Der Mann war ein Trinker und vollkommen verrückt." Er schüttelte seinen Kopf. „Er sorgte dafür, dass Dominic Seelenqualen litt, als dieser seinen Erfolg hätte genießen sollen."

Er schaute rüber zu Sanderson, der immer noch von einer kleinen Menschenmenge umgeben war. „Ich habe versprochen, Dominic etwas zu trinken zu besorgen. Er wird den ganzen Abend so umlagert sein, dass er nie Gelegenheit haben wird, sich selbst etwas zu holen."

Ich lächelte. „Aber natürlich. Ich bin so froh, dass ich Gelegenheit hatte, mit Ihnen zu sprechen."

Er griff sich ein zweites Glas Wein und sagte: „Verschwenden Sie nicht Ihre Zeit auf diesen widerlichen alten Skandal. Wenn Sie wirklich in die Anfänge von Dominic Sandersons Werdegang eintauchen wollen, rufen Sie mein Büro an. Wir machen dann einen Termin aus. Vielleicht kann ich es sogar einrichten, dass Sie ein paar Minuten mit ihm selbst sprechen können. Aber zeigen Sie mir Ihre Fragen vorab."

„Natürlich." Er gab mir eine Visitenkarte und ich nahm sie eifrig an. „Ich kann Ihnen gar nicht sagen, wie dankbar ich bin", schwärmte ich. Aber tatsächlich drehte sich mir der Magen um. Martin Hodgins lag auf einem Stahltisch in einem Leichenhaus, während Sanderson Wein trank und die Meriten für ein Werk einheimste, das nicht sein eigenes war. Irgendwie würde ich für Gerechtigkeit sorgen, um seines Rufes willen und für Gemma.

Charles Beach drehte sich mit den beiden Weingläsern in der Hand um. „Ohne seine Fans wäre Dominic nicht hier, und er versucht immer, ihnen etwas zurückzugeben."

Ich hoffte, er würde die Chance kriegen, wirklich etwas zurückzugeben. Er könnte das gestohlene Manuskripte seinem rechtmäßigen Besitzer zurückgeben, und ich nahm an, dass das nun Gemma war.

Rafe plauderte mit einer ernsthaften jungen Frau, die ihm so eifrig lauschte, dass sie seine Worte praktisch aufsaugte. Unbehagen durchbohrte mich fast, was mich überraschte. Wäre er eine andere Art Mann, hätte ich das für Eifersucht gehalten. Aber es gab Dinge an Rafe, die ihn zu einem sehr unpassenden Partner machten, wie zum Beispiel diese Ganze Sache mit dem Untotsein. Dennoch, er war nun mal ein überaus attraktiver Mann. Und sie sah das offenkundig genauso.

Ich überließ ihn seinem Gespräch und spazierte durch den Raum, wobei ich mir die kurze Unterhaltung mit Charles Beach durch den Kopf gehen ließ. Ich fragte mich, ob ich sein Angebot annehmen würde. Rafe würde mir sicher dabei helfen, ein paar unverfängliche Fragen zusammenzustellen und dann, wenn ich tatsächlich ein Gespräch unter vier Augen mit Dominic Sanderson hätte, könnte ich ihm die Fragen stellen, deren Antworten mich wirklich interessierten.

„Oh, hallo. Wie überraschend, dich hier zu treffen." Ich blickte auf und sah Ian Chisholm mit einem Lächeln im Gesicht auf mich zukommen. Ich erwiderte das Lächeln. „Du hast einen freien Abend. Glückwunsch."

„Ich war fest entschlossen herzukommen. Hab die Karte schon vor Monaten gekauft. Was machst du denn hier? Du bist nicht plötzlich zu einem Sanderson-Fan geworden, oder?"

„Nein, Rafe Crosyer hatte zwei Karten. Er hat mich eingeladen. Aber ich habe gerade gedacht, dass ich die Chroniken lesen sollte. Ich war noch nie eine Fantasy-Leserin, aber sie hören sich faszinierend an."

„Das sind sie. Ich glaube, sie werden dir gefallen."

„Hattest du Gelegenheit, mit Dominic Sanderson zu plaudern?", fragte ich ihn.

Er schaute sich im Saal um. „Keine Chance. Ich drückte mich ein paar Minuten am Rand der Menge herum, die ihn umgibt, aber er hat eine leise Stimme. Ich konnte nicht wirklich verstehen, was er sagte. Also gab ich am Ende auf. Vielleicht habe ich später einen Augenblick Zeit ihm zu sagen, wie viel mir seine Bücher bedeutet haben. Wenigsten habe ich ihn dazu bekommen, die Neuausgabe zu signieren. Das war immerhin etwas."

Ich sah mich um, und als ich sicher war, dass niemand in Hörweite war, fragte ich: „Hast du Gemmas Vater erreichen können?"

Er kratzte sich am Kopf. Und ich dachte, er wäre enttäuscht, über Polizeiarbeit zu sprechen, wenn er doch seinen freien Abend in Gesellschaft genoss. „Der Vater scheint eine Art Einsiedler zu sein. Er hat kein Telefon. Keine E-Mail. Die Polizei vor Ort hat ihn, glaube ich, gestern Morgen besucht und ihn über seine Tochter informiert." Er schaute, als ob er noch mehr sagen wollte, hielt sich dann jedoch selbst zurück. Ich vermutete, er hatte bereits von dem Brand erfahren.

„Hast du schon die Neuigkeiten erfahren?"

Vielleicht wollte er mir von dem Brand erzählen, allerdings klang er so, als hätte er gute Nachrichten. Ich schüttelte meinen Kopf. Er sagte: „Gemma hat die Hand ihrer Großmutter gedrückt."

Ich wusste sehr gut, dass die Hand, die sie gedrückt hatte, nicht die ihrer Großmutter gewesen war. Dennoch schien das eine sehr aufregende Entwicklung. Ich fühlte ein Lächeln erblühen. „Wann ist das passiert? Das sind gute Nachrichten, nicht wahr? Was hat der Arzt gesagt?"

Er hob eine Hand und lachte. „Wow. Es ist heute am früheren Abend passiert. Ich habe meine Nachrichten zwischen dem Vortrag und dem Gang hier herüber gecheckt. Da habe ich es erfahren. Die Ärzte halten es auf jeden Fall für ein gutes Zeichen. Aber darüber hinaus wollen sie sich nicht weiter festlegen."

Ich beschloss, das sei ein hervorragendes Zeichen. Er blickte hinter mich und sagte dann: „Nun, lass mich wissen, wie es dir mit den Büchern ergeht. Wenn du fertig mit ihnen bist, können wir uns vielleicht darüber unterhalten." Er beugte sich zu mir vor und sagte mit leiser Stimme: „Die Menge um Sanderson scheint sich etwas gelichtet haben. Ich denke, ich mache noch einen Versuch."

Ich wünschte ihm Glück und er ging. Beinahe im selben Augenblick trat Rafe an meine Seite. „Detective Inspector Chisholm scheint ein ganz schöner Fan zu sein."

Ich warf ihm einen strengen Blick zu, denn für mich hörte es sich an, als sei nicht Dominic Sanderson das Objekt von Ians Interesse, auf das er hier anspielte. Er hatte gut reden, wo die ernste junge Frau ihn geradezu vollgesabbert hatte.

„Wie war deine Unterhaltung mit dem Agenten?"

„Sehr interessant." Ich zeigte ihm die Visitenkarte. Und dann gab ich die Unterhaltung so genau wieder, wie ich konnte.

Rafe rollte mit den Augen. „Also hat er von deinen Fragen abgelenkt und darauf bestanden, dass du erst dann Unterstützung für deine Dissertation erhältst, wenn deine Recherche eine für seinen Klienten schmeichelhaftere Richtung einschlägt."

„Ganz genau. Aber das Interessante an der Sache ist: Obwohl der Skandal vierzig Jahre zurückliegt, hat er sich sofort an den Namen erinnert."

„Der Name ist noch ganz frisch in seinem Gedächtnis."

„Dominic Sanderson hat heute sehr viel mehr Geld und Einfluss als damals in seinen Zwanzigern." Ich blickte hinüber zu dem Autor, der immer noch von eifrig plaudernden Fans umringt war. „Vielleicht hat Martin Hodgins nicht nur seiner Tochter einen Teil des Manuskriptes geschickt. Vielleicht hat er darüber hinaus auch einen Teil davon Dominic Sanderson geschickt."

„Und Sanderson beschloss, seinen alten Freund ein für allemal loszuwerden."

Ich konnte mir die Szene gut vorstellen. „Es wäre so einfach. Er ruft seinen alten Freund an. Sagt, Hodge, alter Freund, ich habe dein Manuskript erhalten. Lass uns das Kriegsbeil begraben. Ich komme einfach bei dir vorbei und wir reden darüber. Trinken auf die alten Zeiten. Vielleicht möchte ich weder meinen Ruf noch meinen Namen auf diesem Buch verlieren, aber ich bin gerne bereit, deinen Ruhestand mit einer beträchtlichen finanziellen Zuwendung zu unterstützen."

Rafe nickte. Er beobachtete ebenfalls Sanderson, der sich ganz selbstverständlich von seinen Fans bewundern ließ. „Also besucht er seinen alten Freund. Vermutlich nimmt er eine Flasche Scotch mit oder was immer er derzeit am liebsten trinkt. Er trinkt einige höfliche Schlucke mit und nötigt Martin Hodgins, mehr und mehr zu trinken."

Ich spann den Faden weiter. Vor meinem geistigen Auge lief es wie ein Film ab. „Womöglich *war* Sanderson bereit zu zahlen. Aber Hodgins will kein Geld. Nicht mehr. Vermutlich ging es ihm nie darum. Alle sagen, dass diese Bücher so voller Leidenschaft sind. Sie sind sein Lebenswerk. Seine größte Leistung. Er will die Anerkennung. Er will seinen Namen auf diesen Büchern sehen. Sanderson kann das nicht zulassen. Also sorgt er dafür, dass Martin Hodgins so betrunken ist, dass er das Bewusstsein verliert." Ich blickte zu Rafe. „Und was dann? Zündet er eine Zigarette an und legt das Feuer? Wie hätte er sicher sein können, dass das reicht, um den Mann zu töten?"

„Wahrscheinlicher ist, dass er sicherstellte, dass dieser tot war, bevor das Feuer ausbrach." Er schüttelte den Kopf. „Vielleicht hat er ihn mit einem Kissen erstickt? Wenn er klug war, hat er dafür gesorgt, dass Hodgins ein paar Atemzüge lang Rauch einatmete, so dass dieser bei der Obduktion in der Lunge festgestellt würde. Das ist ein kaltblütiger, aber ziemlich brillanter Weg, um einen Widersacher loszuwerden. Niemand würde je wissen, dass er einen Mord beging."

Ich trank einen Schluck Wein in der Hoffnung, dass dies das Kratzen in meiner Kehle beseitigen würde. Nur über das Einatmen von Rauch und Erstickung nachzudenken, sorgte dafür, dass meine Kehle schmerzte. „Stell dir vor, du müsstest damit dein Leben lang leben. Erst weißt du, dass dein ganzer Ruhm auf einer Lüge beruht. Und dann nimmst du das Leben eines früheren Freundes, um diese Lüge aufrechtzuerhalten." Ich schüttelte meinen Kopf. „Wie kann ein Mensch nach so einer Tat noch mit sich selbst leben?"

Rafe und ich beobachteten weiterhin den Autor, wie er Hände schüttelte und lachte, und Bücher signierte, die man ihm unter die Nase hielt. Rafe sagte: „Er sieht nicht so aus, als fiele es ihm schwer, mit sich selbst zu leben. Vermutlich hat er eine eigene Fiktion rund um seinen Erfolg gesponnen. Hat sich selbst eingeredet, dass diese Romane zur Hälfte ohnehin sein Werk waren, weil er doch so oft mit Martin Hodgins über sie gesprochen hatte. Und, wenn Martin vernünftig gewesen wäre, hätten sie beide ein Arrangement treffen können. Vermutlich hat in seiner Vorstellung Martin den eigenen Tod selbst verschuldet, weil er sich stur stellte."

Ich konnte den Autor nicht einmal mehr anschauen. „Ich nehme an, du hast mehr Erfahrung mit bösen Menschen als ich."

Er nickte grimmig. „Nach sechs Jahrhunderten mit der Menschheit ist das ohne jeden Zweifel wahr."

Ich setzte mein eigenes Glas ab. „Nun, selbst kostenloser Wein und mit Lords und Ladys herumzuhängen reicht nicht aus, mich auch nur eine Minute länger hier verweilen zu lassen."

Wir gingen hinaus in die kalte Nachtluft. Rafe wandte sich zu mir. „Und? Kann ich dich auf ein Glas Wein einladen, das, wie ich dir versichern kann, von besserer Qualität sein wird?"

Ich musste lachen. „Warst du schon immer so ein Snob?"

„Ich würde sagen, das Leben ist zu kurz, um schlechten Wein zu trinken. Aber das trifft in meinem Fall eindeutig nicht zu."

Ich war geschockt. „Rafe Crosyer, hast du gerade einen Witz gemacht?"

Er blickte hochnäsig auf mich herab. „Ich bin nicht gänzlich unbeleckt vom Humor."

Ich ließ das so stehen. „Was ich wirklich will, ist zurück nach Hause zu gehen und herauszufinden, wie Clara und Mabel bei Gemma heute vorangekommen sind. Ian hat mir erzählt, dass Gemma die Hand von derjenigen, die vorgegeben hat, ihre Großmutter zu sein, gedrückt hat." Ich sah ihn unsicher an. „Das sind gute Nachrichten, nicht wahr?"

„Ich bin kein Arzt, aber das würde ich annehmen."

KAPITEL 15

Wir kehrten in meine Wohnung zurück und fanden den Strickclub wie üblich in rasantem Tempo bei der Arbeit. Ich bemerkte, dass Christopher Weaver mit jedem Mal, wenn er dabei war, die Latte ein wenig höher legte. Inzwischen hatte er begonnen, Stickereien in seine Strümpfe einzuarbeiten. Die Stickereien zeigten exquisite Szenerien, die schon für sich genommen Kunstwerke waren. Natürlich stickten die Vampire nun mit demselben hohen Tempo, mit dem sie strickten.

Nyx hatte entdeckt, dass die Weihnachtsstrümpfe genau die richtige Größe für sie hatten. Irgendwie war sie in einen von ihnen hineingekrochen und schlief friedlich, ihren schwarzen Kopf und eine Pfote aus dem oberen Ende des Strumpfes gestreckt, der mit weiteren Strümpfen auf dem Tisch lag. Sie sah aus wie das entzückendste Weihnachtsgeschenk der Welt.

Nachdem ich die Arbeit eines jeden bewundert hatte, was leichtfiel, denn all ihre Werke waren unglaublich, fragte ich

Clara, die ebenfalls anwesend war, wie es im Krankenhaus gewesen war.

Das Lächeln ließ ihr liebes Gesicht ganz und gar erstrahlen. „Sie hat meine Hand gedrückt." Sie blickte in die Runde. „Das ist wahr. Ich wollte nichts sagen, bevor Lucy hier ist, aber die liebe, süße Gemma hat heute meine Hand gedrückt."

„Aber du bist nicht einmal ihre echte Großmutter."

„Und ich gebe auch gar nicht vor, diese zu sein. Wir haben dem medizinischen Personal ein wenig Porky Pie verkauft, damit wir deiner Freundin helfen können, aber ich würde nie so tief sinken, dass ich eine junge Frau anlüge, die im Koma liegt. Das wäre einfach nicht richtig."

„Was hat denn Schweinefleischpastete, also Pork Pie, damit zu tun, ich dachte Gemma wird im Koma intravenös ernährt", wollte ich überaus verwirrt wissen.

Theodore lachte leise. „Porky Pie reimt sich auf Lie, also Lüge, und ist gereimter Cockney Slang."

Manchmal konnte ich tatsächlich verstehen, wie verwirrt sich Meri durch die Bräuche einer völlig fremden Gesellschaft fühlte. Porky Pies. Im Ernst. „Also, wie kam es dazu, dass sie deine Hand gedrückt hat?"

„Ich habe viel von dir gesprochen, Lucy, weil ihr beide Freundinnen seid. Ich erzählte ihr davon, dass du strickst und wie du immer besser darin wirst." Sie tätschelte meine Hand. „Und das tust du, weißt du. Eines Tages wirst du so geübt mit den Stricknadeln umgehen wie deine Großmutter."

Solange ich keine Untote würde und damit Hunderte von Jahren Zeit zum Üben hätte, bezweifelte ich sehr stark, dass das passieren würde. Und da ich nicht vorhatte, mich in einen Vampir zu verwandeln, würde ich mich damit abfinden müssen, dass ich mit den Stricknadeln eine absolute Null war. Aber das sagte ich natürlich nicht. Ich sagte vielmehr: „Erinnerst du dich an den genauen Wortlaut?"

Sie hielt beim Stricken inne und schaute zur Decke. „Ich denke, ich sagte, Lucy strickt schon so viel besser. Und wenn sie dich das nächste Mal besucht, werde ich sie ermuntern, ihr Strickzeug mitzubringen. Es ist sehr beruhigend, Strickzeug dabei zu haben, wenn man viele Stunden im Krankenhaus verbringt." Sie schüttelte ihren Kopf. „Wenn Mabel hier wäre, könnte sie es vermutlich Wort für Wort wiederholen, aber das war das Wesentliche. Ich habe einfach nur geredet."

Hatte Gemma rein zufällig beschlossen, Claras Hand zu drücken? Oder versuchte sie mir von dem dunklen Ort, an dem sie sich derzeit befand, eine Nachricht zu schicken? Vielleicht wollte sie mich warnen, sie nicht zu besuchen. Weil sie dachte, sie wäre immer noch in Gefahr.

„Und Mabel ist jetzt dort?"

„Aber ja. Wir lassen sie nicht alleine. Es ist stets einer von uns dort." Sie zögerte. „Alfred hat uns von dem Brand erzählt. Arme Gemma. Fast fürchte ich ihr Erwachen, wo ich nun weiß, dass sie dann erfahren wird, sie hat ihren zweiten Elternteil verloren. Das erinnert mich an den ‚Blitz', weißt du. Im Krieg haben alle Menschen verloren, die sie liebten. Das war schrecklich."

Das hier war allerdings kein Krieg, das war Mord. Ich wollte ins Krankenhaus eilen und die ganze Nacht bei Gemma wachen, aber ich wusste, das war dumm. Mabel war es gewohnt, die ganze Nacht aufzubleiben. Das entsprach ihrem natürlichen Schlaf-Wach-Rhythmus. Ich würde niemandem etwas nützen, wenn ich mich selbst vom Schlafen abhielt. Ich war bereits jetzt erschöpft.

„Ich werde morgen hingehen und sie besuchen."

„Du wirst vorsichtig sein, nicht wahr? Da draußen läuft jemand sehr Gefährliches herum. Gemma hat nicht selbst dafür gesorgt, dass sie nun im Koma liegt."

Nein, das hatte sie nicht getan. Die Frage war, wer war es gewesen? Und wie würden wir den Schuldigen erwischen?

ICH SCHLIEF TIEF UND GUT. Zu wissen, dass unten ein ganzes Nest Vampire war, gab mir irgendwie ein Gefühl von Sicherheit. Rafe hatte sich angewöhnt, bei ihnen zu bleiben, und zu wissen, er wäre die ganze Nacht dort, erhöhte mein Sicherheitsgefühl noch mehr.

Am Morgen gingen Meri und ich gemeinsam hinunter in den Laden. Ich musste eine weitere gewaltige Wollbestellung aufgeben, um mit der Weihnachtsstrumpffabrik mitzuhalten. Da der Weihnachtsmarkt nur noch eine Woche andauern würde, erwarteten wir noch größere Menschenmengen.

Außerdem gab es Extraarbeit im Cardinal Woolsey's. Ich war froh, zwei Verkäuferinnen vorn im Laden zu haben, weil mir das die Zeit gab, Paketsendungen fertig zu machen.

Ich arbeitete hinten, packte Bestellungen für den Versand ein, von denen einige Weihnachtsgeschenke waren, bei denen ich sicherstellen wollte, dass sie auf jeden Fall rechtzeitig eintrafen. Es war eine friedvolle Beschäftigung, die es meinen Gedanken erlaubte, umherzuschweifen. Nicht, dass es sich um sonderlich glückliche Gedanken gehandelt hätte, die da in meinem Kopf herumgaloppierten. Ich dachte über Gemma und ihren armen Vater nach, und über Dominic Sanderson und Darren, den Stalker.

Ich hasste den Gedanken, dass Gemmas Angreifer, der zugleich der mutmaßliche Mörder ihres Vaters war, irgendwo da draußen war. Solange er nicht gefasst war, wäre Gemma nie wirklich sicher. Aber wie sollten wir das anstellen?

In der Zwischenzeit kündigte die fröhliche Ladenglocke immer wieder neue Kunden im Geschäft an. Meri und Violet schienen sich gemeinsam sehr gut um die Kunden kümmern zu können. Es war angenehm, hier hinten in Ruhe allein vor mich hinzuarbeiten und dabei das freundliche Plaudern und das überaus befriedigende Geräusch der Ladenkasse, die einen weiteren Kauf beklingelte, zu hören.

Ich war der Antwort auf die Frage, wie man Gemmas Angreifer eine Falle stellen könnte, noch keinen Schritt nähergekommen, als ich vorn eine Stimme hörte, von der ich dachte, sie sei Ians. Ich hielt mitten im Zukleben meines aktuellen Pakets inne, als ich ihn fragen hörte: „Ist Lucy da?"

Ich fühlte mich ein wenig geschmeichelt. Violet sagte mit ihrer klaren Stimme: „Lucy? Hier ist jemand für dich."

Ich rief laut: „Komm nach hinten durch."

Ian zog den Vorhang beiseite und trat in mein Hinterzimmer. Jeglicher Gedanke daran, dass er zu einem Freundschaftsbesuch gekommen sei, verschwand schlagartig beim Anblick seines Gesichtsausdrucks. Donnerwettergrollend war das Wort, das diesen am treffendsten beschrieb.

Ich hob meine Augenbrauen. „Ian. Was führt dich her?"

„Ich weiß nicht, wo ich anfangen soll." Er lief rasch auf und ab. Es war kein sehr großer Raum, also brauchte er dafür nicht lang. „In Gemma Hodgins Hotelzimmer wurde eingebrochen."

Meine Augen weiteten sich. „Was?"

Er drohte mir mit erhobenem Zeigefinger. „Spiel bloß

nicht das Unschuldslamm, Lucy Swift. Wir haben uns die
Bilder der Überwachungskameras angesehen. Was hast du
da gemacht? Und versuch mir nicht einzureden, dass du sie
besucht hättest, denn als du dort aufgenommen wurdest, lag
sie bereits im Krankenhaus."

Seine Wut befeuerte meine. „Beschuldigst du mich, in ihr
Zimmer eingebrochen zu sein?" Ich dachte, Angriff sei meine
beste Verteidigung. Ich war nicht wirklich in ihr Zimmer
eingebrochen, ich hatte mir mit Magie Zutritt verschafft. Das
war etwas anderes. Und ich hatte ganz sicher nichts zerstört.
Es war unmöglich, dass Rafes und mein Besuch die Polizei
dazu veranlasst hatte, einen Einbruch zu vermuten. Das gab
mir die Gewissheit, dass jemand anderes eingebrochen war.

Er schaute, als wisse er nicht, was er glauben soll. „Spiel
keine Spielchen mit mir. Was hast du dort getan?"

Meine Gedanken rasten. Ich war mir sicher, auf den
Hotelfluren hatte es keine Kameras gegeben. Sie konnten nur
draußen und in der Lobby gewesen sein. Also konnte ich
höchstens dabei gefilmt worden sein, als ich reingegangen
war und vielleicht auch, als ich mit dem Päckchen rausge-
gangen war, obwohl, wenn ich so darüber nachdachte, waren
Rafe und ich ja durch den Hintereingang hinausgegangen.
Ich sagte: „Ich hatte ihr ein Päckchen schicken lassen. Es war
einer unserer Weihnachtsstrümpfe. Ich hatte mir gedacht, es
würde ihr Zimmer etwas freundlicher machen. Aber als sie
dann ins Krankenhaus kam, schien es mir dumm und depri-
mierend, dass sie bei ihrer Rückkehr von Weihnachtsdekora-
tionen erwartet würde. Also habe ich es wieder abgeholt."

Er nahm mich mit seinem Blick scharf ins Visier. „Und
das war alles, was du getan hast?"

Ich stemmte meine Hände in die Hüften. Ich hielt noch

immer den Spender mit der Klebebandrolle in der Hand, also verpasste ich mir selbst einen heftigen Schlag. „Wessen genau beschuldigst du mich?"

„Jemand hat ihr Zimmer auf den Kopf gestellt. Man hat offensichtlich nach etwas gesucht. Weißt du, worum es dabei gegangen sein könnte?"

„Nein." Ich trat einen Schritt vor und schaute ihm direkt ins Gesicht. „Weißt du, warum sie jemand ermorden wollte?" Das schien mir die weit wichtigere Frage.

Sein Gesicht wurde rot. „Das ist genau das, was ich herauszufinden versuche." Er betonte jedes einzelne Wort überdeutlich.

Er lief ein weiteres Mal in meinem Hinterzimmer hin und her. „Das Haus von Gemmas Vater brannte vorgestern bis auf die Grundmauern nieder. Ich nehme an, darüber weißt du auch nichts?"

„Warum sollte ich?"

Er wandte sich zu mir. „Weil ein uniformierter Beamter vor Ort sagte, ein schwarzer Tesla mit einem Mann und einer Frau sei dort vorgefahren. Sie sagten, sie wären gekommen, um den Bewohner des Hauses zu besuchen, das soeben bis auf die Grundmauern niedergebrannt war. Er beschrieb die Personen in dem Auto. Die eine hörte sich sehr nach dir an. Und die andere klang nach einem gewissen Experten für antiquarische Bücher, der einen schwarzen Tesla besitzt."

Erwischt.

Ich legte das Klebeband neben den Stapel ordentlich gepackter Päckchen auf den Tisch. „Okay. Ich habe Rafe gebeten, mich zum Haus von Gemmas Vater zu fahren. Ich wollte ihn ermuntern, sie zu besuchen. Wir wollten ihm anbieten, mit uns nach Oxford zu fahren."

„Weißt du, dass sie eine Leiche gefunden haben?"

Ich schloss meine Augen. Aber als sei es ein Film, der auf die Rückseite meiner Augenlider projiziert wurde, sah ich den traurigen Überrest auf der Transportliege, wie sie ihn heraus- und dann in den Rettungswagen hineinschoben. Ich nickte.

„Was ist nur mit dir los, Lucy?" Die Worte platzten förmlich aus ihm heraus. „Wo immer du hingehst, folgt das Unglück."

„Das ist so unfair. Als ich dort ankam, war das Haus bereits abgebrannt. Ich hatte nichts damit zu tun."

„Was weißt du? Was erzählst du mir nicht?"

Ich war genauso verärgert und frustriert wie er. „Ich habe versucht, dir von Darren, dem Ex-Freund zu erzählen, und es hat dich nicht interessiert. Wusstest du, dass Darren in der Nacht vor dem Brand die Stadt auf seinem Motorrad verließ?"

Sein Gesichtsausdruck verriet mir, dass er das nicht wusste. Weil sie offensichtlich Darren nicht überwacht hatten. Er kniff die Augen zusammen. „Sprich weiter."

„Wusstest du, dass Gemmas Vater und Dominic Sanderson auf dem College waren? Hier in Oxford. Gemmas Vater hat behauptet, er sei der wahre Autor der Chroniken von Pangnirtung."

Ihm dämmerte etwas, das zeigte der Ausdruck in seinen grünen Augen. „Hodgins." Er nickte. „Martin Hodgins. Deshalb kam mir der Name vage bekannt vor. Ich habe irgendwo etwas über den Skandal gelesen. Also ist Gemma Hodgins seine Tochter." Er sah mich fragend an. „Du glaubst nicht wirklich, dass Martin Hodgins der wahre Autor ist, oder? Er hat sich seinerzeit komplett diskreditiert.

In dem Wikipedia-Eintrag ist er eine Fußnote. Oder ein Witz."

„Was, wenn es kein Witz ist?"

Er schüttelte seinen Kopf. „Hast du irgendeinen Beweis dafür?"

Ich konnte ihm nichts von dem Manuskript erzählen, dass wir aus ihrem Hotelzimmer befreit hatten. „Nein, ich habe keinen Beweis. Aber es ist interessant, findest du nicht? Dass Gemmas Angriff und der Mord an ihrem Vater innerhalb von nur einer Woche geschahen?"

„Die Identität der Leiche ist noch nicht bestätigt."

Ich machte ein unhöfliches Geräusch. „Wer sollte es denn sonst sein?"

„In Ordnung. Wahrscheinlich ist es Martin Hodgins. Aber anders als du laufe ich nicht herum und stelle in Windeseile Vermutungen an." Er deutete mit dem Finger auf mich. „Beweismittel und Indizien sind mein Metier."

Magie und Chaos sind mein Metier.

„Deshalb warst du gestern Abend dort, nicht wahr? Wegen deiner wilden Verdächtigungen. Ich nehme an, Gemma hat dir die Idee in den Kopf gesetzt, dass ihr Vater der wahre Autor der Chroniken von Pangnirtung ist."

„In der Tat, das hat sie getan. Natürlich, denn sie ist eine liebende Tochter. Aber was, wenn sie recht hat?" Jetzt war es an mir, mit meinem Finger in Richtung seines Gesichts zu wedeln. „Ich denke, ein Mann, der so viel zu verlieren hätte wie Dominic Sanderson, könnte sehr weit gehen, um seinen Ruhm, seinen Reichtum und seinen Ruf zu schützen. Was denkst du?"

„Ich denke, du solltest die Polizeiarbeit den Profis überlassen." Er schaut auf die Pakete, die ich einpackte. „Und beim Stricken bleiben."

Bevor mir eine angemessen vernichtende Replik einfiel, stapfte er aus meinem Hinterzimmer. Eine Minute später hörte ich die Ladenglocke bimmeln, als er durch die Vordertür hinausging. Sie klang nicht länger fröhlich.

KAPITEL 16

*I*ch war zu verärgert, um weiter Pakete zu packen. Ich beschloss, mir die Beine zu vertreten und die Pakete, die ich bereits fertiggemacht hatte, zur Post zu tragen. Zuvor nahm ich mir ein paar Minuten und lief auf und ab, bis das Kribbeln in meinen Fingerspitzen abgeebbt war. Das Letzte, was ich jetzt brauchte, war, dass all die Pakete auf meinem Arm auf dem Weg in der Harrington Street oder, schlimmer noch, auf der hektischen Cornmarket Street dank spontaner Selbstentzündung in Flammen aufgingen.

Als ich mich wieder so weit unter Kontrolle hatte, dass ich die Hände voller Pakete zur Vordertür hinausgehen konnte, starrten mich Meri und Violet beide mit großen Augen an. Violet sagte: „Ich wusste gar nicht, dass du so aufbrausend sein kannst."

„Aber natürlich weißt du das. Ich weiß ganz genau, wie wütend ich auf dich war, als wir uns das erste Mal begegneten."

Sie nickte bestätigend mit dem Kopf. „Das stimmt. Ich

wusste nicht, dass du so aufbrausend sein kannst, wenn es um den attraktiven Inspektor geht."

„Ha. Wenn du ihn für so attraktiv hältst, warum nimmst du ihn mir dann nicht ab?"

Sie warf ihr Haar zurück und der pinkfarbene Streifen, den sie vorn in ihr schwarzes Haar gefärbt hatte, schüttelte sich wie Geschenkband an einem Geburtstagspäckchen. „Das würde ich ja, aber er scheint nur für dich Augen zu haben."

Aus irgendeinem Grund verärgerte mich das noch mehr. Ich schnappte mir die größte Tragetasche, die ich finden konnte, und stopfte die Pakete hinein. „Ich gehe zur Post und danach mache ich vielleicht einen langen Spaziergang. Wenn mich irgendwer braucht, erreicht ihr mich auf dem Handy."

Der flotte Gang zur Post half mir, wieder einen klaren Kopf zu bekommen und die Verärgerung abzuschütteln. Ich erhielt Ausdrucke mit den Trackingnummern, damit ich sichergehen konnte, dass die Pakete auch dort ankamen, wo sie hinsollten. Es war wirklich befriedigend, all diese Pakete an Leute überall da draußen in der Welt zu schicken, die sich auf mein Wollgeschäft verließen.

Ich hatte es nicht eilig zurückzukehren. Violet und Meri waren eindeutig ohne mich in der Lage, den Laden zu führen. Ich ging hoch zu den University Parks, die ein guter Ort zum Nachdenken waren. Selbst bei kaltem Wetter waren hier überraschend viele Jogger und Menschen, die Hunde ausführten und Kinderwagen schoben, sowie händchenhaltende Studenten. Ich brütete über dem, was Ian gesagt hatte. Jemand war in Gemmas Zimmer eingebrochen. Sie besaß keine Wertsachen. Nicht einen Moment glaubte ich, dass jemand so leidenschaftlich vernarrt in ihre Seifen und Badebomben sein könnte, dass er einbrechen würde, um diese umsonst zu kriegen. Die einzige Sache, die es wert war, gestohlen zu werden, war dieses Manuskript.

Aber zog ich nicht wieder voreilige Schlüsse? Nur weil Rafe und ich das Manuskript als etwas Wertvolles betrachteten, musste das nicht heißen, dass es dem Einbrecher genauso ging. Konnte es Darren gewesen sein? War er in seiner Wut in Gemmas Zimmer eingebrochen?

Jetzt wünschte ich, anstatt Ian meinerseits anzuschreien, hätte ich versucht, etwas mehr darüber herauszufinden, was tatsächlich in ihrem Hotelzimmer passiert war. Der verrückte Ex hätte sich anders verhalten als jemand, der einen verborgenen Schatz suchte, bei dem es sich in diesem Fall um den Teil eines Manuskriptes handelte.

Also, wer war in ihrem Zimmer gewesen und warum?

Als ich an einem jungen Paar vorbeiging, das eng umschlungen auf einer Parkbank den kalten Tag in einen heißen verwandelte, beschloss ich, das herauszufinden.

Ich ging am Ufer des Flusses Cherwell entlang. Für Punter war es zu kalt. Sie fuhren nur bei wärmeren Wetter mit ihren flachen Booten den Fluss hinauf und hinab. Selbst für Enten und Gänse war es beinahe zu kalt. Sie kuschelten sich aneinander und blickten, als wünschten sie, sie wären in den Süden geflogen, als sie die Chance hatten. Ich machte ihnen keinen Vorwurf. Immerhin hatte ich einen wärmeren Ort und so entschloss ich mich, zurückzugehen. Ein Mann in winzigen Shorts und einem Unterhemd joggte an mir vorbei, wobei er seine dünnen, weißen Arme vor und zurückschwang. Ihm lief der Schweiß in Strömen, und ich badete mich für einen Moment in der Wolke aus Wärme, die er vorbeilaufend hinterließ.

Ich ging durch das Tor und betätigte die Taste an der Fußgängerampel. Es gab nicht viel Verkehr, aber angesichts der Rechts-Links-Sache, zögerte ich, bei Rot über die Straße zugehen. Ich wartete geduldig, in Gedanken weit weg, als das Grollen eines Motorrades, das ich vage wahrnahm, lauter wurde. Ich blickte nach links und sah mit Schrecken ein Motorrad auf mich Kurs nehmen.

Es kam direkt auf mich zu. Ich sprang zurück und die Räder kamen die Vertiefung hinauf, wo sich der Bürgersteig zur Straße hin absenkte. Ich schrie auf und warf mich nach hinten, stolperte und landete hart auf meinem Hintern. Ich schob mich am Boden rückwärts, und er verpasste meine Zehen nur um Zentimeter. Dann heulte der Motor auf, als er sich dröhnend entfernte, aber nicht um fortzurasen, sondern um das Motorrad zu wenden und erneut auf mich zuzuhalten. Kies und schmutziges Wasser regneten auf mich herab, und als das Motorrad wendete, sah ich den grünen Aufkleber einer Rakete. Die Worte ‚Fuel Rocket' waren mit Edding ergänzt worden, sodass dort Babe Magnet zu lesen war. Ich dachte nicht, dass viele Menschen ihre eigenen Aufkleber mutwillig auf diese Weise zerstörten. Es war Darren.

Eine Sekunde lang saß ich wie versteinert auf dem kalten Boden und suchte verzweifelt nach dem richtigen Zauberspruch. Mich selbst verschwinden lassen? Ihn verschwinden lassen? Schutzzauber. Schutzzauber. *Denk nach!*

Das Motorrad wendete und raste auf mich zu. Der schwarze Helm wirkte dank des heruntergeklappten Visiers besonders unheimlich. Meine Worte stolperten und meine Stimme zitterte, aber die Worte tauchten in meinem Kopf auf, als hätte ein anderer sie dorthin gesandt. Ich schwöre, es roch nach Thunfisch, der mich an Nyx erinnerte und daran, wie sehr ich mir wünschte, meine Vertraute wäre bei mir.

Die Worte ergaben für mich nicht allzu viel Sinn. Ich entschied in diesem Augenblick, sollte ich das hier überleben, würde ich Latein lernen. Ich erkannte das Wort *vitreus*, von dem ich annahm, es bedeutete Glas. Und ich dachte, *protego* müsste schützen bedeuten. Den Rest las ich einfach nur laut vor, ohne dass ich die geringste Ahnung von der Bedeutung hatte. Ich glaube an Magie, allerdings nicht immer an mein eigenes Talent im Umgang damit. Nach allem, was ich wusste, hätte es auch sein können, dass ich gerade das Fenster von irgendwem repariert hatte. Ich rappelte mich hoch und fing an zu laufen. Ich ließ die Tragetasche mit den Trackingnummern fallen, aber darüber konnte ich mir jetzt nicht auch noch Gedanken machen.

Während ich lief, hörte ich den Motor, der dröhnend näher kam, und dann das befriedigendste Geräusch überhaupt. Als ob ein Stein eine Windschutzscheibe trifft.

Peng.

Ich drehte mich um und sah über meine Schulter hinweg Motorrad und Fahrer zu Boden gehen. Aber ich war nicht so dumm, mich dem psychopathischen Mörder zu nähern. Ich rannte weiter.

Als ich sicher war, dass er mir nicht folgte, duckte ich mich hinter der Mauer eines Apartmentkomplexes aus rotem Backstein, zog mit zitternden Händen mein Handy hervor und wählte Ians Nummer.

„Detective Inspector Chisholm", sagte er, als wüsste er nicht ganz genau, wer anrief.

„Ich möchte einen Überfall mit Fahrerflucht melden."

Meine Stimme klang viel zu hoch und weitaus zu hysterisch für meinen Geschmack. Ich schluckte. *Reiß dich zusammen.*

„Was?"

Dann begriff ich, dass ich gerade dabei war, mich lächerlich zu machen, also wandelte ich meine Anzeige um: „Einen versuchten Überfall mit Fahrerflucht."

„Lucy? Was ist passiert?"

Ich berichtete ihm kurz, bündig und genau, was passiert war. „Darren ist eine Gefahr und was für eine. Wie viele Beweise brauchst du noch, bevor du ihn verhaftest?"

„Ist er jetzt da?"

„Würde ich hier herumstehen und mit dir reden, wenn ein Mörder neben mir stünde? Nein! Ich bin ziemlich sicher gehört zu haben, wie er wegfuhr. Ich verstecke mich hinter der Mauer eines Apartmentkomplexes."

„Gut. Soll ich kommen und dich abholen?"

Nun, da ich nicht tot war und das Adrenalin nicht mehr mit der Wucht der Niagarafälle durch meine Adern rauschte, sondern nurmehr wie ein tropfender Wasserhahn, war ich ruhiger. Das Letzte, was ich wollte, war, dass die Polizei herbeieilte. „Nein. Ich gehe zurück in den Laden. Ich bin nicht verletzt." Allerdings war ich ziemlich sicher, mein Hintern und meine Hüfte würden von blauen Flecken übersät sein. Weh taten sie jetzt schon.

„Erzähl mir das Ganze noch einmal. Atme zuerst tief durch. Beruhige dich. Und dann sag mir ganz genau, was passiert ist."

Ich war so wütend, dass ich zitterte. Der Umschwung setzte ein. Ich wusste nicht, ob Darren mich tatsächlich hatte töten wollen, aber ich dachte, ohne den Zauberspruch wäre die Begegnung nicht gut für mich ausgegangen. Es war tatsächlich Magie gewesen, die die Worte in meinem Bewusstsein hatte auftauchen lassen, als hätte man einen Teleprompter in meinem Gehirn installiert.

Er murmelte etwas, bei dem ich den Eindruck hatte, es enthielte den einen oder anderen Fluch. „Ich werde ihn zum Verhör herholen lassen. Allerdings musst du ebenfalls herkommen und eine Aussage machen."

Warum musste immer das Opfer Extraarbeit leisten? Das schien so unfair. Aber ich wusste natürlich, dass er nur seinen Job machte, also stimmte ich zu. Ich war schlecht gelaunt zu meinem Spaziergang aufgebrochen, und als ich in den Laden humpelte, war meine Laune noch übler.

Als ich durch die Tür ging, schaute Violet besorgt auf. „Oh, Lucy, der Göttin sei Dank."

Die Vehemenz ihrer Worte überraschte mich, und dann stürzte sich Nyx förmlich in meine Arme und presste sich laut schnurrend an mich. Ich spürte ihren rasenden Herzschlag an meiner Handfläche. Ich barg mein Gesicht in ihrem Fell. „Es ist alles okay, Nyx. Es ist alles okay." Ich roch Thunfisch und erinnerte mich daran, dass ich diesen Thunfischatem wahrgenommen hatte, als genau der Zauberspruch, den ich benötigte, in meinem Kopf erschienen war. „Danke, Kumpel", flüsterte ich.

„Was ist denn nun passiert?", erhob Violet ihre Stimme. „Nyx hat sich wie ein Löwe im Käfig aufgeführt. Und damit meine ich genau wie ein Löwe im Käfig. Hin und her laufen, hin und her und herzzerreißend im Schaufenster miauen. Ich hatte Angst, sie rauszulassen, falls sie gerade eine Art Anfall hatte."

Ich sah mich um, aber in der Ecke stand nur ein einziger Kunde, gänzlich mit Meri ins Gespräch über ein Häkelmuster vertieft. Ich winkte Violet zu mir und erklärte ihr mit leiser Stimme, was geschehen war.

Wie Ian fragte sie: „Geht es dir gut?"

Ich nickte. „Ich denke schon. Als ich versuchte zu flüchten, bin ich auf dem Bürgersteig gestolpert. Ich habe mir die Hüfte geprellt. Nichts, was ein heißes Bad nicht wieder richten würde." Ich würde nur die Tasche mit den Trackingnummern nach hinten bringen. Dann begriff ich, dass die Tasche weg war. Sie musste mir beim Sturz von der Schulter gerutscht sein. Meinen kleinen Rucksack hatte ich noch, aber die Tragetasche musste dort auf dem Pflaster liegen, wo ich gestürzt war. Das sagte ich Violet, doch sie schüttelte den Kopf. „Du gehst nicht dorthin zurück. Ich fahre dich nachher hin. War etwas Wertvolles in der Tasche?"

„Nein. Aber wenn jemand seine Bestellung nicht bekommt, werde ich das Paket nicht nachverfolgen können."

„Lucy, es gibt wichtigere Dinge, um die du dich sorgen musst. Schau dich nur an." Violet griff nach meinen Händen, und mit einem *Brrp* krabbelte Nyx hinauf und legte sich mir über die Schulter, wo sie auf ihrem Bauch balancierte. Man würde uns beide nur mit Gewalt auseinanderbringen können. Ich wusste, dass Nyx mich gerettet hatte. Ich glaube, wir beide mussten einander gerade einfach nah sein.

Violet sagte: „Oh, deine hübschen Fäustlinge sind kaputt. Und du hast dir die Hände aufgeschürft."

Das war mir gar nicht aufgefallen, aber sie hatte recht. Die hellroten Fäustlinge waren zerrissen und meine Handflächen darunter zierten schmutzige Streifen und einige Kratzer bluteten. Violet sagte: „Meri? Lucy und ich gehen ein paar Minuten nach oben. Kommst du klar?"

Meri schaute leicht gequält, aber ein Blick genügte, und

ich sah, dass sie verstand, dass etwas Schlimmes passiert war. „Aber natürlich. Ich komme zurecht."

Meine Hüfte protestierte schmerzhaft, als wir die Treppe hinaufgingen, doch Violet hatte recht. Ich musste den Dreck von meinen Händen waschen, mich umziehen und vielleicht fand sich auch eine antibiotische Salbe im Badezimmer.

Da es mitten am Tag war, befanden sich in der Wohnung oben keine Vampire. Es wäre schön gewesen, von Granny umarmt und ein wenig bemuttert zu werden, aber abgesehen davon war ich erleichtert, keine weiteren Fragen beantworten zu müssen.

Violet führte mich ins Bad und bestand darauf, mir eigenhändig die Fäustlinge auszuziehen. „Sie sind hin", verkündete sie, „was für eine Schande."

Ein Paar ruinierter Fäustlinge war das geringste meiner Probleme. Sie badete meine Hände in Seifenwasser und tupfte sie anschließend trocken. Nyx machte ein angewidertes Geräusch, vermutlich, weil das alles so gar nicht magisch war, und Violet sagte: „Sei still, du freches Kätzchen." Zu mir sagte sie: „Man braucht nicht für alles Magie."

Was für ein Glück, wo doch meine magischen Fähigkeiten so dürftig waren, dass mir meine Katze Zaubersprüche auf telepathischem Weg schicken musste.

Violet half mir, mich auszuziehen, wobei Nyx von meiner Schulter entfernt werden musste. Sie sprang aufs Bett, setzte sich hin und starrte mich an, als vertraute sie mir nicht und wollte mich lieber im Blick behalten. Kluge Katze.

Als ich in meinen Bademantel gehüllt war und flauschige Hausschuhe an den Füßen hatte, brachte mich Violet in die Küche. Ich kam mir vor wie ein Kind, um das seine Mutter herumtut und macht, aber tatsächlich war ich froh, dass sich jemand um mich kümmerte. Ich war erschüttert, zerschlagen und fassungslos. Das kam davon, wenn man am helllichten Tag von einem verrückten Mörder verfolgt wurde.

Ich setzte mich sehr langsam hin und zuckte zusammen, als mein Hinterteil schmerzhaft die Sitzfläche des Stuhls berührte. Nyx wartet kaum mein Zucken ab, bevor sie auf meinen Schoß sprang. Es war mir egal, ob sie den Schmerz verschlimmerte, ich brauchte meine Vertraute jetzt. So, wie sie schnurrte, dachte ich, dass es ihr mit mir genauso ging.

Violet setzte den Teekessel auf und ich dachte amüsiert, wie überaus englisch das war. Ob gebrochenes Herz oder versuchter Mord, es gibt nichts, was eine Tasse Tee nicht heilen könnte. Ich sagte: „Der Tee ist in der Dose zu Queen Elizabeths Thronjubiläum auf dem Regalbrett dort." Ich deutete auf die leuchtend blaue Dose mit dem königlichen Wappen, als könnte sie diese tatsächlich übersehen.

„Du bekommst meinen Spezialtee." Und dann sah ich sie zu, wie sie an Omas Regale ging. Hinten in diesen bewahrte sie getrocknete Kräuter in Päckchen und einige Flaschen mit Flüssigkeiten auf, mit denen ich nichts anzufangen wusste. Violet dagegen wohl schon. Sie zog Tüten und Flaschen vor, murmelte und schüttelte ihren Kopf. „Wirklich, Lucy, du musst deine Vorratskammer aufstocken, vor allem mit frischeren Kräutern."

Ich hatte den Verdacht, dass sie nicht übers Kochen sprach, also hielt ich den Mund und sah zu. Sie tat etwas von den getrockneten Kräutern in eine Teekanne und fügte etwas hinzu, das wie ein alter Pilz aussah, das aber auch aus Zweigen oder Yakdung bestehen mochte. Sie schüttete kochendes Wasser darüber und wartete ein paar Minuten. Dann hob sie den Deckel an, inhalierte den Dampf, schüttelte den Kopf, und fügte noch etwas Yakdung hinzu. Nach einer weiteren Minute wiederholte sie das Prozedere aus Deckelanheben und Schnuppern, und nachdem sie nun zufrieden schien, fand sie ein Teesieb in der Besteckschublade und einen großen Porzellanbecher zur Erinnerung an die Geburt von Prince George. Sie goss das Gebräu, das wie normaler Tee aussah, jedoch wie abgestandenes Moorwasser roch, in den königlichen Becher.

Sie schob mir die übelaussehende Zubereitung hin und nickte. „Trink aus", sagte sie forsch.

„Du trinkst nichts?" Mir ging es nicht nur darum, dass geteiltes Leid halbes Leid war, ich war überdies nicht ganz sicher, ob ich meiner Hexencousine traute. Ich wäre glücklicher, wenn wir beide ihren stinkenden Tee tränken.

Sie hob die Augenbrauen. „Ich bin weder verwundet noch blute ich. Nun mach schon, es wird dir danach besser gehen."

Nyx hatte sich auf meinem Schoß zusammengerollt, und da sie weder fauchte noch spuckte, beschloss ich, dem Tee zu trauen. Ich nahm einen Schluck und fand all meine schlimmsten Befürchtungen bestätigt. Er schmeckte wie abgestandenes Moor, in das jemand hineingepinkelt hat. Ich verzog angeekelt das Gesicht. „Das ist widerlich."

Sie schüttelt den Kopf über mich. „Du stellst dich an wie ein Baby." Dann stand sie auf und nahm einen Topf mit Honig, der so alt war, dass die Flüssigkeit kristallisiert war. Sie deutet darauf und gab in einer Sprache, die ich nicht verstand, einen Befehl, und der feste Honig schmolz gehorsam zu einer wunderbaren, goldenen Flüssigkeit. Ich gab einen großen Löffel davon in meinen Becher und rührte um. Davon schmeckte das Gebräu nicht gut, aber ich konnte es immerhin herunterbringen, zumindest mit wiederholten Pausen zum Würgen und Stöhnen.

„Trink deinen Tee", beharrte sie, als ich innehielt, um nach Luft zu schnappen.

„Den Mist Tee zu nennen, ist eine Beleidigung für jedweden Tee auf der Welt."

„Du trödelst herum, Lucy. Trink es, solange es heiß ist."

Nachdem ich die Hälfte des Tees bewältigt hatte, bemerkte ich, dass meine Hüfte nicht mehr wehtat. Versuchsweise verlagerte ich das Gewicht, und zu meiner Überraschung waren all meine Schmerzen verschwunden.

Ich öffnete meine Hände und sah, dass die Blutung aufgehört hatte, obwohl die Haut noch immer aufgerissen war und schmerzte. Nyx hob ihren Kopf und leckte meine Handfläche. Ihre Sandpapierzunge schmerzte, aber als ich die Hand wegzog, sah ich, wie sich die Kratzer schlossen.

Ich bot ihr meine andere Handfläche, die sie gehorsam nach Katzenart küsste, bis sie wieder gut war.

Danach hörte ich auf mich zu beklagen und trank meinen Tee aus. Meine Hexengefährtinnen, sowohl die menschliche als auch die tierische, schauten zufrieden, als ich fertig war. Violet sagte: „Ich werde dir das Rezept dafür dalassen. Tatsächlich habe ich ein paar unverzichtbare Zaubertränke, die du kennen solltest. Den unvermeidlichen Liebestrank, einen beruhigenden Tee, einen, der Schmerzen während der Schwangerschaft lindert und natürlich den Heiltrank, den du gerade getrunken hast."

Wir waren nicht immer beste Freundinnen gewesen, aber ich hatte das Gefühl, dass wir uns beide zumindest in Richtung Freundschaft vortasteten. Ich nahm an, sie war schon immer sehr ehrgeizig, um nicht zu sagen kompetitiv, aber sie war auch da gewesen, als ich sie brauchte. Das würde ich nicht vergessen.

Zwischen dem Herunterwürgen des scheußlich schmeckenden Trankes hatte ich ihr all die Einzelheiten der Motorradattacke geschildert. Den Teil, wo Nyx mir den Zauberspruch geschickt hatte, ließ ich aus. Vielleicht war ich ebenfalls ein wenig ehrgeizig, wenn es um Violet ging. Sollte sie doch denken, dass ich mit dem Grimoire, dem Zauberbuch unserer Familie, Fortschritte machte und die Zaubersprüche darin tatsächlich lernte. Als ich meinen Bericht beendete, sagte sie: „Ich bin sehr froh, dass du Anzeige erstattest. Er hat Gemma beinahe getötet. Wir wissen, wozu er fähig ist."

Und dann tätschelte sie Nyx' Kopf. „Und du hast eine sehr loyale Vertraute. Ich glaube, wenn du nicht bald nach Hause gekommen wärst, hätte sie einen eigenen Zauber angewendet und wäre dich suchen gegangen."

Nyx blickte zu mir hoch und ich zwinkerte ihr zu.

Manchmal fühlte ich mich in Oxford sehr allein. Aber nicht, wenn ich eine schnurrende Vertraute im Arm hielt, eine besorgte Cousine um mich hatte und einen Detective Inspector, der sein Bestes gab, mich vor Schaden zu bewahren.

Meine schlechte Laune begann abzuklingen.

Violet sagte: „Wenn du so weit bist, deine Aussage zu machen, kann ich dich nach Kidlington fahren."

„Das musst du nicht tun. Ich habe ein Auto."

Sie schüttelte den Kopf. „Ich habe gesehen, wie du fährst. Und du hast einen Schock erlitten. Ich habe dich nicht geheilt, um dich in einen Verkehrsunfall zu schicken. Ich fahre dich."

Da sie recht und ich tatsächlich Probleme hatte, mich ans Fahren auf der linken Seite zu gewöhnen, stimmte ich zu.

Sie ging hinunter in den Laden und ich duschte rasch, bevor ich den extralangen königsblauen Pullover anzog, den Alfred für mich gestrickt hatte. Er hatte gesagt, er hätte diese Wolle gewählt, weil deren Farbe zu der meiner Augen passte. Es war eines dieser Kleidungsstücke, die mich einfach glücklich machten, und ich brauchte gerade Trost. Es zu tragen war, als hüllte ich mich in die Umarmung eines Menschen, dem ich etwas bedeutete.

Darunter trug ich Wollstrümpfe und wählte statt meiner Stiefel schwarze Laufschuhe. Gut möglich, dass ich die Stalltür erst verriegelte, nachdem der Gaul abgehauen war, aber ich wollte bei der nächsten Begegnung mit einem verrückten Motorradfahrer in der Lage sein, wegzurennen.

Ich bin gerne vorbereitet.

Ich frischte mein Make-up auf, nicht, weil ich nachher Ian sehen würde, sondern weil ich für meine Kunden gerne hübsch aussehe.

Als wir an diesem Tag schlossen, stiegen wir beide in Violets Auto, das nicht viel größer war als das, das ich von Oma geerbt hatte, doch ganz sicher neuer. Sie fuhr ungefähr doppelt so schnell wie ich normalerweise, aber sie war eine gute Fahrerin und ich entspannte mich neben ihr.

Ich hatte zuvor bei Ian angerufen, um Bescheid zu sagen, dass wir uns auf den Weg machten, und so war er da, um uns zu begrüßen. Er schaute mich von oben bis unten genau an, um sicherzugehen, dass ich mir keine Knochen gebrochen hatte oder irgendwelche Teile fehlten. Ich fragte: „Habt ihr ihn schon erwischt?"

Er schüttelte seinen Kopf. Er blickte sehr grimmig. „Aber

das werden wir." Irgendwie überzeugte mich seine Zuversicht, dass er Darren tatsächlich erwischen würde. Je eher der Dreckskerl von der Straße war, umso besser.

Zu ihrer sichtlichen Enttäuschung musste Violet draußen im Wartezimmer warten. Ian brachte mich in einen Besprechungsraum. Er fragte mich, ob es in Ordnung wäre, unsere Unterhaltung aufzunehmen, und ich sagte, das sei es. Ein weiteres Mal berichtete ich genau, was geschehen war, natürlich ohne den Zauberspruch zu erwähnen. Ich sagte ihm, ich hätte Krachen hinter mir gehört und wäre weitergelaufen, was ja auch stimmte. Ich ließ nur den Teil aus, wie Nyx und ich für eben dieses Krachen gesorgt hatten.

„Warst du in der Lage, den Motorradfahrer eindeutig als Darren – kennen wir inzwischen seinen Nachnamen? – zu identifizieren?"

Wer war er? Darrens Anwalt? „Offenkundig war er es. Er fuhr Darrens Motorrad."

„Es ist wichtig, dass du hier ganz genau bist. Viele Motorräder sehen ähnlich aus. Hast du das Gesicht des Fahrers gesehen?"

Ich öffnete meinen Mund und schloss ihn wieder. Hatte ich das getan? Die albtraumhafte Szene lief erneut vor meinen Augen ab. „Er trug einen schwarzen Helm und hatte das Visier geschlossen. Aber ich habe sein schwarzes Motorrad erkannt."

„Wie? Es gibt eine Menge schwarzer Motorräder."

Ich ermahnte mich, dass er nur seine Arbeit machte, aber man hatte mich fast umgebracht und ich wusste ganz genau, wer sich hinter diesem Visier verborgen hatte. Dennoch tat ich mein Bestes, meine Stimme so ruhig und fest klingen zu lassen wie Ians. „Darrens Motorrad hat einen Aufkleber.

Aber er hat mit schwarzem Edding über die Worte ‚Fuel Rocket' geschrieben. Nun steht da ‚Babe Magnet'." Der Rekorder konnte mein Augenrollen nicht aufzeichnen, aber sei's drum. „Und der Sticker ist zerrissen."

„Das konntest du sehen, obwohl das Motorrad mit Hochgeschwindigkeit fuhr?"

„Machst du Witze? Ich werde das noch wochenlang in meinen Albträumen sehen. Als das Motorrad wendete, um eine weitere Attacke auf mich zu starten, konnte ich den Sticker ganz klar erkennen."

Nachdem ich den Ausdruck meiner Zeugenaussage unterschrieben hatte und der Rekorder ausgeschaltet war, sagte er: „Wir haben das vorläufige Untersuchungsergebnis der Leiche, die in Martin Hodgins Haus gefunden wurde."

Mir grauste vor dem, was als Nächstes käme, obwohl ich es hören musste. Arme Gemma. „Und?"

Er schüttelte den Kopf. „Es sind nicht die Überreste von Martin Hodgins."

Endlich einmal gute Nachrichten. Ich lächelte ihn an. „Wirklich? Das ist fantastisch. Gemmas Vater ist nicht tot."

Ian sah nicht so erfreut aus, wie ich mich fühlte. „Lucy, Martin Hodgins ist nirgends zu finden. Für unsere Ermittlungen ist er eine Person von besonderem Interesse."

„Was?" Meine Euphorie erlosch augenblicklich. Ich war ziemlich sicher, dass ‚Person von besonderem Interesse' britischer Polizeijargon für ‚der Kerl, den wir für den Täter halten' war. Beinahe wollte es mir scheinen, als müsse es leichter für Gemma sein, wenn ihr Vater das Mordopfer und nicht derjenige wäre, der den Tod eines anderen verschuldet hatte. „Du sagst also, der Mann starb nicht an einer natürlichen Ursache."

„Das hängt davon ab, was man als natürliche Ursache ansieht. Er starb an einer Rauchvergiftung und dann verbrannte seine Leiche in dem Feuer. Aber das Feuer war kein Unfall."

In meinem Kopf drehte es sich. Meine beiden Lieblingstheorien, die erste, nach der Darren Gemmas Vater getötet hatte, und die zweite, nach der Sanderson Gemmas Vater tötete, waren falsch. Es war nicht nur so, dass Gemmas Vater nicht der Tote war, die Polizei wusste nicht, wer es war.

KAPITEL 17

„Oh nein, arme Gemma." Ich saß zusammengesackt auf meinem Stuhl und fühlte mich, als zöge ein grauer Nebel an mir.

„Darren war auf dem Weg zu Martin Hodgins. Davon bin ich überzeugt. Er sagte, dass er zu ihm wollte, als er Oxford verließ. Ich sage dir, er ist geistesgestört. Er hat beinahe Gemma umgebracht und heute ist er mit seinem Motorrad geradewegs auf mich zugerast. Er muss es gewesen sein."

Ian lehnte sich zurück. Er sah mich an, als wäre ich ebenfalls Ermittlerin und wir wären Kollegen, die über einen Fall sprechen. Das war so cool. „Ich höre. Warum sollte Gemmas Ex-Freund sich aufmachen und jemand im Haus des Vaters seiner Ex-Freundin umbringen?"

Okay, diese Sache unter Detektivkumpels war nicht so leicht, wie sie im Fernsehen aussah. Ich versuchte eine Theorie zu entwickeln, die Sinn ergab. „Er hat ihren Vater noch nie zuvor gesehen. Als er dann einen Mann in dem Haus traf, nahm er an, dass es Martin Hodgins war und tötete ihn."

„Warum?"

„Ich weiß nicht. Warum würde er versuchen, seine Ex-Freundin umzubringen?"

Ian schaute mich an, als wäre ich beschränkt. „Weil er eifersüchtig war und wütend und zurückgewiesen wurde. Aber ihren Vater zu töten, der sich seiner Tochter entfremdet hatte, passt in keiner Weise ins Profil."

Da hatte er nicht ganz unrecht. Aber da Darren mit seinem Motorrad wie mit einer Mordmaschine auf mich losgegangen war, hatte ich kein Problem, ihm jedes nur denkbare Verbrechen auf die Rechnung zu setzen.

„Sie waren nicht sehr lange ein Paar. Vielleicht wusste er nicht, dass sie und ihr Vater sich entfremdet hatten." Ich zuckte mit den Achseln. Ich stocherte im Nebel, aber wenn ich meine vage Theorie einmal durchsprechen könnte, würde das Ganze vielleicht klarer. „Sie hatten denselben Nachnamen. Wie schwer kann es da sein, den Mann zu finden?"

Ian sah nicht aus, als glaubte er mir das alles, aber er unterbrach mich auch nicht. Er hörte zu.

Ich stand auf. Hin und her zu laufen half mir, selbst in diesem kleinen Raum. „Er wollte mit Martin Hodgins reden. Wollte ihm sagen, warum er und Gemma füreinander bestimmt waren." Ich schnippte mit den Fingern und es hörte sich an, als pralle ein Steinchen auf Glas. „Gemma hat mir erzählt, er hätte bereits geplant, wann sie heiraten und ihr erstes Kind bekommen würden. Ich wette, er ging zu ihrem Vater, um ihn um die Hand seiner Tochter zu bitten."

Ian sah aus, als hätte ihn eine Wespe gestochen. „Macht man das immer noch so?"

Da man meinen Vater nie mit irgendwelchen Bitten um

meine Hand belästigt hatte, wusste ich es nicht wirklich. „Ich habe keine Ahnung, aber Darren war nicht wie die meisten Männer. Er war von Gemma besessen. Er hatte bereits ihre ganze Zukunft völlig ernsthaft durchgeplant. Als sie ihm den Laufpass gab, drohte er sich umzubringen. Ich sage dir, der Kerl hat nicht alle Tassen im Schrank."

„In Ordnung. Nehmen wir an, dass du recht hast und Darren zu Martin Hodgins nach Hause fuhr, um um ihre Hand anzuhalten. Was passierte dann?"

An diesem Punkt war meine Theorie außerordentlich vage. Ich kaute auf meinem Daumennagel. Ich starrte zu Boden, wo ich eine schwarze, abgenutzte Stelle entdeckte, bei der ich mich fragte, ob in diesem Raum irgendwann eine gewalttätige Auseinandersetzung stattgefunden hatte. Ich stellte mir einen Täter oder vielleicht auch einen Cop vor, den man gegen die Wand drückt.

Ich drehte mich um. „Du bist absolut sicher, dass der Tote nicht Martin Hodgins ist?"

Er sah gar nicht mehr so ernst aus, wenn er versuchte, nicht zu grinsen. „So gravierende Fehler machen die Labore nicht. Es ist nicht Hodgins. Aber bislang wissen wir noch nicht, wer es ist. Keine Treffer in unserer Datenbank."

Auf meinem Daumennagel herumzukauen, half nicht weiter und ruinierte meine Maniküre, also hörte ich damit auf. „Vielleicht hat Darren an die Tür geklopft und wer immer im Haus war, sagte, er sei nicht Martin Hodgins, aber Darren glaubte das nicht. Er dachte, das sei Gemmas Vater, der log. Er war so aufgebracht, dass er den Kerl umbrachte. Danach legte er das Feuer, um die Beweise zu zerstören."

„Oh, ja, und wo wir gerade von Beweisen sprechen ..."

Ich stieß den Atem aus. „Es gibt keine. Ich weiß. Aber es wäre möglich, oder?"

„Vieles ist möglich, Lucy. Aber ‚möglich' ist kein Grund für eine Verhaftung." Bevor die Worte, die aus mir herausdrängten, dies tatsächlich tun konnten, hob er die Hand. „Aber wir haben gewiss Grund genug, ihn im Zusammenhang mit dem Angriff auf dich mitzunehmen."

„Dann bearbeite ihn. Sag ihm, dass du weißt, dass er Gemmas Vater getötet hat." Ich dachte an den nervösen, schwierigen Kerl, der den Verstand verloren hatte und das gründlich. „Ich wette, er wird einknicken und gestehen."

„Hoffen kann man ja immer."

Dann stand Ian ebenfalls auf und zeigte so, dass wir fertig waren. Er hielt mir die Tür auf und als ich hinausging, sagte er: „In der Zwischenzeit möchte ich nicht, dass du alleine unterwegs bist. Und achte darauf, dass immer eine Verkäuferin mit dir zusammen im Laden ist."

„Glaubst du, dass ich in Gefahr bin?" Das war eine dumme Frage, das war mir auch in der Sekunde klar, als ich sie aussprach. *Ja, Lucy, Kerle, die mit dem Motorrad auf dich zusteuern, machen das nicht, weil sie dich um ein Date bitten wollen.* Ich schüttelte meinen Kopf. „Vergiss es."

Er stoppte mich, indem er mir die Hand auf den Arm legte. „Wir werden ihn finden. Aber bis wir das getan haben, bleib wachsam. Versprochen?"

Es war einer dieser Momente, die mit viel zu vielen ungesagten Dingen aufgeladen waren. Ich nickte.

Für den Moment reichte es.

Violet setzte mich zu Hause ab und bot an, mit reinzukommen. Ich sah, dass sie besorgt war, aber ich erinnerte sie daran, dass Meri da war. Mir würde nichts passieren.

Als ich hinauf in die Wohnung ging, sah ich, dass Rafe auch da war. Wütend lief er auf und ab. Er hatte Nyx auf dem Arm und ich hatte den Eindruck, Nyx wäre selbst auf und ab gelaufen, wenn Rafe es nicht bereits für sie täte.

In dem Moment, als ich eintrat, setzte er die Katze auf den Boden, pirschte sich an mich heran und packte mich bei den Schultern. „Ich habe es gerade gehört. Geht es dir gut?"

Diese Worte hatte ich in den letzten Stunden reichlich oft gehört. „Ja. Es geht mir gut. Es war schrecklich, als es passierte, aber ich habe ihn gestoppt." Violet konnte ich glauben machen, ich selbst wäre mit dem Schutzzauber gekommen, aber ich wollte Rafe nicht anlügen. „Tatsächlich hat mir Nyx einen Zauberspruch geschickt und der hat funktioniert. Zum Glück."

Er schüttelte den Kopf, und blickte mich so liebevoll und frustriert an, wie er oft aussah, wenn er mich ansah. „Ich darf dich nicht aus den Augen lassen."

„Eine interessante Sache habe ich herausgefunden."

„Das Darren wieder da ist? Es gibt subtilere Wege, um Informationen zu sammeln."

Ungeduldig schüttelte ich den Kopf über ihn. „Etwas anderes. Der Mann, der bei dem Brand starb, war nicht Martin Hodgins."

Er sah mich an, mit einem Gesichtsausdruck wie eingefroren. „Wirklich? Wissen sie, wer der Tote war?"

„Nein. Noch nicht."

Er lebte schon so viel länger als ich und war, wie ich annahm, sehr viel klüger. Er war nicht total aufgeregt ob der Nachricht, dass Martin Hodgins noch lebte. Er war bereits gedanklich weiter und an dem Punkt angelangt, an dem Gemmas Vater der naheliegende Verdächtige für den Mord an demjenigen war, der hinterher als verkohlte Leiche in seinem Haus endete. „Haben sie Martin Hodgins schon gefunden?"

„Ich glaube nicht." Ich hob Nyx hoch, weil sie so dicht um meine Beine herumstrich, dass sie eine regelrechte Stolperfalle war. Sie kuschelte sich schnurrend an mich. „Hätten wir Dominic Sanderson gestern Abend nicht live gesehen, wäre ich versucht anzunehmen, dass er der im Feuer war. In einer Shakespearetragödie wäre das ein hübscher Wendepunkt für den Moment, in dem der alte Freund den Mann, den er betrogen hat, in der Absicht besucht, ihn zu töten. Aber statt des Mannes, dessen Lebenswerk er stahl, ist er selbst derjenige, der am Ende tot ist."

„Auf der Bühne wäre das sehr befriedigend. Aber, wie du schon sagst, leider wissen wir, dass der tote Mann nicht Dominic Sanderson ist."

„Könnte es ein Abgesandter gewesen sein? Oder, ich weiß nicht, vielleicht ein Auftragsmörder?"

„Es könnte eine ganze Reihe Menschen sein. Zu spekulieren macht wenig Sinn. Wir werden früh genug erfahren, wer das Opfer war."

Und, wie ich Rafe kannte, würde er das noch vor Ian wissen.

KAPITEL 18

Am nächsten Tag ging ich Gemma besuchen. Ihr Zustand hatte sich stabilisiert, und die Ärzte hatten die Besuchsregeln gelockert. Als ich eintrat, wachten Clara und Mabel beide an ihrer Seite. Clara hielt Gemmas Hand und sprach leise zu ihr, während Mabel in einer Ecke saß und strickte. Ich war erfreut zu sehen, dass Mabel ihr Stricktempo so weit gedrosselt hatte, dass es als das eines extrem geübten Sterblichen durchging. Ich glaube, hätte jemand gesehen, wie sie in ihrem üblichen Tempo strickte, wäre dieser jemand entweder um sein Leben gerannt oder hätte sie zu Testzwecken ins Krankenhaus eingewiesen. Keine der beiden Aussichten wäre wirklich gut gewesen.

Beide Vampire schienen erfreut, mich zu sehen. Clara stand auf und bestand darauf, dass ich ihren Platz am Bett übernahm. Sie flüsterte: „Ich bin sicher, dass sich ihre Hand heute wärmer als gestern anfühlt."

Ich wusste nicht, ob das etwas Gutes war, aber ich hoffte es. Solange sie kein Fieber bekommen hatte oder derglei-chen, aber das hätten die Geräte wohl vermutlich bemerkt.

Ich betrachtete Gemmas friedliches Gesicht und sagte: „Gemma, ich wünschte, du würdest aufwachen. Es gibt so vieles, was ich dir erzählen möchte. Der Weihnachtsmarkt ist nicht derselbe ohne dich."

Ihre Hand fühlte sich warm an, und nachdem ich einige Minuten gebabbelt hatte, spürte ich, wie sich ihre Finger in meiner Hand regten. Ich keuchte und drehte mich zu den beiden Vampiren um. Clara hatte inzwischen ebenfalls ihr Strickzeug hervorgeholt und keine der beiden schaute mich an. Ich senkte meine Stimme und sagte eindringlich: „Sie hat ihre Finger bewegt."

Beide ließen ihre Strickarbeit sinken und erhoben sich von ihren Stühlen, um näher zu kommen. „Bis du sicher?", flüsterte Clara.

Nun war ich mir nicht mehr so sicher. „Ich denke schon."

Ich spürte es wieder, nicht stark, aber doch untrüglich. „Sie hat es wieder getan. Sie greift nach meinen Fingern."

„Das ist hervorragend", sagte Mabel. „Sprich weiter mit ihr."

Jetzt fiel mir natürlich nichts mehr ein. Nicht eine einzige Begebenheit, die ich der armen Frau erzählen konnte, wollte mir in den Sinn kommen. Ich konnte ihr unmöglich sagen, dass das Haus ihres Vaters niedergebrannt war und drinnen ein Toter gelegen hatte, er aber nicht der Tote war, was ihn jedoch zum Hauptverdächtigen machte. Keine Frau, die gerade aus einem Koma erwacht, will so etwas hören.

Ich konnte ihr genauso wenig sagen, dass ihr Ex-Freund, der widerliche Stalker, versucht hatte, mich auf der Straße zu überfahren. Das würde auch niemand hören wollen, der aus einem Koma aufwachte.

Ich sagte: „Ich habe nachgedacht, Gemma. Wenn du aufwachst, solltest du stricken lernen. Das ist sehr beruhigend." Ich habe keine Ahnung, warum ich das sagte. Für mich war Stricken alles andere als beruhigend, aber ich dachte, vielleicht wäre es das für Gemma. Sie war eindeutig eine handwerklich begabte Person, wo sie doch Seifen, parfümierte Badesalze, Cremes und andere Dinge herstellen konnte.

„Mag stricken nicht."

Im Krankenzimmer keuchten drei von uns auf. Wir sahen einander an, fragten uns, wer das gesagt hatte. Clara und Mabel liebten beide das Stricken und waren gerade mit Begeisterung dabei. Ich war diejenige, die das Stricken nicht mochte, und ich hatte diese Worte nicht ausgesprochen. Das ließ nur eine Möglichkeit zu. Wir alle starrten Gemma an. Ihre Augen waren noch immer geschlossen, und ihre Stimme war schwach gewesen, aber wenn wir nicht alle drei dieselbe auditive Halluzination geteilt hatten, war es Gemma gewesen, die gesprochen hatte.

Mabel fragte: „Sollen wir einen Arzt holen?"

Ich schüttelte den Kopf. „Noch nicht. Geben wir ihr eine Minute, bevor die Weißkittel sich auf sie stürzen."

Sie nickten und wir alle hockten auf den Rändern unserer Stühle und starrten Gemma an.

Nichts passierte. Ich sagte: „Du hast gut und sehr lange geschlafen, Gemma. Es ist Zeit aufzuwachen. Ich habe dir so viel zu erzählen. Außerdem haben wir uns doch gerade erst besser kennengelernt und angefangen, Freundinnen zu werden. Ich habe nicht so viele Freunde in Oxford. Oder in England. Oder sonst wo, wenn man es genau nimmt. Bitte öffne die Augen."

Ich war überzeugt, ihre Augenlider flatterten, und dann sagte sie: „Sie fühlen sich schwer an."

Ich blickte zu den beiden anderen. „Oh, diesmal hat sie ganz sicher mit mir gesprochen. Und sie versteht eindeutig, was ich ihr sage."

„Mit wem sprichst du?", fragte Gemma in leicht nörgelndem Ton.

Ich dachte, ich würde zu weinen anfangen. Deutlich spürte ich die Tränen gegen meine Augenlider drängen. „Du kennst diese beiden Damen nicht, aber sie haben jeden Tag an deiner Seite gesessen, damit du dich nie einsam fühlst."

Gemma machte ein Geräusch und murmelte einige Worte. Ich dachte schon, sie würde wieder in tiefen Schlaf fallen, aber dann öffneten sich plötzlich ihre Augen. Sie sah sich ein wenig verwirrt um, bis ihr Blick an meinem Gesicht hängen blieb. „Lucy. Ich dachte, ich hätte deine Stimme gehört. Was machst du hier?" Ihre Stimme klang ein wenig heiser, aber ihre Worte waren vollständig klar.

Sie sah sich erneut um. „Wo bin ich hier? Bin ich in einem Krankenhaus?"

Ich ließ die Tränen über mein Gesicht laufen, wie sie wollten. „Das bist du. Du bist in einem Krankenhaus. Du hattest einen Unfall, aber ich glaube, du kommst wieder in Ordnung." Ich wischte mit dem Rücken meiner freien Hand über die nassen Wangen.

„Meine Kehle ist trocken. Kann ich etwas Wasser bekommen?"

„Natürlich." Ich brachte es nicht über mich, ihre Hand loszulassen. „Clara, vielleicht könntest du Gemma etwas Wasser besorgen und den Ärzten die gute Nachricht überbringen."

Aber eines der geheimnisvollen Geräte hatte wohl schon einen Alarm gesendet, denn eine Krankenschwester platzte herein. „Oh, liebe Güte, sie ist erwacht."

Sie sagte das mit so kräftiger Stimme, dass Gemma zusammenzuckte. Sie überprüfte die Geräte und sagte dann: „Ich hole jetzt den Arzt, Liebes. Aber ich fürchte, deine Besucherinnen müssen nun gehen."

Sie gestikulierte in unsere Richtung, als wollte sie uns hinausscheuchen. Ich wollte Gemmas Hand loslassen, aber sie hielt mich fest. „Ich will, dass Lucy bleibt", sagte sie.

Die Schwester schaute, als wollte sie etwas einwenden, doch in diesem Moment kam Dr. Patek herein. Er hatte wohl Gemmas Worte gehört, denn er sagte: „Natürlich kann Lucy bleiben. Wir sind sehr froh, Sie wach zu sehen. Wie geht es Ihnen?"

Gemma sah von mir zu ihm und sagte: „Ich erinnere mich nicht, was passiert ist. Hat mich jemand geschlagen?"

Ich blickte zum Arzt. Lass ihn darauf antworten. Er sagte: „Lassen Sie uns mit der Frage anfangen, wie es Ihnen geht. Haben Sie irgendwo Schmerzen?"

Sie schien darüber nachzudenken. „Ich bin durstig. Ich möchte Wasser haben."

Dr. Patek lachte leise. „Das lässt sich leicht heilen. Schwester? Unsere Patientin möchte etwas Wasser haben."

„Gewiss doch, Dr. Patek", sagte sie und schon war sie geschäftig aus dem Zimmer heraus.

Clara und Mabel waren gegangen, sodass nur noch wir drei im Raum waren. Dr. Patek nahm ihre Tafel und zog einen Kugelschreiber hervor. „Können Sie mir Ihren Namen sagen?"

„Gemma Andrea Hodgins."

„Sehr gut. Wann sind Sie geboren, Gemma?"

„Am 13. Juni 1988." Er notierte etwas. „Wissen Sie, welche Jahreszeit wir haben?"

„Wenn ich keinen Winterschlaf gehalten habe, ist es immer noch Winter." Verunsichert sah sie plötzlich zu mir: „Oder etwa nicht?"

Ich nickte. Sie machte das so gut. Eine vollständige Wiederherstellung war schon fast mehr, als was ich zu hoffen gewagt hatte. Er stellte ihr noch einige weitere Fragen und ließ sie mit den Augen seinem Finger folgen. „Sehr gut", sagte er und sah erfreut aus. „Sehr gut."

Das Wasser kam in einem Plastikbecher mit Deckel und Strohhalm und die Schwester half Gemma, sich aufzusetzen. In ihrer Armvene steckte ein Tropf, den sie misstrauisch musterte. Sie trank einige Schlucke Wasser und berührte dann mit einer Hand ihre verletzte Kehle. Ich konnte beinahe fühlen, wie ihre Erinnerungen zurückkehrten. Sie fing an zu zittern. „Ich erinnere mich jetzt. Ich war auf dem Weihnachtsmarkt. Jemand hat mich angegriffen. Jemand hat versucht, mich zu erwürgen." Sie sah zu mir. „Oder etwa nicht?"

Ich blickte nicht zum Doktor, weil ich nicht sehen wollte, ob er seinen Kopf schüttelte. Ich würde Gemma nicht anlügen. Wäre ich in ihrer Lage, würde ich die Wahrheit wissen wollen. „Ja. Jemand hat dich angegriffen. Hast du gesehen, wer es war?"

Sie schloss die Augen und fast hätte ich sie gebeten, es nicht zu tun. Ich fürchtete, sie könnte wieder in Bewusstlosigkeit versinken. Aber nach wenigen Sekunden öffnete sie sie wieder und schüttelte den Kopf. „Ich konnte nichts sehen."

Sie legte eine Hand an ihre Kehle. „Ich dachte, ich würde sterben!"

Ich hielt ihre Hand weiter fest. „Es ist okay. Du bist in Sicherheit."

Sie sah mich an, mit großen, angstvollen Augen im blassen Gesicht. An ihrer Kehle schimmerten die Hämatome in lebhaften Blau-, Gelb- und Violetttönen. „Bin ich das?"

Mit der Polizei und den Vampiren war sie so sicher, wie es in unser aller Macht stand. Ich nickte.

Sie sah sich im Zimmer um und durch die offene Tür hinaus auf den Flur, wo ein Krankenpfleger einen Patienten in einem Rollstuhl vorbeischob. Es war ein alter Mann mit weißem, schütterem Haar, das wie eine zerrupfte Wolke aussah. Er saß in seinem blauen Krankenhausnachthemd so weit vorgebeugt, dass sein Rücken kaum die Lehne des Rollstuhls berührte. Ihr Blick wanderte zum Fenster, hinaus zu den grauen Wolken. „Ich fühle mich nicht sicher. Wo ist mein Vater? Ist er hier?"

Ich wusste nicht, was ich sagen sollte. Herauskam: „Ich weiß nicht, ob man ihn informiert hat."

Sie schien nachzudenken. „Vielleicht ist das am besten so."

Ein seltsam aussehender älterer Mann lief an der offenen Tür vorbei. Seine strähnigen, graubraunen Locken reichten bis zum Kragen seines alten Wolljacketts hinunter. Dazu trug er eine alte Jeans, die ihm viel zu groß war, und eine Kappe aus Wolle. Er blickte auf dem Korridor hin und her als hätte er Angst, gesehen zu werden. Er presste eine Reisetasche an sich, als enthielte sie seinen gesamten, weltlichen Besitz. Mein erster Gedanke war, er sei ein Obdachloser, der irgendwie hereingelaufen war. Dann schaute Gemma, wohin ich sah. „Dad?" Sie blinzelte ein paar Mal, als traute sie ihren Augen nicht.

Der Mann drehte sich um und trat ein. Seine blauen Augen füllten sich mit Tränen, als er ans Bett trat. Außer Gemma nahm er niemanden wahr. „Mein Baby", sagte er. „Was haben sie mit dir gemacht?"

„Daddy!", kreischte Gemma. Sie breitete die Arme aus und zuckte zusammen, als sie dabei an der Infusion zog.

Er trat zu ihr und umarmte sie unbeholfen, während ihm die Tränen übers Gesicht liefen. Das war also Martin Hodgins.

Ich ließ Gemmas Hand los und machte mich bereit, Vater und Tochter ihrer Wiedervereinigung zu überlassen, aber Gemma hielt mich zurück. „Geh nicht, Lucy. Ich möchte dir meinen Vater vorstellen. Martin Hodgins, das ist Lucy Swift. Sie ist mir eine gute Freundin gewesen."

Er tätschelte mich über die Reisetasche hinweg. „Ich danke Ihnen."

Dr. Patek sagte, er würde später wiederkommen, und ich sagte, das täte ich auch, aber Gemma bestand darauf, dass ich bleibe. „Ich muss dir etwas sagen", sagte sie. „Ich glaube, ich weiß, wer mich angegriffen hat."

KAPITEL 19

„Was?", rief ich aus.

„Natürlich weißt du das", stimmte ihr Vater zu, so dass ich ihn anstarrte. „Die selbe üble Schlange, die versucht hat, mich zu töten."

„Was?", wiederholte ich. Mit jedem Aufschrei wurde meine Stimme schriller.

Gemma lehnte sich in ihre Kissen zurück. Sie trank noch einige Schlucke Wasser.

„Ich habe dich in Gefahr gebracht", sagte Martin Hodgins. „Das werde ich mir nie verzeihen. Du bist alles, was mir geblieben ist, alles, was mir wichtig ist. Was ist im Vergleich dazu schon ein Buch?"

Sie schüttelte den Kopf und ich bemerkte, dass nun in ihren Augen die Tränen standen. „Ich habe mich selbst in Gefahr gebracht. Ich habe es nicht richtig zu Ende gedacht. Ich dachte, ich könnte ihn dazu bringen, das Richtige zu tun. Ich sagte ihm, ich hätte den Beweis."

„Wem?", fragte ich, obwohl ich vermutete, dass ich die Antwort kannte.

„Sanderson, natürlich", gab Martin zurück.

Gemma nickte. „Ich rief ihn an, weißt du. Ich rief Professor Sanderson an und sagte ihm, ich könne beweisen, dass mein Vater der wahre Autor der Chroniken von Pangnirtung ist." Sie seufzte und schaute mich an. „Lucy wird nicht verstehen, worüber wir sprechen, aber mein Vater hat die Chroniken geschrieben. Er und Sanderson haben zusammen studiert, und –"

Ich fürchtete, sie würde sich selbst überfordern, also unterbrach ich. „Das weiß ich. Du hast das angedeutet, als wir zusammen im Pub zu Abend gegessen haben, und als du im Krankenhaus warst, habe ich Recherchen angestellt."

Vater und Tochter starrten mich beide an. „Das hast du getan?", fragte sie.

„Warum haben Sie das getan?", verlangte er zu wissen. Er zog die Reisetasche noch dichter an seine Brust. Der arme Mann, es war nicht zu übersehen, dass ihn die Erfahrung, betrogen zu werden, nach all den Jahren beinahe paranoid gemacht hatte.

„Weil Gemma und ich Freundinnen sind." Ich hielt inne. Warum hatte ich mich schon wieder in anderer Menschen Angelegenheiten eingemischt? Das wurde langsam zur schlechten Angewohnheit. „Weil ich es nicht ertragen kann, Ungerechtigkeiten mitanzusehen."

Er schaute von mir zu Gemma. „Du vertraust ihr? Sie könnte diejenige sein–"

„Ich vertraue ihr, Dad. Nicht Lucy hat mich angegriffen. Das war Sanderson."

Dieser langweilige, verstaubte Professor sah nicht aus wie ein Mörder, aber ich nahm an, aus Verzweiflung hätte er getan, was immer er für nötig hielt, um seine Geheimnisse zu schützen.

Allerdings war ich erst kürzlich von Ian gründlich befragt wurden und wusste, wie wichtig genaue Indizien und Hinweise für die Polizei waren. „Hast du gesehen, wie Sanderson dich angriff?", fragte ich.

Beide starrten mich erneut an. Dann schüttelte Gemma ihren Kopf. „Nein. Das habe ich nicht. Ich war in der Bude beim Abschließen. Ich hörte, wie sich etwas hinter mir bewegte, und als ich mich umdrehen wollte, um nachzuschauen, packte er mich bei der Kehle. Ich habe ihn nie gesehen. Aber es geschah am selben Tag, als ich Sanderson anrief. Wer sonst könnte es gewesen sein?"

„Was ist mit Darren? Er hing dort herum, belästigte dich." Ich musste sie daran erinnern.

„Darren? Du glaubst, er könnte das getan haben?" Sie berührte ihre Kehle.

„Ich weiß es nicht, aber wir sollten keine voreiligen Schlüsse ziehen. Sanderson hat das Manuskript deines Vaters gestohlen, aber das war vor vierzig Jahren. Warum sollte er plötzlich zum Mörder werden?"

„Weil ich das verdammte Manuskript gefunden habe", sagte Martin Hodgins.

Zum dritten Mal sagte ich: „Was?"

Er blickte verlegen. „Ich muss etwas weiter ausholen, bis zurück in meine Collegezeit. Ich hatte die Trilogie beendet. Außer Sanderson wusste niemand etwas davon. Er hatte die frühen Entwürfe gelesen und mich ermuntert. Er hatte mit mir über wesentliche Punkte diskutiert, und wir hatten bis spät in die Nacht geredet und getrunken. Dann, gegen Jahresende, fing er an, sich seltsam zu benehmen. Er fing an, es

,unser' Buch zu nennen. Sicher hatte er Teile davon gelesen und einige der Plot Points mit mir durchgesprochen, aber es war stets meine Serie gewesen. Ich tüftelte ständig daran herum. Ich hob die Manuskriptseiten sogar in einer Pappschachtel neben meinem Bett auf."

„Sie haben das einzige Exemplar der Chroniken von Pangnirtung in einer Schachtel neben Ihrem Bett aufbewahrt?", fragte ich mit schwacher Stimme. Ich dachte an all das, was dieser hätte widerfahren können. Feuer, Diebstahl, Wasserschäden, ein betrunkener Student hätte sich auf die kostbaren Seiten erbrechen können.

Er machte ein Geräusch, das wie ein Schnauben klang. „Wusste ja damals nicht, was es mal wert sein würde, oder?"

Er blickte zur Tür, als erwartete er Ärger. Aber dort war niemand. „Eines Tages verschwand es. Sanderson sagte, er hätte es sich geliehen, wollte die Serie im Ganzen lesen. Er wusste, dass ich mich darauf vorbereitete, alles einem Verleger zu schicken."

„Er hat es direkt vor Ihren Augen gestohlen?"

„Mehr oder weniger. Sagte, er würde es ein letztes Mal lesen und mir die Woche darauf zurückgeben. Keine Ahnung, warum ich ihm nicht glaubte. Aber ich dachte, er führte etwas im Schilde. Doch ich hatte mich übernommen, gleichzeitig mein Abschlussessay für das Seminar in Altenglisch zu schreiben und am Buch zu arbeiten. Hatte nicht genug geschlafen. Dachte, ich wäre paranoid."

„Hat Sanderson angeboten, das Essay für Sie einzureichen?", fragte ich.

Er starrte mich an. „Wie zum Teufel sind Sie darauf gekommen?"

„Weil er es offenkundig manipuliert hat, denn deshalb wurden Sie doch des Plagiierens beschuldigt."

Er nickte. „Sie haben recht, natürlich. Diese Schlange. Ich war so überrascht angesichts der Anschuldigungen und er war da, gab vor, mein Freund zu sein, füllte mich mit Bier ab und sagte, alles würde gut. Ich fragte nach dem Manuskript und er behauptete, er hätte es mit zu seinen Eltern nach Hause genommen, um es zum letzten Mal zu lesen, und dort vergessen." Er schüttelte den Kopf. „Ich glaubte ihm nicht, aber das Wichtigste für mich war es, mich gegen die Plagiatsklage zu wehren. Ich weiß, das ist im Rückblick schwer zu glauben, aber mein Abschluss war mir wichtiger als der Stapel Manuskriptseiten. Nachdem ich in der Berufung verlor und der Uni verwiesen wurde, habe ich das alles nicht gut weggesteckt. Fing an zu trinken."

„Und nachdem er Sie diskreditiert hatte, fühlte er sich sicher, das Manuskript als sein eigenes auszugeben."

„Er war so hinterhältig. Clever. Als ich meine Sachen aus meiner Unterkunft abholte, hatte er alles durchsucht. Ich wusste es. Jedes Fitzelchen Papier fehlte. Er hatte Papierkörbe geleert, meine Sachen durchsucht. Für einen oberflächlichen Betrachter mochte das Zimmer so aussehen, wie ich es verlassen hatte, aber ich wusste, dass er jeden Hinweis auf das Manuskript entfernt hatte." Er sprach leise und seine Stimme klang bitter. Ich konnte fühlen, dass er erneut den heißen Schmerz des Verrats durchlebte.

Aber ich hatte die Manuskriptseiten in Gemmas Hotelzimmer gesehen. Und so, wie er die Reisetasche umklammerte, glaubte ich nicht, dass darin seine Schmutzwäsche steckte. „Aber Sie hatten eine Kopie, nicht wahr?"

Für einen Moment kniff er die Augen zusammen,

während er mir ins Gesicht sah. Dann grinste er. „Ich hatte eine Kopie gemacht, damit mein Vater es lesen konnte. Hab's Sanderson nie erzählt. Warum hätte ich das auch tun sollen?"

„Also gab es im Haus Ihrer Eltern eine vollständige Kopie des Manuskripts?"

Er schloss die Augen, als durchbohrte ihn der Schmerz. „Mein Vater war kein ordentlicher Mann, müssen Sie wissen, aber Mom räumte ständig auf. Sie räumte seinen ganzen Müll weg, wie sie es nannte, und sagte, sie hätte alles in Kisten gepackt und auf den Dachboden gestellt. Ich konnte die Kiste nicht finden. Erst, als sie starben, fand ich das Manuskript in einer Kiste, die mit ‚Versicherung' beschriftet war." Er lachte leise. „Irgendwie passend."

„Sie meine also, als Sie Sanderson beschuldigten und sagten, Sie hätten die Bücher geschrieben, hatten Sie die Kopie nicht wirklich."

„Nein." Er schaute unbehaglich. „Ich dachte, ich könnte ihn so beschämen, dass er die Wahrheit gesteht, aber dieser Mann ist schamlos. Wenn jemand die Sache gründlich untersucht hätte, hätte ich meine Recherchen vorweisen können, hätte erklärt, wie ich auf die Figuren und ihre Welt gekommen bin. Sanderson konnte nichts davon erklären, weil er es nicht geschaffen hat. Aber sie haben mich wie einen Witz behandelt." Ich konnte seinen Schmerz fühlen und musste mir klarmachen, dass er jünger als ich gewesen war, als all das geschah. Er hatte geglaubt, die Gerechtigkeit werde siegen.

Gemma wusste weder von dem Brand noch von der Leiche, die in seinem Haus gefunden worden war, also wusste ich nicht, wie ich die Sprache darauf bringen könnte. War es denkbar, dass Martin Hodgins letztlich das Recht in die eigenen Hände genommen hatte und in dem Wissen, dass man seine Tochter angegriffen hatte, für seine eigene Form von Gerechtigkeit gesorgt hatte?

Er setzte seine Erzählung fort. „Meine Frau sagte immer, dass sie mir glaubte, aber ich konnte es nicht ruhen lassen. Der Betrug fraß an meinem Herzen wie ein Geschwür, vergiftete jeden Aspekt meines Lebens. Ich versuchte weiterzumachen. Ich arbeitete als Lehrer, so lernten wir einander kennen. Aber ich trank zu viel, und nach einer gewissen Zeit konnte sie es nicht mehr ertragen. Natürlich verstand ich das, aber nachdem ich meine Familie verloren hatte, verlor ich jegliche Hoffnung."

„Oh Dad."

„Es war nicht die Schuld deiner Mutter. Ich weiß, dass es zum Teil meine eigene war, aber natürlich war Sanderson der wahre Übeltäter. Ich lebte vor mich hin, und dann gab es plötzlich einen weiteren Film, der auf *meiner Geschichte* beruhte. Sanderson würde wieder im Fernsehen sitzen und über *seine* Bücher reden, und ich wäre so hilflos in meiner Wut, dass ich mich selbst in einer Flasche zu ertränken versuchen würde."

Er schüttelte seinen Kopf. „Ich war nicht gerade ein tolles Vorbild, oder?"

„Du hast dein Bestes gegeben, Dad."

„Als meine Mutter starb und ich alle Papiere durchsah, fand ich die Kiste mit meinem Manuskript. Ich wusste nicht, was ich damit machen sollte. Gemmas Mutter war zu dem Zeitpunkt bereits krank, also lagerte ich es zusammen mit einigen alten Möbeln meiner Eltern irgendwo ein."

„Gut, dass Sie das getan haben", dachte ich angesichts des Brandes in seinem Haus.

Er nickte. „Nachdem ihre Mutter starb, verbrachten Gemma und ich mehr Zeit miteinander." Er sah seine Tochter an. „Ich wollte nicht, dass du glaubst, dein alter Vater sei bloß ein wertloser Trinker."

„Das hätte ich nie geglaubt."

„Ich wollte, dass du weißt, wozu ich fähig gewesen war. Einst." Er tätschelte die Reisetasche. „Also nahm ich die ersten Kapitel und gab sie ihr."

Nun übernahm Gemma das Erzählen. „Als ich begriff, dass Dad tatsächlich Beweise hatte, dass er der Autor der Chroniken ist, war ich entschlossen, dafür zu sorgen, dass er die Anerkennung bekommt, die er verdient hat." Sie sah mich an. „Er hat alles. Die alten Bücher, die er für seine Recherchen nutzte. Listen mit Inuit-Wörtern, die er benutzte, um Namen für seine Figuren und Kreaturen zu finden. Alte Karten und Tagebücher von Pelzhändlern hoch oben im Norden Kanadas, das, was heute Nunavut heißt."

Sie sah ihren Vater an. „Als du nur all diese Bücher und Quellen hattest, reichte das nicht. Aber ich war sicher, mit deinem Manuskript würden wir jemanden dazu bekommen, uns zuzuhören. Ich sprach sogar mit einem befreundeten Journallisten. Aber da Daddy bereits in den Medien gewesen und nicht ernst genommen worden war, glaubte er nicht, dass er viel tun könne. Ich war so wütend, dass ich beschloss, selbst nach Oxford zu kommen. Der Weihnachtsmarkt war eine willkommene Ausrede. Außerdem brauchte ich das Geld. Aber ich wählte Oxford, damit ich Sanderson mit den Beweisen für seine Taten konfrontieren konnte. Ich wollte ihn dazu zwingen, das Richtige zu tun", sie berührte ihre Kehle, „keine kluge Entscheidung."

„Du hast mit ihm gesprochen?"

„Ja. Ich rief ihn an. Ich sagte ihm, dass ich das Manuskript habe. Er bat mich, ihm ein paar Tage zu geben." Sie schloss ihre Augen. „Am Telefon klang er so harmlos. Er fragte, wann und wo wir uns treffen könnten, und ich sagte ihm, dass ich auf dem Weihnachtsmarkt arbeitete, wir uns also erst nach Marktschluss treffen könnten." Sie öffnete wieder ihre Augen, starrte jedoch die Decke an. „Ich war so dumm. Alles, was er tun musste, war, mich umzubringen und das Manuskript an sich zu nehmen."

Ihr Vater griff nach ihrer Hand. „Er hat auch mich versucht zu töten."

„Oh nein Dad. Was habe ich nur getan? Ich habe nur versucht, dir zu helfen."

Bevor die beiden sich in weiteren Selbstbeschuldigungen suhlten, fragte ich: „Wie hat Sanderson versucht, Sie zu töten, Mr Hodgins?"

„An dem Morgen hatte die Polizei vor meiner Tür gestanden, um mir zu sagen, dass Gemma im Krankenhaus war." Er schluckte. „Sie sagten mir, dass man sie angegriffen hatte, und mir war klar, wer es gewesen war." Seine Zähne schlugen aufeinander. „Es ist mir egal, was aus mir wird. Ich bin alt und gebrochen, aber er sollte für das bezahlen, was er meiner Tochter angetan hatte."

Oh je. Ich war mir nicht sicher, ob ich diesen Teil hören wollte. Oder ob ich wollte, dass Gemma das tat. Aber nachdem er einmal mit dem Erzählen begonnen hatte, hatte ich keine Möglichkeit mehr, ihn davon abzuhalten. „Ich hatte mein gesamtes Quellenmaterial in dem angemieteten Lagerraum untergebracht. Ich machte eine weitere Kopie des Manuskripts und bewahrte diese ebenfalls sicher auf." Er tätschelte die Reisetasche. „Hier drin ist das Original. Alles außer den Kapiteln, die Gemma hat." Ich korrigierte ihn nicht. Später wäre noch Zeit genug zu erklären, dass diese tatsächlich bei Rafe in Sicherheit waren.

„Ich habe mich entschieden. Ich werde mit meinen Ansprüchen erneut an die Öffentlichkeit gehen. Ich bin jetzt älter, ich trinke nicht mehr und ich habe das Manuskript. Diesmal werden sie mir zuhören. Niemand tut meinem kleinen Mädchen weh und kommt damit durch. Ich werde Sanderson zur Strecke bringen, und wenn es das Letzte ist, was ich tue."

Das war großartig, aber ich wollte auf den Teil zurückkommen, wo er dachte, Sanderson hätte versucht, ihn zu töten. „Wie hat der Professor versucht, Sie zu töten?" Seine Kehle zierten keine Würgemale und er schien auch sonst unverletzt.

„Ich kehrte nach Hause zurück, um etwas Kleidung einzupacken und hier raus zum Krankenhaus zu fahren. Ich ging die Straße hinunter und hörte eine Art Explosion. Dann sah ich die Flammen. In meinem eigenen Haus. Ich stürzte vorwärts und dann sah ich ihn, wie er herausrannte. Er hatte das Feuer gelegt. Hatte versucht, mich zu töten. Er sprang auf sein Motorrad und fuhr davon."

Gemma legte ihre Hand in die ihres Vaters und sie hielten einander fest, dachten offenkundig daran, wie sie beide mit Glück noch einmal davongekommen waren.

„Dieser Mann, der auf das Motorrad sprang, haben Sie sein Gesicht gesehen?"

„Nein. Er trug einen Helm. Aber wer außer Sanderson würde mich tot sehen wollen? Und ein Feuer würde schließlich alle Bücher oder Papiere zerstören, nicht wahr?"

„War das Motorrad schwarz?"

„Ja."

Ich schüttelte meinen Kopf. „Ich glaube nicht, dass das Sanderson war. Ich glaube, der Mann, den Sie aus dem brennenden Gebäude rennen sahen, war Gemmas Ex."

Die beiden starrten mich an. Gemma sagte: „Darren?"

„Ja. Darren hat zu mir gesagt, er wollte deinen Vater aufsuchen. Er war sehr wütend. Und er fährt ein schwarzes Motorrad."

„Aber das ist unmöglich", sagte Gemma.

Eine neue Stimme war von der Türschwelle zu hören. „Ich bin froh zu sehen, dass Sie erwacht sind, Gemma."

Es war Ian. Sie hatten ihn wohl angerufen, um ihm mitzuteilen, dass Gemma wach war und sprach. Sie sah ihn verwundert an. „Sie sind ein Freund von Lucy, nicht wahr?"

Sie hatte ihn nur ein einziges Mal gesehen und war bei der Gelegenheit ob seines Kaufes der Jubiläumsausgabe der Chroniken unhöflich zu ihm gewesen. Ich hatte mir nicht die Mühe gemacht, ihr zu sagen, dass er Polizeibeamter war. Das holte ich jetzt nach. „Gemma, das ist Detective Inspector Ian Chisholm."

Er trat ins Zimmer. Mit seinem Jackett und der Krawatte machte er einen sehr offiziellen Eindruck, obwohl sein lockiges Haar so widerspenstig wie immer abstand. Es sah aus, als hätte irgendeine Frau es gerade erst mit ihren Händen verwuschelt. Er sagte: „Gemma hat recht. Es ist unmöglich, dass Darren derjenige war, den Sie von Ihrem Grundstück weglaufen sahen, Mr Hodgins. Darrens verkohlter Leichnam wurde in dem Haus gefunden."

KAPITEL 20

„Darren ist tot?", fragte Gemma mit einem Flüstern.

„Es tut mir leid, so ist es."

Nun war die Reihe an mir zu sagen: „Aber, das ist unmöglich." Ich starrte Ian an. „Hast du vergessen, dass Darren versucht hat, mich zu überfahren?"

„Nach dem, was ich mitangehört habe, haben weder Mr Hodgins noch du das Gesicht des Motorradfahrers gesehen."

Ich fühlte mich, als hätte ich tagelang an einem dieser Puzzle aus zig Millionen Teilen gebastelt, dann passten die letzten davon nicht. „Aber es war Darrens Motorrad. Ich habe dir doch gesagt, dass ich den Aufkleber erkannt habe."

Gemma machte ein seltsames Geräusch. „Babe Magnet?"

Ich nickte. „Siehst du?"

„Ich sage ja nicht, dass es nicht Darrens Motorrad war, mit dem man versuchte, dich zu überfahren. Ich sage, dass Darren nicht der Fahrer war."

„Wer war es dann?"

„Sanderson", sagte Martin Hodgins. „Muss er gewesen sein."

Ian sah mich mit hochgezogenen Augenbrauen an. Ich wusste, dass er darauf vertraute, dass ich ihm die Wahrheit erzählte, wie ich sie kannte. Ich sah zu Gemma. „Ist es okay, wenn ich Ian über das informiere, was ihr mir erzählt habt?" Ich wollte nicht, dass sie sich unnötig überanstrengte. Sie nickte mit müdem Blick. Rasch gab ich ihm die Geschichte wieder, die sie erzählt hatte. Ich erklärte die Sache mit dem Manuskript, dass sie mit Sanderson gesprochen und ihm gesagt hatte, dass sie das Manuskript habe und dass sie beweisen könne, dass ihr Vater der Urheber sei.

Ich sah, dass das Ian fast mehr interessierte als seine Mordermittlung. Er hob eine Hand. „Warte." Er sah Martin Hodgins an. „Können Sie wirklich beweisen, dass Sie die Chroniken geschrieben haben?"

„Das kann ich." Er öffnete den Reißverschluss der Reisetasche und zog einige Seiten hervor. „Am Rand können Sie meine handschriftlichen Notizen sehen. Ich habe mein gesamtes Quellenmaterial." Während sich Ian die Papiere mit leicht fassungslosem Gesichtsausdruck ansah, arbeitete sich Martin Hodgins zum Boden der Tasche vor. „Warten Sie. Das ist das Beste. Ich hatte das doch tatsächlich völlig vergessen."

Er kramte herum und es hörte sich an, als harkte er durch vertrocknetes Herbstlaub. Dann sagte er: „Hier ist es", und zog einen großen Umschlag hervor. Er nahm dessen Inhalt heraus, räusperte sich und las vor: „Sehr geehrter Mr Hodgins. Wir danken Ihnen, dass Sie uns Ihre Fantasy-Trilogie ‚Die Chroniken von Pangnirtung' zur Prüfung zugesandt haben, ob sie in unseren Verlag passt. Obwohl wir uns die Romane in Teilen sehr gut gefallen haben, können wir uns dennoch unglücklicherweise nicht dazu entschließen, sie zu veröffentlichen. Wir wünschen Ihnen viel Erfolg bei Ihren literarischen Unternehmungen." Er wedelte mit den Papieren herum. „Das Datum des Schreibens liegt sechs Monate vor dem Moment, als Sanderson die Romane als seine eigenen ausgab. Und weil ich einen frankierten Rückumschlag beigefügt hatte, hat der Verleger freundlicherweise mein Manuskript mit Kommentaren zurückgesandt."

Ian gab ihm die Seiten, die er angeschaut hatte, zurück. „Sir, wenn Ihre Behauptungen wahr sind, was ich zu glauben beginne, darf ich dann der erste Ihrer Fans sein, der sich für das entschuldigt, was man Ihnen angetan hat?"

„Das dürfen Sie", sagte Martin Hodgins. „Und wenn ich sie unter meinem eigenen Namen veröffentliche, werde ich einen Set für Sie signieren."

„Wir sind ein wenig vom Thema abgekommen", erinnerte ich Ian. „Der Punkt ist, Gemma sprach mit Dominic Sanderson und sagte ihm, dass sie das Manuskript ihres Vaters habe. Er sagte ihr, er sei bereit, sie zu treffen. Sie informierte ihn, dass sie einen Verkaufsstand auf dem Weihnachtsmarkt habe. Und später am selben Tag hat man sie auf diesem Weihnachtsmarkt versucht zu erwürgen."

Jetzt blickte er wieder wie ein Polizist. Als ich ausgeredet hatte, fragte er Gemma: „Haben Sie ihn gesehen?"

Sie schüttelte ihren Kopf.

„In Ordnung. Ruhen Sie sich weiter aus. Ich bin sehr froh, dass es Ihnen gut geht." Er ging hinaus auf den Flur und ich folgte ihm.

„Ian. Willst du Sanderson nicht verhaften? Was muss er

denn noch machen? Mit einem Schild herumlaufen, auf dem steht ‚Ich war's'?"

„Du solltest uns beiden den Gefallen tun und dich bei der Polizei bewerben. Oh, warte, das kannst du ja nicht. Du bist Amerikanerin. Wie schade." Er drehte sich um und machte einen Schritt Richtung Ausgang.

„Ian!"

Er drehte sich zurück. „Ich werde ihn zur Befragung holen lassen, in Ordnung?"

Ich wusste, er musste die Polizeivorschriften befolgen, aber immerhin würde er den Mann von der Straße holen, bevor der ein weiteres Mal versuchen konnte, Gemma oder ihrem Vater zu schaden. „Ich bin wegen meiner Freundin besorgt, das ist alles."

Er gab nach und kam zurück zu mir. „Ich weiß, dass du das bist. Und wenn das hier alles vorbei ist–"

Sein Telefon läutete und er zog es aus seiner Tasche hervor. Er runzelte die Stirn und ging ran. „DI Chisholm."

Er hörte zu. „Okay." Dann wurden seine Augen groß und aus irgendeinem Grund blickte er auf zu mir. „Ich bin gleich da."

„Was?", fragte ich, als er auflegte.

Er sagte langsam: „Man hat Dominic Sanderson tot in seinem Haus gefunden. Er hat sich erhängt." Wir verharrten beide stumm, bis er seinen Kopf schüttelte. „Er hat das letzte Kapitel seines Lebens auf seine eigene Art geschrieben."

Und dann drehte er sich um und ging weg.

KAPITEL 21

Zu meiner großen Überraschung eröffnete Gemma Bubbles wieder. Man hatte sie aus dem Krankenhaus entlassen und ihr Vater hatte sie in einer Limousine abgeholt und sie nicht etwa in ihr gemietetes Zimmer in Botley, sondern in eine Suite im Randolph, eines der besten Hotels Oxfords, gebracht.

Ich war mal wieder mit einer weiteren Ladung Weihnachtsstrümpfe auf dem Weg zu Timeless Treasures und sah, Bubbles war offen und von Kunden umlagert. Gemma trug einen grünen Rollkragenpullover, um die verblassenden Würgemale zu verbergen, aber ansonsten sah sie aus, als sei ihr nie ein Leid geschehen. Mabel hatte den Pullover extra für sie gestrickt. Nachdem sie so viel Zeit damit verbracht hatten, auf sie aufpassen, hatte sie sie zu Tanten ehrenhalber erklärt. Obwohl Dr. Patek festgestellt hatte, sie sei bei ausgezeichneter Gesundheit, war ich dennoch überrascht zu sehen, dass sie so rasch wieder arbeitete. Noch schockierender war, dass sie einen Helfer hatte.

Martin Hodgins hatte alle Hände voll zu tun, Wechselgeld herauszugeben und Seifen einzupacken. Er sah wie eine andere, jüngere Version seiner selbst aus. Sein Haar war frisch geschnitten, er trug ein brandneues, cremefarbenes Wollhemd, von dem ich annahm, Gemma hatte es ausgesucht, eine Tweedjacke und Jeans, die ihm wirklich passten. Er würde nie der strahlende Mittelpunkt einer Party werden, aber er wirkte nun wie ein freundlicher und sanfter Introvertierter und nicht mehr wie ein bitterer, gebrochener solcher.

Ich ging rüber und umarmte sie. „Gemma, ich kann nicht glauben, dass du zurück bist."

Sie kam aus der Bude heraus und wir gingen ein paar Schritte, bis wir miteinander reden konnten, ohne dabei gehört zu werden. Sie schenkte mir ein schiefes Lächeln. „Ich musste es tun, Lucy. Ich musste herkommen und zu Ende bringen, was ich angefangen hatte. Sanderson hat genug von unseren Leben ruiniert, ich würde nicht zulassen, dass sein Angriff mich davon abhält, meine restliche Zeit hier auf dem Markt zu verbringen. Außerdem wurde es langweilig, in dem schicken Hotel herumzusitzen. Wie viele Wellnessbehandlungen und ausgefallen Mahlzeiten kann eine einzelne Frau haben?"

Ich seufzte bei der Vorstellung. „Die Herausforderung, das herauszufinden, würde ich gern annehmen."

Sie lachte. „Es ist unglaublich. Für uns ändert sich alles. Sandersons Agent Charles Beach kam aus London her, als er hörte, was passiert war. Er und Dad hatten eine lange Unterhaltung. Er hat Dad eine saftige Anzahlung auf seine zukünftigen Einnahmen gegeben. Genug, dass wir beide im Randolph wohnen können. Er wird Dad vertreten."

Meine Augenbrauen schossen hoch. „Dein Vater wollte keinen eigenen Agenten?"

Sie schaute zu ihrem Vater, der gut klarzukommen schien, und sagte: „Anfangs wollte er das, aber Charles überzeugte ihn, dass er der Beste für den Job ist. Er kennt die Bücher besser als jeder andere, und er hat bereits bewiesen, dass er sie verkaufen kann. Und das Beste ist, wenn er Dad vertritt, reicht das allein, um jedermann davon zu überzeugen, dass er der wahre Autor ist. Es hilft uns, lange juristische Auseinandersetzungen zu vermeiden, denen Dad nicht gewachsen wäre. Chaz arbeitet an neuen Verträgen, damit mein Vater und die Verleger das Geld verdienen und nicht die Anwälte.“

Das hörte sich wie etwas an, das ‚Nennt-mich-Chaz‘ sagen würde. „Ich bin so froh, dass es für alle so gut ausgegangen ist.“

„Ich denke, Dad hätte gerne vor Gericht ausgesagt. Er fühlt sich auf eine gewisse Art betrogen, weil Sanderson es sich am Ende leicht gemacht hat.“

In Sandersons Ende lag eine gewisse Ironie. Er hatte versucht, Gemma zu erdrosseln, um sich dann letztendlich selbst zu erdrosseln. Das sagte ich aber nicht, es schien mir zu makaber.

Sie lachte. „Für mich fühlt es sich an, als sei uns ein Weihnachtswunder geschehen.“

„Ich freue mich so. Du verdienst es. Ihr beide tut das.“

„Ich gehe besser wieder an die Arbeit, aber Dad und ich wollen dich heute Abend ins Hotel zum Dinner einladen. Du hast so viel für uns getan. Und das Essen ist unglaublich.“

„Ich komme gern.“

Es war kaum zu glauben, dass alles ein so gutes Ende gefunden hatte. Ich trug einen schönen, roten Pullover, den Clara gestrickt hatte. An diesem hatte sie in den vielen

Stunden gearbeitet, die sie an Gemmas Bett gesessen hatte. Mich hielt er warm und da die Sonne schien und ich es nicht eilig hatte, ins Cardinal Woolsey's zurückzukehren, beschloss ich, ein paar Weihnachtseinkäufe zu machen.

Ich konnte der Versuchung, Ian eine Schachtel Pralinen zu kaufen, nicht widerstehen. Sie waren wohl für Kinder gedacht, stellte ich mir vor, denn die Polizeimütze der britischen Bobbys zierten sie. Als ich mich abwandte, lief ich direkt in Ian hinein. „Hallo", sagte ich überrascht.

„Lucy." Ian sah aus, als freute er mich zu sehen. „Ich war auf dem Weg zum Strickwarenstand, weil ich zu dir wollte."

Ich hatte eine Frage auf den Lippen, hielt mich jedoch zurück.

Er schüttelte seinen Kopf über mich. „Was ist los? Wenn du Fragen hast, werde ich versuchen, sie zu beantworten."

„Es ist nur so, dass ich noch immer nicht dahintergekommen bin, wie es zu Darrens Tod kam."

Er zog mich etwas beiseite, sodass wir nicht mehr mitten im Menschenstrom standen. „Darren fuhr zur Martin Hodgins Haus. Anscheinend hatte er gleich mehreren Menschen gesagt, dass er das vorhatte, und nicht nur dir. Er schien geglaubt zu haben, ihr Vater könnte Gemma dahingehend beeinflussen, dass sie zu ihm zurückkehren würde. Das ist wohlgemerkt nur eine Theorie, aber wir glauben, er überraschte Sanderson, als dieser gerade den Brand in Martin Hodgins Haus legte. Ohne Zweifel hatte Sanderson sein Auto irgendwo in der Nähe versteckt und als Darren nicht aufhörte, an die Tür zu klopfen und Wirbel zu machen, zu rufen ‚Hodgins, ich weiß, dass Sie da drin sind' – dass er das tat, haben einige Nachbarn bestätigt -, ließ Sanderson ihn rein und gab vor, Hodgins zu sein. Er schlug ihm den Stein, mit dem er eingebrochen war, an den Kopf und dann legte er das Feuer."

Ich hatte Darren nicht gemocht, aber das war ein schreckliches Ende, dass man niemanden wünschte. „Und dann stahl Sanderson seinen Helm und sein Motorrad, um abzuhauen. Damit es so aussah, als sei Darren gekommen und wieder gefahren."

„Genau."

„Er war wirklich ein kaltblütiger Killer. Darren hatte ihm nichts getan."

„Außer im ungünstigsten Moment aufzutauchen."

„Also war es Sanderson, der versucht hat, mich zu überfahren."

„Das glauben wir."

„Aber warum mich töten? Ich hatte nichts getan."

„Das habe ich mich auch schon gefragt. Ich habe den Verdacht, dass etwas von deinem Interview mit Professor Naylor zu ihm gedrungen ist."

Ich warf ihm einen Blick durch den Vorhang meiner Wimpern zu. „Davon weißt du?"

Er nickte. Ich wusste, dass er mich deswegen ausschimpfen wollte, aber er wollte seinen Atem nicht darauf verschwenden. „Professor Naylor war sehr entgegenkommend. Ich habe ihm im Zuge einer Routineuntersuchung zu Sandersons Selbstmord befragt. Er erwähnte, dass ihn eine Doktorandin aus den USA interviewt hatte, die ganz besonders an dem alten Skandal interessiert war. Natürlich hat er es Sanderson gesagt."

„Woher weißt du, dass ich es war? Es muss scharenweise Doktoranden geben, die aus den Staaten hierherkommen."

„Lucy, du hast deinen richtigen Namen benutzt."

„Oh." Ich dachte darüber nach. „Also hat Sanderson versucht mich zu töten, weil ich Fragen stellte?"

„Nein. Ich denke, er war hinter dem Manuskript her."

Meine Augen weiteten sich. „Meine Tragetasche. Ich ließ sie bei dem Sturz fallen."

„Du hast mir gesagt, dass du die Paketscheine darin hattest. Da Sanderson das Manuskript nicht fand, als er Gemmas Zimmers durchsuchte, und er wusste, dass du Fragen stelltest, hat er vermutlich eins und eins zusammengezählt. Er sah dich mit einer Tasche voller Papiere herumlaufen und beschloss, sich diese zu schnappen. Vergiss nicht, zu dem Zeitpunkt war er ein sehr verzweifelter Mann."

„Er tut mir beinahe leid. Beinahe."

„Du solltest dir selbst leidtun."

Ich schluckte. „Warum?"

Er öffnete seinen Mund, dann sah er mich an und seufzte. „Im Geiste guten Willens und des Advents werde ich davon absehen dich zu fragen, wieso du wusstest, dass Gemma das Manuskript hatte und was du damit gemacht hast."

Ich fand, damit hatte er eine wirklich hervorragende Entscheidung getroffen. „Gut. Denn ich habe dir soeben ein Weihnachtsgeschenk gekauft."

Seine Augen leuchteten, als er mich ansah. „Das hast du getan? Dann gib es mir mal besser gleich."

„Warum? Es ist noch Tage hin bis Weihnachten."

„Weil ich über die Feiertage nach Schottland fahre und heute Nachmittag aufbreche. Meine Schwester hat ein Baby bekommen und möchte, dass ich fahre." Er zuckte mit den Achseln und blickte ein wenig unbehaglich. Persönliches zu erzählen, lag ihm nicht so.

„In Ordnung." Ich gab ihm die Schachtel mit den

Pralinen und als er die kleinen, dekorierten Mützen sah, kicherte er. Dann öffnete er die Schachtel und bot mir eine an. Wir nahmen beide eine heraus und bissen hinein. Das war wirklich gut. Er sah mich mit lachenden Augen an und sagte: „Komm her, ich habe auch etwas für dich."

Er nahm meinen Arm und zog mich hinter eine Bude, die Kränze, künstliche Bäume und Dekorationen verkaufte. Es war recht ruhig und ich blickte zu ihm auf, erwartete, dass er mir ein albernes Geschenk überreichen würde. Stattdessen deutete er auf einen Punkt über meinem Kopf. „Mistelzweig", sagte er.

Ich sah nach oben. „Das ist kein Mistelzweig. Das ist Plastikefeu", protestierte ich, aber mein Herz begann zu klopfen.

„Mein Fehler", sagte er und beugte sich vor, um mich zu küssen. Er schmeckte nach Schokolade und Verheißung. Ich lehnte mich überrascht zurück und errötete. Er lächelte auf mich hinunter. „Frohe Weihnachten, Lucy."

„Fr-frohe Weihnachten."

Er sagte: „Ich möchte Gemma und ihren Vater sehen, bevor ich meinen Zug nehme, aber ich rufe dich an, wenn ich wiederkomme."

„Ja", sagte ich, und meine Lippen kribbelten noch immer. „Schön."

Er ging zurück in die Menge und ich nahm mir einen Moment, in dem ich mich albern und mädchenhaft fühlte und zufrieden mit mir war. Ich konnte den heutigen Abend gar nicht erwarten. Ich würde mir Gemma allein schnappen müssen und die ganze Angelegenheit mit der Küsserei auseinandernehmen, um herauszufinden, was das bedeutete. Ein Scherzkuss? Weihnachtskuss? Ein ‚Ich will dich heiraten und elf Kinder mit dir haben'-Kuss? Ich war so schlecht in diesen Dingen. Und dann gab es da noch das winzige Problem meines verborgenen Lebens. Ian glaubte bereits jetzt, dass ich Ärger bedeutete, und er wusste nicht einmal, dass ich eine Hexe war.

Ich machte mich auf den Rückweg zu Timeless Treasures.

Ian plauderte mit Gemma und ihrem Vater. Ich sah, wie er die Hand des älteren Mannes schüttelte. Dann bediente Gemma die Kunden weiter und ihr Vater kam aus der Bude heraus und stellte sich daneben, plauderte mit Ian. Zu meiner Überraschung trat Charles Beach aus der Menge und ging auf die beiden Männer zu. Er trug eine schwarze Lederjacke und eine Sonnenbrille, als wäre er in LA. Ich schüttelte meinen Kopf. Dennoch, es war großartig, dass er Martin Hodgins das Leben leichter machte. Und das war ja wohl das Mindeste, was er tun konnte, nachdem er ihnen vierzig Jahre lang das die Butter vom Brot gestohlen hatte.

Er stand neben Ian. Beide wandten mir den Rücken zu, wodurch gut zu sehen war, dass sie gleich groß und ganz ähnlich gebaut waren. Vor Bubbles hatten sich eine ganze Menge Leute versammelt und am Nachbarstand, der Holzspielzeug verkaufte, eine Gruppe junger Eltern. Die drei Männer standen zwischen den beiden Buden. Ich bemerkte, wie es in meinen Fingerspitzen zu kribbeln begann.

„Nein", sagte ich laut. Die schwarze Jacke, die Größe seines Trägers im Vergleich zur Marktbude. Ich hatte Gemmas Angreifer nur wenige Sekunden in der Dunkelheit gesehen, als er weglief, aber er hatte doch sehr nach Charles Beach ausgesehen.

„Lucy? Du siehst aus, als hättest du einen Geist gesehen." Das war Rafe, der an meiner Seite aufgetaucht war. Ich hatte keinen Blick für ihn übrig. „Du kanntest Dominic Sanderson, nicht wahr?"

„Nicht gut, wie einen flüchtigen Bekannten. Warum?"

„War er genauso groß wie du?"

„Ja, ungefähr."

Der Mann, den ich in dieser Nacht hatte davonlaufen sehen, war nicht so groß wie Rafe gewesen. Ich drückte ihm meine Päckchen in den Arm. „Halt das für einen Moment, machst du das?"

„Lucy?"

Aber ich war bereits auf dem Weg zu den drei Männern. Martin Hodgins erblickte mich als erster und lächelte breit. „Ah, Lucy. Gemma hat mir gesagt, dass du unsere Einladung zum Abendessen angenommen hast."

„Ich freue mich darauf." Keine Ahnung, wie es mir gelang, meine Stimme so ruhig klingen zu lassen. Ian und Charles Beach drehten sich beide um, als ich zu der Gruppe trat. „Hallo Mr Beach", sagte ich.

Sein Blick wich dem meinen aus. „Hallo", sagte er, als hätte er nicht die geringste Ahnung, wer ich war.

„Erinnern Sie sich nicht an mich?"

„Es tut mir leid, das tue ich nicht." Er tätschelte die Schulter seines neuen Klienten und sagte: „Ich rufe Sie am Montag an. Wir können dann anfangen, Treffen zu vereinbaren." Er wandte sich zum Gehen.

Ich hob meine Stimme. „Ich hätte stets gedacht, dass ein Mann, der versucht hat, mich zu überfahren, mich wiedererkennt, wenn er mich das nächste Mal sieht."

Ians Blick war durchdringend und Martin stieß ein überraschtes Schnauben aus, nur Charles Beach ging einfach weiter. Er versteifte sich allerdings, sodass ich wusste, er hatte mich gehört.

„Mr Beach", schrie ich schon beinahe. „Ich habe Sie in der Nacht gesehen, der Nacht, als Sie Gemma würgten. Aber das wissen Sie ja. Sie sahen mich zuerst. Und Sie liefen weg. Das ist der Grund, weshalb Sie versuchten, mich zu töten, um mich zum Schweigen zu bringen."

Er drehte sich um und versuchte lässig zu wirken, obwohl bereits eine Menge Menschen auf dem Markt herüber starrten. „Ich habe keine Zeit für hysterische Weiber. Ich muss zurück nach London."

Ian blickte zu mir und ich nickte. Er trat vor, sah dabei so sehr nach hartem Cop aus, wie es ein Mann mit schokoladenverschmierten Lippen nur kann. „Mr Beach, Sie müssen mich aufs Revier begleiten, um ein paar Fragen zu beantworten."

Dann tat Charles Beach etwas sehr Dummes. Er lief zwischen die Buden, versuchte, wegzurennen.

Es reichte mir wirklich mit ihm. Er war ein böser Mann. Ein Mörder, der versucht hatte, meine Freundin zu töten und geholfen hatte, ihren Vater zu ruinieren.

Außerdem hatte er mich ein hysterisches Weib genannt, was ich gar nicht mochte.

Diesmal hatte ich keine Nyx, die mir Zaubersprüche nannte, und ich brauchte sie auch nicht. Ich rezitierte die lateinischen Wörter, die sie mir geschenkt hatte, als ich sie am dringendsten gebraucht hatte. Ich würde mich ganz sicher um Charles Beachs Fenster kümmern.

Ian hatte sich in die heiße Verfolgung gestürzt, aber es dauerte nicht lang, bis ich das Geräusch hörte, auf das ich gewartet hatte. Ein Klatschen, als knallte ein Insekt auf der

Autobahn gegen die Windschutzscheibe. Ich spazierte zwischen den Buden entlang und da lag Charles Beach hingestreckt auf dem Boden. Ian blickte zu mir, als er angelaufen kam. „Hast du ihn zu Fall gebracht?", fragte er.

„Ja."

Dann hatte ich das Vergnügen, ihm zuzusehen, wie er den Mann verhaftete, der so viel Ärger verursacht hatte.

„Elegant erledigt, Lucy", sagte Margaret Twig neben mir. Ich hatte keine Ahnung, wo sie hergekommen war, aber es war befriedigend, dass sie meine großartige Vorstellung gesehen hatte. Lavinia war direkt hinter ihr.

„Danke."

„Werden wir dich also morgen Abend bei der Feier der Wintersonnenwende sehen?"

Margaret Twig mochte sehr viel mehr Erfahrung als Hexe haben als ich, aber ich war auch keine Versagerin. Ich richtete mich zu meiner vollen Größe auf und schenkte ihr meinen stahlhärtesten Blick. „Nur, wenn ihr mich einen Zauberspruch vorführen lasst."

Lavinia schaute gequält. „Oh Liebes, ob das so eine gute Idee ist?"

Margarets dünne Lippen verzogen sich zu einem Lächeln. „Ich denke, das ist eine sehr gute Idee. Wir freuen uns darauf." Sie nickte forsch. „Sei gesegnet."

Rafe gab mir meine Päckchen zurück. „Woher wusstest du, dass es Charles Beach war?"

„Ich sah ihn zwischen den Buden stehen und meine Fingerspitzen begannen zu kribbeln. Und bereits als Gemma mir erzählte, er würde Martin Hodgins Agent werden, kam mir das alles viel zu glatt vor. Alles war so schön und ordentlich verpackt wie Geschenke unterm

Baum. Ich dachte von Anfang an, dass Dominic Sanderson kein Mörder ist."

„Nein. Das hat er seinem Agenten überlassen. Man sagt ja, Literaturagenten seien Haifische."

„Ich wette, Beach hat Sanderson umgebracht und es war kein Selbstmord." Ich dachte noch einmal über alles nach, nun im neuen Licht der Erkenntnis, wie alles abgelaufen war. „Wir alle haben immer wieder gesagt, wie viel Dominic Sanderson zu verlieren hatte, aber wir vergaßen, dass für seinen Agenten genauso viel auf dem Spiel stand." Wir beiden gingen in Richtung der Weston Bibliothek, wo man die Plakate anlässlich der Retrospektive bereits entfernt hatte. „Charles Beach beschloss, Martin Hodgins' Haus und damit jeden Beweis, dass dieser die Bücher geschrieben hat, zu zerstören. Er tötete Darren nur, weil dieser in dem Moment die Aufmerksamkeit auf das Haus lenkte, als er es gerade abfackeln wollte."

„Und dann, nachdem du all diese Fragen über den alten Skandal gestellt hast, beschloss er, dich ebenfalls zu töten. An dem Punkt steckte er bereits zu tief drin, um aufzuhören. Als ihm klar wurde, er kann nicht mehr verhindern, dass die Welt erfährt, dass Martin Hodgins der wahre Autor der Chroniken ist, brachte er Sanderson um."

„Ohne Zweifel dachte er, der Mann verdiente den Tod, weil er seinen Agenten belogen hatte."

„Da sein ehemaliger Klient aus dem Weg war, konnte er nun den wahren Autor unter Vertrag nehmen und weiter Geld mit den Chroniken scheffeln."

„Es tut mir so leid für Martin Hodgins und Gemma. Sie waren so froh, nicht um den Beweis kämpfen zu müssen, dass er der Urheber ist."

„Das wird kein Kampf. Es wird sehr leicht für mich die Provenienz des Manuskriptes zu beweisen." Wir liefen um ein Kind herum, das wie gebannt die Beleuchtung anstarrte. „Ich habe mich gestern Abend mit Martin Hodgins getroffen. Er hat mehr als genug Beweise. Es ist nur traurig, dass es vierzig Jahre gedauert hat, bis ihm Gerechtigkeit widerfährt."

Ich sah zurück zu Gemma und ihrem Vater, die glücklich Seite an Seite arbeiteten und Seife verkauften. Und dann zitierte ich Rafes Lieblingsautor: „Ende gut, alles gut."

Danke, dass Sie das Buch gelesen haben. Ich hoffe, Sie hatten Spaß mit Lucys neuestem Abenteuer. Werfen Sie hier gleich noch einen Blick in den nächsten Krimi, *Lieblingspullis und Liebestränke.*

Eine Nachricht von Nancy

Liebe Leser und Leserinnen,

Vielen Dank, dass Sie die Serie der Strickclub der Vampire lesen. Ich freue mich sehr über die Begeisterung, die diese Serie hervorruft. Ich habe vor, noch viele Geschichten über Lucy und ihre bestrickenden Vampire folgen zu lassen.

Über Rezensionen freue ich mich immer, und vergessen Sie nicht, anderen Liebhabern von Häkel- und Strickkrimis von dieser Serie zu erzählen.

Sie können Ihre Rezension auf Amazon hinterlassen.

Ihre Beiträge sind die Wolle, mit der ich diese Geschichten stricke.

Bis zum nächsten Mal.
Viel Spaß beim Lesen,

Nancy

BÜCHER VON NANCY WARREN

Erfahren Sie mehr über neue Ausgaben und Sonderangebote in Nancy's Newsletter (auf Englisch) bei NancyWarrenAuthor.com oder folgen Sie ihr auf Facebook auf facebook.com/nancywarrenDeutsche

~

Der Strickclub der Vampire: Band 1-3

Das Verwunschene Brautkleid

Eine Serie aus fünf romantischen Komödien über Frauen, die auf der Suche nach dem richtigen Kleid, den dazu passenden Schuhen und dem perfekten Mann sind.

Die Flucht der Braut - Buch 1

Die Braut aus Zweiter Hand - Buch 2

Brautjungfer zu mieten - Buch 3

Ein Brautkleid zum Verlieben - Buch 4

Wenn das Kleid passt - Buch 5

Die Oma

Das Jahr, in dem die Weihnachtsoma das Weite suchte

Um eine vollständige Liste ihrer Bücher zu sehen, gehen Sie auf Nancys Website NancyWarrenAuthor.com

ÜBER DIE AUTORIN

Nancy Warren ist eine USA Today Bestseller-Autorin und hat mehr als 100 Romane verfasst. Sie stammt ursprünglich aus Vancouver, Kanada, zieht jedoch gerne um und hat längere Zeit in England, Italien und Kalifornien gewohnt. Die Inspiration zur Strickrunde der Vampire kam ihr während ihrer Zeit in Oxford. Gegenwärtig lebt sie teils in Großbritannien, in Bath, wo sie oft so tut, als sei sie Jane Austen, oder zumindest eine von deren Romanfiguren, und teils in Victoria, Britisch-Kolumbien, wo sie es genießt, am Meer zu leben. Zu ihren Lieblingsmomenten zählen die Tage, als sie die Antwort in einem Kreuzworträtsel der kanadischen Zeitung National Post war, als sie es mit ihrem Roman Speed Dating, dem Auftakt zur Buchreihe Harlequin's NASCAR, auf das Titelblatt der New York Times schaffte, und die drei Male, als sie für den RITA-Award, den bedeutenden Preis für englischsprachige Liebesromane, nominiert wurde. Sie hat einen MA in kreativem Schreiben von der Bath Spa University. Sie ist eine begeisterte Wanderin, liebt Schokolade und vor allem liebt sie es, von ihren Lesern zu hören!

Die beste Weise, mit ihr in Kontakt zu bleiben, ist, sich über NancyWarrenAuthor.com für Nancys Newsletter anzumelden (auf Englisch).

Mehr über Nancy und ihre Bücher erfahren Sie hier:
NancyWarrenAuthor.com